BASTEI
LÜBBE
STARS

Von Lisette Allen sind bei Bastei Lübbe Taschenbücher lieferbar:

15574 Der Journalist

Lisette Allen

Die Spielerin

Erotischer Roman

Aus dem Englischen von
Sandra Green

BASTEI
LÜBBE
STARS

BASTEI LÜBBE STARS
Band 77263

Vollständige Taschenbuchausgabe

Bastei Lübbe Stars in der Verlagsgruppe Lübbe

Titel der Originalausgabe: »Ace of Hearts«
Für die Originalausgabe:

Dieses Werk wurde vermittelt durch die
Literarische Agentur Thomas Schlück GmbH, 30827 Garbsen
Für die deutschsprachige Ausgabe:

Umschlaggestaltung: Kirstin Osenau
Titelbild: © DIGITALstock
Satz: Fanslau Communication / EDV, Düsseldorf
Druck und Verarbeitung: GGP Media GmbH, Pößneck
Printed in Germany, Juli 2008
ISBN 978-3-404-77263-6

Erstes Kapitel

Die späte Nachmittagssonne flutete durch die hohen Fenster und polierte mit ihrem Glanz die nackten Eichendielen auf dem Fußboden der geräumigen Mansarde. Aus der engen Londoner Straße drangen der gedämpfte Lärm der ratternden Karrenräder auf den Pflastersteinen und die schrillen Schreie der Straßenhändler herauf. Aber hier oben interessierte nur ein Geräusch, der delikate Kuss zweier Klingen, die in der stillen Luft wie Lichtgewitter blitzten.

Nach einem plötzlichen Wirbel eleganter Bewegungen prallten die Stahlklingen gegeneinander, ehe sie erschöpft sanken. Die beiden Gegner, die einzigen Menschen im Raum, drehten sich argwöhnisch im Kreis. Der eine Fechter war blond, der andere dunkelhaarig. Ihre Gesichter waren hinter Drahtmasken versteckt. Beide trugen Seidenhemden mit offenem Kragen. Die Hemdschöße steckten in eng anliegenden Kniehosen aus Wildleder. Im Zimmer hallten die weichen Schritte ihrer Füße wider, als sie sich anmutig bewegten und sich gegenseitig musterten.

Es gab ein zischendes Atemgeräusch, als sich der Arm des Blonden hob, und dann rasselten die Klingen wieder gegeneinander, während die Gegner um die Vorherrschaft des Kampfes rangen. Der dunkelhaarige Mann wich einen Ausfallschritt zurück und ließ seine Klinge sinken.

»Ihre Riposte ist gut. Sie verbessern sich von Stunde zu Stunde.«

Sein Gegenüber senkte den blonden Kopf und verbeugte sich artig. »Meinen verbindlichen Dank, Signor Valsino. Es ist mein Bestreben, immer besser zu werden.«

Die Klingen berührten sich noch einmal zum Gruß, dann tänzelten die Füße wieder im Kreis. Die Muskeln spannten sich unter den Seidenhemden. Das Zimmer schien mit der Energie des Kampfs geladen zu sein.

Plötzlich sprang der schmale blonde Fechter, das Gesicht hinter der Maske verborgen, zu einem Angriff vor, hob die Hand mit der Klinge und wollte blitzschnell zustoßen. Abwehrend hob der dunkelhaarige Mann den Arm. Die Muskeln des Unterarms spannten sich dramatisch. Die Klingen kreuzten sich, und Funken sprühten. Ein finaler Kampf, den jeder für sich entscheiden wollte. Zischender Atem, das Klirren von Metall gegen Metall. Die Klinge des Blonden flog in einem weiten Bogen durch die Luft und landete mit klingender Endgültigkeit auf den Eichenboden.

Das Schwert des dunkelhaarigen Mannes holte zum finalen Stoß aus und zielte mit tödlicher Genauigkeit auf die Rippen des Gegners. Der Moment schien in der dünnen Luft zu schweben. Dann lachte der Sieger. Er ließ das Schwert sinken, zog die Drahtmaske ab und warf sie auf eines der gestreiften Sofas, die längs der Wand standen.

Er hob den Degen in spöttischem Gruß und sagte mit seiner musikalischen, leicht fremdländisch klingenden Stimme: »Sie erweisen sich als würdige Gegnerin, meine Liebe.«

Die blonde Gegnerin nahm ebenfalls die Maske vom Gesicht und schüttelte die langen Locken aus dem schwarzen Band, das sie gehalten hatte. Sie fielen bis auf die schlanken Schultern, und nun sah man genau, dass sie eine Frau war.

»Ich werde erst dann eine würdige Gegnerin für Sie sein, Signor Valsino, wenn ich Sie schlagen kann. Ich will nichts weniger als Perfektion.«

Ihre Stimme klang tief und melodiös, und es rann ihm heiß und kalt über den Rücken. Er stand da und bewunderte sie ungeniert. Er sog den Anblick der golden glänzenden Wangen und des Halses in sich auf, ein wenig verschwitzt von den Anstrengungen. Er sah ihre schmalen Schultern, die aber trotzdem so kräftig waren, dass sie manchen Gegner düpieren mochte. Sie führte die Klinge mit einzigartigem Geschick, und Signor Valsino wurde natürlich daran erinnert, dass sich unter der kühlen Seide der Gegnerin feste, hohe Brüste bewegten, von verführerischen Nippeln gekrönt, köstlich wie Pfirsiche, die in der warmen Sonne reiften. Während sie da stand, die Hände jungenhaft in die Hüften gestemmt, wurde ihm bewusst, dass er sie haben wollte. Unbedingt.

»Sie scheinen mir jetzt schon ziemlich perfekt zu sein, Signorina Marisa.«

Sie sah ihn mit ihren betörend blauen Augen an. Sie musste die Gier in seinem dunklen Blick erkannt haben, aber sie wollte darauf nicht eingehen.

»Mein Vater hat mir schon eine Menge beigebracht, das haben Sie selbst in der ersten Stunde festgestellt, Signore.«

Er trat von einem Fuß auf den anderen und war sich bewusst, dass er sie immer noch verliebt anstarrte. »Ihr Vater muss ein absolutes Ass im Fechten gewesen sein. Er hat Ihnen alles beigebracht, was man wissen und können muss. War Fechten sein Zeitvertreib?«

Sie kicherte. »Es war eher eine Notwendigkeit, um zu überleben, Signor Valsino. Sehen Sie, mein Vater musste sich seiner Gläubiger erwehren. Er wetzte die Klinge, um den Leuten zu entkommen, die er am Spieltisch übers Ohr gehauen hatte.«

Während sie sprach, bewegte sie sich anmutig auf den Wasserkrug neben dem marmornen Kamin zu. Sie schüttete Wasser in die Schüssel, dann tränkte sie ein Tuch darin und tupfte damit Schläfen, Hals und Handgelenke ab. Eine sinnliche Geste.

»Wir sind zusammen durch die europäischen Hauptstädte gezogen«, fuhr sie fort. »Meistens waren wir sehr in Eile.«

»Eine ungewöhnliche Schulung für ein junges Mädchen.«

»Ja, aber sie hatte auch ihre Vorzüge.«

Er verschränkte die Arme vor seiner Brust und lächelte sie an. Sie war ein Augenschmaus für ihn, sie hatte die oberen Knöpfe ihres Hemds geöffnet und rieb das feuchte Tuch über die zarte Haut ihres Brustansatzes. Im schräg einfallenden Sonnenlicht konnte er ihre glänzende nackte Schulter sehen und die delikate Schwellung ihrer wunderbaren Brüste.

Er zwang den Blick seiner dunklen Augen zurück in ihr Gesicht und betrachtete sie, als sie den Kopf in den Nacken warf, eine Geste des unbefangenen Entzückens über das erfrischende kalte Wasser. Ihr langes dichtes Haar fiel über ihren Rücken und lenkte seinen Blick zur schlanken Taille, die er mit den Händen hätte umfassen können, und zu den sinnlichen Kurven ihrer Hüften. Die festen Backen steckten in engen Jungenbreeches. Er lechzte nach ihr und spürte wieder die Hitze seiner Lenden.

Langsam wandte er sich einem kleinen vergoldeten Tisch zwischen den beiden Sofas zu. Ein Dekantiergefäß und zwei Glaskelche standen da. »Trinken Sie ein Glas Wein mit mir, bevor Sie gehen, Signorina Marisa? Mein nächster Schüler kommt erst in einer Stunde.«

Sie hatte ihre Blicke über die Visitenkarten und Einladungen auf dem marmornen Kaminsims schweifen lassen, Beweise genug, dass Signor Valsino die Elite der Londoner Gesellschaft zu seinen Klienten zählte. Als sie seinen Vorschlag hörte, sah sie ihn lächelnd an.

»Wein? Ja, warum nicht?« Ohne auf eine weitere Einladung zu warten, ließ sie sich mit katzenhafter Gewandtheit auf die Seidenkissen des nächststehenden Sofas nieder und legte sich auf den Rücken, die Beine weit ausgestreckt.

David Valsino reichte ihr ein volles Glas eines guten Rheinweins. Sie richtete sich auf, stützte sich auf einem Ellenbogen ab und trank den Wein mit sichtbarem Vergnügen. Er sah das Kräuseln ihrer Muskeln im schlanken Hals, als sie den Wein schluckte. Er griff zu ihrem Glas, um es nachzufüllen, und nachdem sie noch einen Schluck getrunken hatte, nahm er ihre Hand und küsste sie. Langsam drückte er seine Lippen auf die samtene Haut und schob die seidene Manschette mit seinen schlanken braunen Fingern zurück. Seine Augen blickten dunkel und glühend.

Sie strich mit der freien Hand spielerisch durch die schwarzen krausen Haare, lehnte sich zurück in die Kissen und seufzte leise. »Lieber David, es ist gut, wieder in London zu sein.«

David Valsino, angesehener Fechtmeister einiger der reichsten Männer Londons und Geliebter vieler Ehefrauen, spürte sein Herz springen. »Wir haben Sie in den letzten Wochen vermisst, *carissima.* Wo sind Sie gewesen?«

Sie lag entspannt auf dem bequemen Sofa aus der Louis Quinze Epoche. »Ich habe im Luxus gelebt. Irgendwo auf dem Land.«

»Haben Sie sich dort nicht gelangweilt?«, fragte Valsino und streichelte mit den Fingerspitzen über ihr Handgelenk.

»Nicht so sehr, wie ich gedacht hatte. Ich finde überall eine Möglichkeit zur Abwechslung.« Sie lachte. »Aber mein Partner hat mich enorm gelangweilt. Er war sehr reich und sehr dumm.«

David Valsino grinste und ließ die ebenmäßigen weißen Zähne im sonnengebräunten Gesicht sehen. »Die meisten

Frauen in meinem Bekanntenkreis würden sagen, das sei eine ideale Kombination.«

»Für mich nicht.« Sie führte das Glas wieder an den Mund und genoss den süßen, schweren Wein. »Weil ich seinen Reichtum aber vermisse, strebe ich nach eigenem Geld.«

»Wollen wir das nicht alle?«

Plötzlich legte sie eine Hand auf seinen Unterarm. »David, Sie haben viele reiche Kunden, nicht wahr? Warum stellen Sie mich ihnen nicht vor?«

»Sie wollen sie verführen?«

Sie schüttelte lächelnd den Kopf. »Nur wenn sie sehr, sehr begehrenswert sind. Sie wissen, wie anspruchsvoll ich bin, David. Ich will an ihr Geld. Ich will zu ihren diskreten Partys eingeladen werden, wo die Reichen die ganze Nacht trinken und spielen und keine Miene verziehen, wenn sie in einem einzigen Spiel tausende Guineas verlieren.«

Ihre blauen Augen funkelten, ihre Stimme klang rau. Er sagte: »Meine Liebe, ich kenne Ihren Ruf. Ich kann Sie meinen Klienten unmöglich vorstellen, Sie würden sie in einer Woche alle geschröpft haben.«

Sie schmollte und trommelte mit den Fingerspitzen auf seine Haut. »Sie beschuldigen mich des Falschspiels, Signor Valsino?«

Er lachte. »Nein, nein, Marisa. Dafür sind Sie viel zu klug. Aber ich habe gehört, dass Sie unwahrscheinliches Glück haben. Doch bewahren Sie sich das Glück für die Leicester Street, wo Sie und Ihre Freunde ihr Unwesen treiben.«

Sie senkte die Lider. Es entstand ein Schweigen, aber nur kurz, dann blickten ihre blauen Augen schon wieder schelmisch. »Ja, okay, ich habe verstanden. Sie sagen, Ihr nächster Schüler kommt erst in einer Stunde, Signor Valsino?«

Er nickte. »Wir haben noch fast eine ganze Stunde, *carissima.*«

»Und was wollen wir mit dieser Stunde anfangen, Signore?«

Voller Erwartung verdunkelten sich seine Augen. Ihr Hemd klebte an ihrer klammen Haut, und er konnte die dunkle Reife ihrer Nippel sehen. Er schluckte. »Sie sind diejenige von uns, die für ihre guten Ideen bekannt ist, Signorina Marisa.«

Sie lächelte. »Ja, stimmt. Nun, angesichts Ihrer Bemerkung über mein Glück im Spiel – wie wäre es mit einem Spiel?«

»Aber wir wissen doch alle von Ihrem Glück beim Kartenspiel, Signorina, ich hätte keine Chance.«

Sie klatschte in die Hände. »Dann würfeln wir. Und wenn wir mit Ihren Würfeln spielen, kann ich unmöglich einen Vorteil haben, oder?«

Er zögerte einen Moment, dann nickte er. »Aber um welchen Einsatz spielen wir?«

Sie sah ihn direkt mit einem schelmischen Ausdruck an. »Der Gewinner kann bestimmen, was er oder sie will.«

Sein Herz raste. »Ich glaube immer noch, dass Sie gewinnen werden.«

»Ah«, murmelte sie und beugte sich weiter zu ihm, wobei die Fingerspitzen über die weichen Härchen auf seinem Handrücken strichen. »Wenn wir beide dasselbe wollen, ist das doch kein Problem, nicht wahr?«

Die Augen vor Lust verhangen, ging er zu einem Sekretär aus Walnusswurzelholz. Er schloss ihn auf und ließ sich Zeit, denn er wusste, dass seine Finger vor Erregung zitterten. Es wäre ihm peinlich, wenn sie das bemerkte. Er suchte die Würfel und bemühte sich um Gelassenheit, aber in seinen Gedanken suchte er alles, was er bisher über Marisa Brooke gehört hatte.

Im letzten Sommer war sie nach London gekommen, nachdem sie den Kontinent viele Jahre lang mit dem Vater bereist hatte. David schätzte, dass der plötzliche Tod des Vaters in Wien die Ursache für ihre Rückkehr war, aber Maria sprach wenig über ihre Vergangenheit.

Als sie über einen gemeinsamen Bekannten Kontakt mit David aufgenommen und ihn um Fechtunterricht gebeten hatte, war er nur widerwillig dazu bereit gewesen. Er hatte sie für eine weitere der verwöhnten höheren Töchter gehalten. Die meisten warteten nur auf eine Gelegenheit, die Degen wegzuwerfen und intimere Klingen mit ihm zu kreuzen. David Valsino wusste um seinen Ruf in den entsprechenden Kreisen. Frauen fanden sein italienisches Aussehen und seinen schlanken, grazilen Körper ungeheuer anziehend. Seine Diskretion war noch ein zusätzlicher Pluspunkt für ihn.

Aber als Marisa Brooke vor seiner Tür stand, erkannte er sofort, dass sie anders war. Er schätze sie auf drei- oder vierundzwanzig. Sie sah jünger aus, weil sie sehr schlank war und ein unschuldiges Gesicht hatte, dabei verfügte sie über die Selbstsicherheit einer erfahrenen Frau.

Sie hatte ihre eigenen Florette mitgebracht, die er neugierig betrachtet hatte. Sie waren ein wenig lang für seinen Geschmack, aber es waren wunderbare Klingen. Sie hatte auch ihre eigene Gesichtsmaske, die Nachahmung eines Designs, das vor fünfunddreißig Jahren sehr bekannt gewesen war.

»Sie gehörte meinem Vater«, hatte sie ihm mit ihrer dunklen melodiösen Stimme gesagt.

Schon beim ersten Treffen war ihm klar gewesen, dass sie eine der aufregendsten Frauen war, die er je kennen gelernt hatte. Zunächst hatte er ihr Gesicht für engelhaft gehalten, herzförmig, delikate Stupsnase, herrlich dichte Brauen über kornblumenblauen Augen, dazu der volle verlockende Mund, dessen Lippen sich einladend öffneten.

Engelhaft. So hatte er sie eingeschätzt, als sie das erste

Mal bei ihm gewesen war und sofort fragte, ob er der beste Fechtmeister Londons wäre.

Er hatte bald erkannt, dass ›engelhaft‹ nicht das zutreffende Wort war, um Marisa zu beschreiben. Das war ihm bewusst geworden, als sie mit ihren Händen über seine Hose gestreichelt hatte, kühl und voller Absicht, und dann hatte sie seine Breeches geöffnet und sich an ihm gelabt, als wäre er köstlicher Wein.

Seither hatte es einige dieser Begegnungen gegeben, und sie waren alle höchst bemerkenswert gewesen. Sie hatte wenig über sich erzählt, und nach den wenigen Fragen, die er gestellt hatte, wusste er, dass sie ihren Lebensunterhalt in den verruchten Spielhallen Londons bestritt. Gelegentlich ließ sie sich von einem reichen liebeskranken Verehrer ausführen, aber diese Affären dauerten nie lange. David wusste, dass es stets Marisa war, deren Glut schnell erlosch. Es gab nicht viele Männer, die ihr Interesse lange halten konnten.

Er entdeckte die Würfel schließlich in einer kleinen Schatulle, ging zu Marisa zurück, legte sie auf den kleinen vergoldeten Tisch und sah, wie Marisa die Würfel in die Hand nahm. Sie beugte sich so weit vor, dass David einen Blick auf die rosigen Spitzen ihrer Brüste werfen konnte. Er war sicher, dass sie sich absichtlich für ihn entblößte. Er schluckte schwer und spürte die Härte in seinen Lenden. Himmel, dachte er, Marisa war wirklich eine verlockende Frau.

Marisa Brooke beobachtete ihn unauffällig unter gesenkten Lidern, während sie die Würfel wie alte Freunde in die Hand nahm, sie gegeneinander klicken ließ und still in sich hinein lächelte. David Valsino war seiner sehr sicher – wie immer. Aber Marisa wusste, dass sie die Oberhand behalten würde, auch wenn er das noch nicht ahnte.

Ihr Körper war nach der Fechtstunde immer noch geschmeidig und warm. Heimlich ließ sie es gelegentlich zu, sich bei einem längeren Duell zu erregen. Die sanften flüssigen Bewegungen, die muskulöse Anmut ihres Gegners, die eigene Verwegenheit, die sich letztlich in der Spitze des tanzenden Floretts zeigte, all diese Einzelheiten verfehlten nie ihre Wirkung auf sie. Wohin ihre Erregung führte, entschied immer nur sie.

Sie warf die beiden Würfel in einen kleinen Lederbecher und musterte ihren Partner ausgiebig. David Valsino war nicht besonders groß, aber er hatte eine hinreißende Figur. Breite Schultern, schlanke, muskulöse Hüften – so mochte Marisa ihre Männer, auch wenn Valsino ziemlich arrogant war. Er hatte ein attraktives dunkles Gesicht, attraktiv genug, um einfältige britische Frauen zum Schmelzen zu bringen. Seine Haut war sanft und glatt, leicht bronzen von der Sonne seiner Heimat.

Im Gegensatz dazu, wusste Marisa, waren Oberkörper und Schenkel mit seidigen schwarzen Härchen bedeckt, die sich in seinen Lenden zu einer weichen Matte verdichteten. Während sie den Würfel sinnlich in ihrer Handfläche tänzeln ließ, erinnerte sie sich mit einem leicht amüsierten Schauder an ihre erste Begegnung. Er war verzweifelt heiß auf sie gewesen, hatte sich den ersten Schritt aber nicht getraut.

Als Marisa ihre Hände über seine eng sitzende Hose hatte gleiten lassen, die blauen Augen weit offen in tödlicher Unschuld, hatte er vor Überraschung einen heiseren Schrei ausgestoßen. Sie hatte sich eingestehen müssen, dass sie einen kleinen freudigen Schock erlebt hatte, als sie die Größe seines harten heißen Schafts festgestellt hatte, der ungeduldig gegen ihre neckenden Fingerspitzen stieß. Danach hatten sie und der Fechtmeister ein höchst befriedigendes Erlebnis gehabt, das erste von mehreren.

Wenn sie sich nicht irrte, gab es in seiner Hose eine dicke Beule. Ihre Augen glänzten bei dem Gedanken an seinen aufregend eifrigen Penis, der sich stets als ausdauernd erwiesen hatte. David saß vor ihr auf seinem Stuhl, zwischen ihnen der niedrige Tisch, seine Ellenbogen auf den gespreizten Schenkeln. Sie wusste, dass er sich seines Triumphs sicher war – so oder so.

Marisa lehnte sich vor. »Wir spielen ganz einfach. Drei Durchgänge bringen die Entscheidung.«

Valsino nickte ergeben. »Was immer Sie wollen, *carissima.* Sie fangen an.«

Sie warf eine Drei und eine Vier. Als David nach den Elfenbeinwürfeln griff, spürte sie, wie sich ihre Nippel verhärteten und gegen ihr Seidenhemd drückten. Seine schlanken braunen Finger spielten mit den weißen Würfeln, und sie stellte sich vor, wie sich diese Finger mit ihren Brüsten und den harten Nippeln beschäftigten. Ihr war die Sinnlichkeit der Szene bewusst, ein süßes Versprechen, das allzu schnell in eine primitive Fleischlichkeit münden konnte. Der schmucke Italiener wäre glücklich darüber. Er war sicher, den ersten Durchgang schon gewonnen zu haben.

Er warf zwei Fünfen. Er versuchte, den prahlenden Ton aus seiner Stimme herauszuhalten, als er sagte: »Um was spielen wir nun?«

Ihre blauen Augen blitzten. »Das entscheidet der Gewinner.«

»Was immer er will?«

»Was immer sie will.«

David schluckte. Draußen wurde die Sonne blasser, und dunkle Schatten legten sich über die Mansarde. Ein Lichtstrahl, in dem Staubpartikel tanzten, fiel über den Kaminsims aus Marmor und auf die vielen Einladungen und Visitenkarten, die dort aufgereiht waren. Marisas Blick fiel auf eine bestimmte Karte, die größer war als die anderen und ihre Bedeutung auch noch mit einem Goldrahmen unterstrich.

Unten in der Straße gab es einen heftigen Wortwechsel von zwei Fuhrleuten, die sich mit ihren Karren ins Gehege gekommen waren, aber die Flüche und Verwünschungen schienen eine Welt weit entfernt zu sein.

Marisa streckte eine Hand aus und legte sie wie zufällig auf Davids harten Oberschenkel. Sie spürte, wie sich seine Muskeln anspannten, als sie die Hand höher schob. Um ihn zu reizen, brach sie die Wanderung ihrer Finger dicht vor der Schwellung des gewaltigen Phallus ab.

Sie sah, wie die Farbe in Davids Gesicht schoss. Marisa lächelte und nahm den Lederbecher an sich. Vielleicht sollte sie ihn doch gewinnen lassen. Sie wusste ganz genau, was er als Gewinner verlangen würde, und das wäre ihr alles andere als unangenehm. Aus Erfahrung wusste sie, dass seine Finger sanft und kundig waren, dass er einen drahtigen, biegsamen Körper hatte und seine Erektion so kunstvoll einsetzte wie den Degen.

Sie lehnte sich zu ihrem Wurf weit vor und spürte, wie sich ihre engen Breeches an den geschwollenen feuchten Labien rieben. Sie sehnte sich danach, dass seine Hände ihre vollen Brüste umfassten, und wollte seine Lippen auf ihren Nippeln spüren, während ihre geheime Stelle sich wie eine exotische Blume öffnete.

Sie ließ die Würfel rollen. Fünf und Sechs. Sie sah ein kurzes ängstliches Aufflackern in Davids Augen und streckte die Hand aus, als er nach dem Lederbecher greifen wollte.

»Wir haben doch keine Eile, David«, sagte sie leise und hielt die Würfel zurück. »Wissen Sie, ich hätte gern noch einen Schluck Wein.«

Als er mit zwei gefüllten Gläsern zurückkam, sah sie den

Schock in seinem Gesicht, denn sie hatte sich auf den Rücken gelegt, das Hemd aufgeknöpft und die Hände um ihre schönen Brüste gelegt. Er schluckte schwer.

»Trinken Sie, Signorina«, sagte er heiser.

»Danke.« Sie ließ die Nippel zwischen die Finger gleiten und wusste, dass seine Erektion durch ihre Schau noch härter wurde. »Ich glaube, Sie sind dran, David.«

Mit einem verhaltenen Stöhnen setzte er sich wieder und ließ die Würfel aus dem Becher rollen. Eine Zwei, eine Eins.

»Oh, was für ein Pech«, sagte Marisa süß. »Oh, ist das aufregend. Der letzte Wurf entscheidet. Kommen Sie, setzen Sie sich neben mich, David.«

Er fuhr sich verlegen durch die krausen dunklen Haare und setzte sich zu ihr aufs Sofa. Marisa kuschelte sich an ihn und nippte am Wein. Ihre Brüste blieben entblößt, und ihm lief das Wasser im Mund zusammen.

Sie sah ihn von unten schelmisch an, strich federleicht über seinen Schritt und murmelte: »Immer noch so schnell geladen, David? Wie geht es Lady Morency? Zahlt sie Ihnen immer noch einen Obolus für Ihre Liebesdienste? Fährt sie immer noch darauf ab, auf allen vieren zu liegen und Sie aufzufordern, dass Sie ihr den Hengst machen?«

Sein Brustkorb schwoll an. »Lady Morency entwickelte sich zu einem Ärgernis, deshalb habe ich unsere Verabredungen für eine gewisse Zeit ausgesetzt. Aber ich bin ganz gut ausgelastet.«

»Das überrascht mich nicht. Ich habe Sie auch vermisst, David.« Bevor er ausweichen konnte, hatte sie sich um ihn gewunden, sie lag mit dem Kopf über seinem Schoß und begann, seine Breeches aufzuknöpfen. Sekunden später hatte sie seinen Penis freigelegt, er sprang ihr wie eine Feder entgegen. David ließ ein verunsichertes Lachen hören.

»Marisa, wir haben unser Spiel noch nicht beendet. Aber wenn Sie natürlich nicht warten können, *carissima* ...«

Sie lächelte. »Armer David. Es muss schrecklich sein, wenn sich die Frauen so sehr um Sie reißen. Wie entzückend Sie sind. Wir nehmen das Spiel nachher wieder auf, ja?«

Ihre Finger glitten am dunklen Schaft seines zuckenden Phallus entlang. Zitternd reckte sich ihr der Pfahl entgegen, und sie hörte Davids keuchenden Atem. Marisa, die neckende Zunge zwischen den leicht geöffneten Lippen, rutschte weiter vor, bis die rosig gekrönten Brüste über der prallen Eichel pendelten. Sie ließ sich noch ein wenig tiefer sinken und rieb die Nippel leicht über den samtenen Peniskopf.

David hielt sich stöhnend an ihren Schultern fest, zog ihr Gesicht heran und küsste sie hungrig. Sie ließ das einen quälenden Augenblick lang geschehen, dann wich sie zurück, und ihr Gesicht zeigte einen fast bedauernden Ausdruck.

»Ein ziemlich verwegener Vorstoß, würden Sie das nicht auch sagen, Signor Valsino? Wissen Sie noch, was Sie mir in der ersten Stunde beigebracht haben? ›Lerne zuerst die Schwäche des Gegners kennen‹.«

»Himmel, Marisa, Sie sind eine Hexe.«

Sie lachte fröhlich und griff nach den Würfeln. »Ich glaube, ich bin dran.«

Wieder eine Fünf und eine Sechs. Sie lächelte und blickte auf seinen strotzenden Penis, der sich hungrig durch den Hosenschlitz reckte.

Er sagte gepresst: »Lohnt es sich überhaupt noch zu werfen, Marisa? Ich meine, wir wollen doch beide dasselbe.«

»Möglich.« Sie nahm den Becher in die Hand, küsste ihn und reichte ihn weiter. »Bitte.«

Er hob resigniert die Schultern und würfelte. Zwei und Drei.

»Na, bitte.« Er wandte sich ihr zu und starrte auf ihre nackten Brüste, die sich durch die Falten ihres Hemds drängten.

Sie hob die Hände und schob ihn sanft zurück. »Wir haben eine Abmachung, Signor Valsino. Ich habe gewonnen, erinnern Sie sich?«

»Ja, natürlich. Aber das ist es doch auch, was Sie wollen.« Er streichelte ihre Brüste.

Sie seufzte und ließ den Blick über seinen zitternden Penis schweifen. Zu Davids Entsetzen begann sie langsam, die Hemdknöpfe zu schließen. »Nein, eigentlich nicht, obwohl es ganz angenehm wäre. Wissen Sie, da gibt es etwas, was ich noch mehr begehre.«

»Was denn, verdammt?«

Sie stand auf und ging lässig zum Kamin. »Das will ich, David.«

Sie griff nach der goldgerahmten Einladung, die auf dem Sims stand und alle anderen überragte.

Es entstand ein kurzes, unheilschwangeres Schweigen, dann explodierte er: »Aber das ist meine Einladung für heute Abend! Ein Maskenball in Vauxhall. Sie können doch nichts damit anfangen.«

Schnurrend fuhr sie mit den Fingerspitzen über den Goldrahmen. »Die Karte sieht nach Geld und Diskretion aus. Keine Namen, keine Identitäten. Nur das kleine Zeichen eines Pik Ass in der Ecke. Ein Maskenball in Vauxhall, das ist ideal für mich, David. Glauben Sie, dass man auf dem Ball auch Karten spielt?«

David stand auf, das dunkle Gesicht voller Ärger und Enttäuschung. Er richtete seine Kleidung und versteckte den pochenden Penis in seinen Breeches.

»Das ist es also«, sagte er verbittert. »Sie wollen irgendeinen ahnungslosen Zocker ebenso reinlegen mich.«

Sie ging zu ihm und fuhr mit einem Finger über seine

glatt rasierte Wange. »Jetzt sind Sie aber ungerecht, mein Lieber. Ich hatte Sie schon gefragt, ob Sie mich nicht Ihren wohlhabenden Kunden und Freunden vorstellen wollten. Das haben Sie abgelehnt. Dann sah ich diese Einladung, und ich erkannte, dass ich aktiv werden musste. Es war ein fairer Wettstreit, oder nicht?«

»Ich weiß nicht«, murmelte er. David hatte eine Menge Gerüchte über das Treiben von Miss Brooke gehört. Bei ihren Spielen setzte sie teuflische Tricks ein, ohne dass die großen unschuldig blickenden Augen auch nur zuckten.

»Aber ich habe doch gar nicht schummeln können, David. Es sind Ihre Würfel. Und Sie haben zugestimmt, dass der Gewinner entscheiden kann, um welchen Einsatz es geht.«

»Ich dachte«, sagte er hitzig, »dass Sie mich wollten.«

»Dann ist das eine gute Lektion für Sie«, sagte Marisa leise. »Natürlich bete ich Sie an, aber jetzt geht es mir um diese Einladung. Ein Maskenball! Niemand wird mich erkennen. Die ganze Sache wird *incognito* ablaufen.«

Zerknirscht murmelte David: »Ich könnte dem Gastgeber sagen, dass mir die Einladung gestohlen wurde. Ich könnte ihn warnen, dann würde er Sie nicht einlassen.«

»Oh, David. Das wäre sehr hässlich von Ihnen. Wer ist übrigens Pik Ass? Ist er reich und dumm?«

Sie machte sich lustig über ihn, dachte er. Seine Antwort klang spröde. »Ich bin sicher, dass Sie das Geheimnis des Gastgebers gern selbst lüften wollen, Marisa. Sie mögen doch Überraschungen.«

Ihr heiseres Lachen füllte die Mansarde, in der es allmählich dunkel wurde. »Ja, ich liebe Überraschungen. Aber David, Sie bleiben doch mein Freund? Sie sind mir nicht wirklich böse? Ich meine, ich will doch nur viel Geld von betrunkenen aristokratischen Narren gewinnen, Geld, das sie sowieso verlieren wollen. Warum dann nicht an mich?«

Er rang eine Weile mit sich selbst, dann lachte er auch. »Ich bin Ihnen nicht böse, Signorina. Ich bin nur unglaublich enttäuscht. Himmel, Marisa. Sie müssen die verlockendste Frau ganz Londons sein.«

»Wenn das so ist, sollte unser nächstes Treffen etwas sein, worauf Sie sich besonders freuen können«, antwortete sie lächelnd. Sie ging zur Tür und zog ihre geschmeidigen Stiefel an.

»Vielleicht können wir das nächste Mal Piquet spielen«, sagte David und folgte ihr zur Tür. »Das kann ich ganz gut. Vielleicht kann ich sogar gewinnen.«

»Verlassen Sie sich nicht drauf«, warnte sie ihn lachend. Sie warf sich den langen Mantel über, der wie ein Herrenmantel geschnitten war. Sie küsste David auf die Wange, dann lief sie die Treppe hinunter.

»Viel Spaß heute Abend«, rief er ihr nach, aber er war nicht sicher, ob sie ihn gehört hatte.

Marisa blieb einen Moment auf dem Gehweg vor den hohen, mit Stuck verzierten Häusern stehen, in denen David Valsino wohnte. Die Sonne ging hinter den Dachspitzen unter, und das graue Licht der Londoner Dämmerung zeichnete die harten Umrisse in der geschäftigen Straße weicher. Eine Obstverkäuferin ging vorbei und hielt singend ihre Waren feil. Marisa kaufte einen Apfel und biss zufrieden in das feste, saftige Fleisch.

Wie gewöhnlich hatte sie das bekommen, was sie wollte. Liebevoll schaute sie zu den hohen Fenstern der Mansarde hoch, in der Signor Valsino seine teuren Privatstunden in der Kunst des Fechtens gab. Der liebe David. Sie wäre beinahe der Versuchung erlegen und hätte sich von ihm befriedigen lassen. Das Spiel mit dem Florett hatte sie erregt wie immer, und er war eben ein attraktiver Mann.

Aber er war auch eitel, nur deshalb hatte er die Einladung so verführerisch auf dem Kaminsims platziert, dass jeder Besucher sie sofort sehen konnte. Sie wollte unbedingt diese Einladung haben, deshalb hatte sie auch das Würfelspiel gewinnen wollen. Das exquisite Gefühl der Ungewissheit hatte ihr Blut aufgeheizt, als sie kurz vor ihrem zweiten und dritten Wurf die Würfel heimlich ausgetauscht und durch ihre ersetzt hatte – sie waren durch Gewichte so manipuliert, dass sie immer nur Fünfen und Sechsen warfen.

Sie hatte mal von einem Mann gehört, dem es in einer schäbigen Spielhölle in der Southampton Street im Moment des Triumphs gekommen war. Sie hatte gelacht, als sie davon erfahren hatte, aber insgeheim konnte sie das gut nachvollziehen. Der arme David würde das nie verstehen. Er hatte nicht damit gerechnet, dass sie betrügen könnte, und das freute sie am meisten. Er hatte auch nicht den leisesten Verdacht, dass ihre kühnen intimen Berührungen darauf abzielten, ihn vom Spiel abzulenken, während sie seine kostbaren Würfel durch ihre ersetzte, die sie stets in einer Geheimtasche ihrer Breeches trug.

Marisa war mit Glück und Geschick ausgestattet, eine tödliche Mischung. Sie fand, dass sie einen erfolgreichen Nachmittag hinter sich hatte, aber er hätte noch besser verlaufen können. Das teilte ihr Körper ihr mit, während sie daran dachte, was auch hätte geschehen können.

Stirnrunzelnd nahm sie den letzten Apfelbiss, dann warf sie den Rest in den Rinnstein. Natürlich war ihr bewusst, dass ihre geheimen Stellen noch feucht und geschwollen waren und auf die köstliche Reibung von David Valsinos wackerem Penis warteten. Ihr Verstand sagte, dass es richtig war, ihn abzuweisen. Sex war zweifellos ein großes Vergnügen, aber wie bei anderen Vergnügen auch, konnte Marisa zu jeder Zeit nüchtern entscheiden, ob sie der Lust nachgab oder nicht. Es war ihre größte Stärke, darauf zu warten, ob Sex zu ihren Plänen passte.

Heute war David ihrer zu sicher gewesen. Außerdem hatte sie sich ganz auf die Einladung auf dem Kaminsims konzentriert, seit ihr Blick darauf gefallen war. Ihr Puls ging schneller, als sie in die mit Seide ausgeschlagene Innentasche ihres Mantels griff und die goldgerahmte Karte herausnahm.

Der Besitzer der Karte wurde laut Text an diesem Abend zu einem Maskenball in die Vauxhall Pleasure Gardens eingeladen. Es gab ein Abendessen, danach fand ein Tanzvergnügen statt, und Gelegenheit zu Kartenspielen sollte es auch geben. Aus Erfahrung wusste Marisa, dass die Gäste bei diesen Veranstaltungen anonym bleiben durften oder sollten und auch ihren Namen nicht nannten, es sei denn, der Gastgeber fragte danach. Pik Ass, der Geheimnisvolle.

Pik Ass. Wahrscheinlich ein fetter alter Lebemann, vielleicht im Alter des Prinzregenten, sagte sich Marisa. Aber wenigstens war er reich, und seine Gäste würden auch zu den Wohlhabenden der Stadt gehören. Das hieß, sie konnte ihnen viel Geld abknöpfen und dann in der Menschenmenge von Vauxhall verschwinden, und niemand würde wissen, wer sie war. Niemand würde überhaupt erfahren, dass sie sich die Eintrittskarte erschlichen hatte, es sei denn, Pik Ass persönlich würde sie um ihren Namen bitten.

Es durchlief sie heiß und kalt, als sie an die Möglichkeiten des Abends dachte. Ihr war, als stünde sie auf der Schwelle zu einer aufregenden neuen Welt, in der absolute Diskretion ein ungeschriebenes Gesetz war und wo niemand mit der Wimper zuckte, wenn nur durch eine einzige Karte ein Vermögen gewonnen oder verloren wurde. Wo die Gewinne so hoch sein mochten, dass sie sich nie wieder an einen Kartentisch setzen musste.

Ihre Gedanken wurden von einer offenen Kutsche unterbrochen, die aus der Richtung des St. James Square kam und über den Bordstein fahren musste, um dem Karren eines Milchmanns auszuweichen. Marisa sprang im letzten Moment aus dem Weg und betrachtete die edle Kutsche. Sie war flaschengrün lackiert, hatte hohe gelbe Räder und zwei flackernde Messinglampen. Sie wurden von zwei stolzen braunen Pferden gezogen, und der Kutscher war in einen weiten Mantel aus feinem Wollstoff gehüllt und trug einen hohen Hut. Er lenkte das Gespann mit kundiger Hand und entkam dem Milchkarren um Haaresbreite.

Marisa drehte sich neugierig um und bemerkte, dass die Kutsche vor Davids Haus hielt. Im ersten Moment bereitete ihr das Unbehagen, aber dann dachte sie achselzuckend, dass es sich um einen von Davids reichen Klienten handelte. Sie wollte sich schon abwenden und weiter gehen, hörte dann aber die tiefe Stimme des Kutschers hinter sich.

»He, Junge. Du kriegst einen Schilling, wenn du meine Pferde hältst.«

Marisa drehte sich um und sah, dass der Mann abgestiegen war und jetzt vor den Pferden stand. »Kann es sein, dass Sie mit mir sprechen?«, fragte Marisa.

Er sah sie nicht einmal an, sondern kümmerte sich weiter um das Zaumzeug der Pferde. »Ja, klar. Komm schon, beeil dich.«

Marisa hielt die Luft an. Er hatte nicht bemerkt, dass sie eine Frau war. Das war nicht seine Schuld, denn sie wusste, dass man sie in ihrem weiten Herrenmantel und mit dem breitrandigen Hut, unter dem sie die langen Haare versteckte, durchaus für einen Jungen halten konnte. Aber die Arroganz dieses Kerls empörte sie. Er gab ihr einen Auftrag und nahm sich nicht einmal die Zeit, sie anzusehen.

Sie betonte jedes Wort, als sie sagte: »Ich glaube, Sie irren sich. Niemand zahlt mich, um irgendwas zu tun.«

Er hob den Kopf und sah wenigstens mal von seinen kostbaren Pferden auf. Marisa sah in erfahrene graue Augen, die sich weit öffneten, als der Mann erkannte, dass er sich in ihrem Geschlecht geirrt hatte.

»Wirklich?«, murmelte er mit seiner kultivierten Stimme. »Das überrascht mich. Ich kann mir denken, dass ziemlich viele Männer ein kleines Vermögen zahlen würden, um Sie mal bar dieser Kleider zu sehen.«

Sie hielt geräuschvoll die Luft an und musterte ihn von oben bis unten. »Sie jedenfalls könnten sich das nicht erlauben.«

»Glauben Sie nicht?« Der breite dünne Mund weitete sich spöttisch. »Nach meiner Erfahrung hat jeder – wirklich jeder – seinen Preis.«

Er nahm seinen hohen Hut ab und legte ihn auf den Kutschsitz. Mit geübtem Auge nahm Marisa sein modisch kurz geschnittenes Haar wahr, das breite Halstuch und den luxuriösen Glanz seiner Lederstiefel unter den Falten seines Mantels. Ein Aristokrat, dachte Marisa grimmig, Anfang dreißig, bis zum Platzen voll mit Geld und Überheblichkeit. Reich, mächtig und unausstehlich arrogant.

»Wie schade für Sie«, sagte sie mit süßer Stimme, »dass Sie für Ihr Vergnügen zahlen müssen. Aber ich kann das natürlich verstehen. Keine Frau, die auf sich hält, würde aus freien Stücken was mit Ihnen zu tun haben wollen.«

Die kalte Perfektion seiner hochmütigen Gesichtszüge schien in Eis gemeißelt. »Und was genau meinen Sie damit, Ganymed?«, fragte er leise.

Ganymed, der Junge, den die Götter lieben, eine Art bisexuelle Konkubine. Wie konnte er es wagen, sie so anzusprechen? Marisa zermarterte sich den Kopf, wie sie sich an ihm rächen konnte, aber ihr fiel nichts ein, was sie zufrieden gestellt hätte. Deshalb sagte sie nur: »Wie ich das meine?

Nun, es ist offensichtlich, dass Sie einen kleinen Penis haben.«

Sein Gesicht schien zu explodieren, dann riss er sich zusammen, betrachtete sie lange und meinte dann mit seiner wohlklingenden Stimme: »Dafür sollte ich Sie auspeitschen.«

»Ah, Sie stehen auf solche Sachen?«, fragte Marisa mit unschuldigem Augenaufschlag. »Zahlen Sie dafür auch? Es gibt ein paar Frauen in einem Haus in der Vere Street, die sehr diskret sein sollen und Sie auch nicht übervorteilen.«

Die Hand des Mannes verkrampfte sich um den Schaft seiner Reitpeitsche, als die breite Tür von David Valsinos Haus aufgerissen wurde und ein aufgeregter Diener herausstürmte.

»Lord Delsingham!«, rief der Diener untröstlich. »Ich bitte vielmals um Verzeihung, Mylord, dass niemand hier war, um Sie zu begrüßen. Signor Valsino erwartet Sie natürlich. Wenn Sie eintreten würden, Mylord, ein Stallbursche wird die Kutsche zu den Ställen fahren.«

Marisa stand wie in Trance da. Lord James Delsingham, einer der reichsten, begehrtesten Männer Londons. Sie fühlte sich schwach vor Verlegenheit.

Delsingham sagte ruhig: »Ich bleibe nicht lange, deshalb kann die Kutsche auf der Straße bleiben. Der Stallbursche soll die Pferde auf und ab führen, bis ich zurück bin. Aber er soll pfleglich mit ihnen umgehen, sonst kann er was erleben.«

»Ja, Mylord. Hierher, Mylord.«

Lord Delsingham wandte sich der Treppe zu Valsinos Haus zu. Dann sah er Marisa wie gebannt auf dem Gehweg stehen, und er verharrte noch einmal kurz. Wieder verzogen sich die Lippen zu einem spöttischen Lächeln.

»Denken Sie dran, mein süßer Ganymed«, sagte er leise. »Jeder hat seinen Preis.«

Marisa zuckte zusammen. »Wie ich Ihnen schon sagte – niemand bezahlt mich, um irgendwas zu tun, Mylord.«

»Schade«, murmelte er, und noch einmal tasteten seine Blicke ihren Körper ab. »Meine Phantasie geht mit mir durch, wenn ich Sie in dieser Reithose sehe. Und die Vorstellung, Sie ohne die Breeches zu sehen, ist noch viel drastischer.«

Mit einem zischenden Geräusch preschte sie vor. Sie holte die Hand aus und wollte ihm ins Gesicht schlagen, aber er hielt mühelos den Arm fest, und noch bevor sie sich von der Überraschung erholt hatte, beugte er den Kopf und küsste sie auf die Innenseite des Handgelenks. Die offenen Lippen fuhren über die delikate Haut, von winzigen Äderchen durchzogen, und Marisa spürte die Wärme seiner Liebkosung, die sie zum Schmelzen brachte. Sie konnte sich nicht bewegen und auch nichts sagen.

Er richtete sich wieder auf, hielt aber ihre Hand noch fest. Wie ein Turm ragte er über ihr. »Ich schätze mal, dass mein Angebot das beste ist, das Sie den ganzen Tag erhalten werden, Ganymed. Und übrigens – Sie irren sich gewaltig, was meinen Körperbau angeht.«

Er lächelte ihr noch einmal kurz zu, dann ließ er sie los und trat ins Haus.

Marisa stand mit wackligen Knien da und starrte ihm nach, bis er Davids Haustür erreicht hatte. Sie machte in seinem Rücken eine obszöne Geste. »Hölle und Verdammnis«, zischte sie.

Ihre gute Stimmung war verflogen. Eben noch hatte sie triumphiert, aber dieser unverschämte Aristokrat hatte sie mit seinem beißenden Spott in ihre Schranken verwiesen.

Lord James Delsingham war, wie sie wusste, einer der reichsten Männer Londons. Er war auch, mutmaßte Marisa, der Typ eines egoistischen Liebhabers, nur auf sein eigenes Vergnügen bedacht, ohne Rücksicht auf die Gefühle der

Frau, die bei ihm im Bett lag. Kalt, machtbesessen, arrogant. Einen Moment lang stellte sie sich vor, dass sie die Frau neben ihm im Bett war, sie sah seinen harten, erregten Körper, erschauerte und schloss die Augen. Sie erinnerte sich an die leichten Berührungen seiner Lippen auf dem nackten Handgelenk. Sie hatten sie mehr aufgewühlt als Davids vergebliches Bemühen.

Verdammt, sie würde sich den Tag nicht vermiesen lassen. Entschlossen schritt sie aus, der Pall Mall entgegen. Sie freute sich schon auf die hellen, von Kerzen erleuchteten Schaufenster der Geschäfte, die ihren Nachhauseweg erhellen würden, denn allmählich ging die Dämmerung in den Abend über.

Als sie sich wieder beruhigt hatte, griff sie erneut in die Innentasche des Mantels und fasste die goldgerahmte Einladung an. Das reichte schon aus, um sie zu besänftigen. Heute Abend würde sie in die Vauxhall Pleasure Gardens gehen, wo zwischen den Gebüschen Reich und Arm flanieren würden, Taschendiebe und Millionäre. Eine ungewöhnliche Mischung, aber was für eine wunderbare Gelegenheit für sie!

Sie rieb mit der Fingerkuppe über das kleine elegante Zeichen des Pik Ass und spürte die innere Erregung, die Lord Delsingham fast ganz aus ihren Gedanken verdrängte.

Aber nur fast.

Nachdem David Valsino hörte, wie Marisas Schritte sich auf der Treppe entfernten, ließ er sich enttäuscht aufs Sofa sinken. Den Seidenkissen haftete noch der Duft ihrer Haare und ihrer Haut an. Er erinnerte sich wieder an ihre erste Begegnung im letzten Sommer.

Sie hatte ihn völlig überrascht, als er nach der Fechtstunde seine Degen einsortiert hatte und sie vor ihm auf die Knie gesunken war. Sie hatte seinen Penis aus den Breeches geholt, dick geschwollen, unvermeidlich in ihrer Gegenwart, und ihn tief in den Mund genommen. Die Zunge hatte über die pralle Eichel gestrichen, ehe die feuchten Lippen am gespannten Schaft auf und ab glitten. Das war ihr erstes Treffen gewesen, und immer noch fühlte er sich absolut hilflos in ihrer Gegenwart. Jetzt hatte sie ihn mit dem Würfelspiel erneut übertölpelt und ihm die Einladungskarte abgeluchst.

Sobald die Haustür hinter ihr ins Schloss fiel, holte er seinen eingesperrten Penis heraus und fing an, sich selbst zu streicheln. Dieses verdammte Biest. Sie hatte ihn verhext. Er würde sich erst beruhigen können, wenn er das Feuer seiner Lenden gelöscht hatte. Er legte sich in die Kissen zurück, zog die Vorhaut auf und nieder und gab nicht auf, bis er ejakulierte. Im Moment des Höhepunkts glaubte er, Marisas melodiöses Lachen zu hören, fast so, als wüsste sie, wozu sie ihn reduziert hatte.

Dann hörte er wieder das Schlagen der Haustür, und schuldbewusst sprang er auf die Füße, als er die ebenmäßigen Männerschritte auf der Treppe hörte. Er säuberte sich mit dem Taschentuch, richtete seine Kleidung und hörte dann schon das Klopfen seines Dieners.

»Lord Delsingham, Signor Valsino.«

Delsingham, oh, verdammt. Er hatte beinahe vergessen, dass sie zu einer Fechtstunde verabredet waren. Dann stand der Lord auch schon in der Mansarde. »Mylord«, sagte David, »Sie sind etwas früher, als ich erwartet habe.«

Delsinghams graue Augen musterten eher amüsiert die unordentliche Erscheinung des Fechtmeisters. David fragte sich, ob es im Zimmer nach Sex roch.

»Ist doch egal«, sagte seine Lordschaft. »Ich sehe, dass ich

Sie überrascht habe. Ich bin nur vorbeigekommen, um Ihnen zu sagen, dass ich meine Fechtstunde verlegen möchte. Es gibt ziemlich viel zu tun, weil ich noch Vorbereitungen für heute Abend treffen muss.«

»Ganz gewiss, Mylord, wie Sie wünschen.«

Delsingham sah sich im Zimmer um. »Wenn ich Sie nicht so gut kennen würde, Valsino, hätte ich den Eindruck, dass Sie eine Frau hier hätten. Sie kommen doch heute Abend? Ich sehe meine Einladung nicht mehr auf dem Kaminsims.«

»Heute Abend, Mylord?«, stammelte David.

»Für einen Fechtmeister haben Sie eine lange Leitung. Ich habe Sie zu meinem Maskenball eingeladen.«

»Natürlich, Mylord. Die Einladung habe ich unten. Wie viele Gäste erwarten Sie denn?«

Delsingham hob die kräftigen Schultern. Er war größer als David und ungewöhnlich fit für einen Mann seiner Größe. Mit dem Florett war er äußerst geschickt, und gewöhnlich freute sich David auf die Duelle mit ihm – aber heute nicht.

Delsingham knurrte: »Ich weiß die genaue Zahl nicht. Fünfzig oder sechzig, nehme ich an.«

In diesem Fall, dachte David erleichtert, würde dem Gastgeber nicht auffallen, wer alles anwesend war. »Ich freue mich auf den heutigen Abend«, sagte er laut.

»Gut. Ich auch.« Wieder zeigte Delsingham ein schmallippiges Lächeln, das ihn gefährlich aussehen ließ. »Nun, ich will Sie nicht länger stören.«

Zum Glück war er gleich wieder weg. Ein paar Minuten später hörte David, wie sich die Kutsche des Lords entfernte. Er fragte sich, ob Marisa dem Lord begegnet war. Was würde Marisa sagen, wenn sie erfuhr, dass sich hinter Pik Ass einer der einflussreichsten Männer Londons verbarg?

David dachte, er hätte Marisa warnen sollen, aber warum sollte er? Schließlich war es seine süße Rache. Sollte sie doch unvorbereitet in die Höhle des Löwen gehen. Wenn es jemanden gab, der Marisa Brooke zähmen konnte, dann war es James, Lord Delsingham.

Zweites Kapitel

Marisa war fast zu Hause. Als sie sich durch das Labyrinth der schmalen Straßen hinter dem Strand schlug, empfand sie trotz der Dunkelheit, die sie einhüllte, ein selten erlebtes Hochgefühl. Hier duckten sich die schäbigen Häuser aneinander, windschief und oft baufällig, eine Welt entfernt von den geräumigen Residenzen in Davids Stadtteil.

Als der Laternenanzünder seine Runde begann, lag eine spannende Vitalität in der Luft, als wäre das beginnende Treiben zwischen den Kneipen und Spielhöllen, die in diesem Viertel angesiedelt waren, mit den Händen greifbar. Die Geräusche wurden lauter, aus verschiedenen Häusern drang schräge Musik und ausgelassenes Gelächter.

Marisa ging an Bob Derrys berüchtigtem Weinkeller an der Ecke von Maiden Lane und Half Moon Alley vorbei, als ein paar betrunkene Burschen aus dem Eingang auf die Straße torkelten, ihre Geldbeutel gewiss schmächtiger als vor ihrem Besuch des Kellers. Sie erkannten, dass Marisa kein Junge war, und pfiffen lechzend hinter ihr her. Sie lachte nur und schritt weiter, wobei der lange Mantel um ihre Waden flatterte.

Bevor sie in eine weitere schmale Gasse bog, beschleunigte sie ihre Schritte. Schmuddelige Bengel spielten vor einer nur schwach beleuchteten Kneipe mit zerbrochenen Schlägern. The Blue Bell hieß bei seinen Stammgästen nur Das Ende, weil sie die ganze Nacht geöffnet war, Sammelstelle aller Trinker, die in anderen Lokalen hinausgeworfen worden waren. Marisa liebte The Blue Bell. Sie drückte die verwitterte Tür auf und schritt den verrußten Gang entlang, am Schankraum vorbei, und atmete den vertrauten starken Geruch von Bier und Tabakrauch ein.

Sie blieb nicht unbemerkt. Auf einem Tisch sah sie Karten liegen, und glitzernde Münzen wechselten den Besitzer. Jemand rief sie an. »He, Marisa! Schatz, spielst du mit uns?«

Sie drehte sich grinsend um. »Ich soll mit deinen gezinkten Karten spielen? Heute Abend nicht. Ich muss bald wieder weg. Ich will heute um höhere Einsätze spielen.«

»Dann wünschen wir dir viel Glück«, kam die freundliche Antwort.

Marisa, die vor ein paar Monaten einige Zimmer über der Kneipe bezogen hatte, die sie als Basis ihrer Streifzüge nutzte, war bald zu den Lieblingen der Stammgäste im Blue Bell geworden. Zuerst waren sie argwöhnisch gewesen, dann hatten sie versucht, sie über den Tisch zu ziehen. Aber an einem Abend hatte sie gegen alle beim Kartenspiel gewonnen, und als sie dann noch einen Trunkenbold, der sie hatte küssen wollen, kurzerhand vor die Tür gesetzt hatte, waren die anderen ihr nur noch mit Respekt begegnet, und heute war sie fast so etwas wie der Talisman für die Zocker geworden.

Sie nahm eine Talgkerze und hastete die schmale Treppe zu ihrer Wohnung hoch. Sie griff nach dem Schlüssel in der Manteltasche, und als die Tür in die Dunkelheit schwang, stellte sie die Kerze auf den abgenutzten Eichentisch an der Flurwand. Im nächsten Moment versteifte sie sich.

Sie wusste mit tödlicher Gewissheit, dass sich jemand in ihrer Wohnung aufhielt. Ein sanftes Licht drang durch die Schlafzimmertür, die einen Spalt weit offen stand, und gleichzeitig hörte sie gedämpfte Stimmen. Stirnrunzelnd ging sie zu einer Kommode, öffnete leise eine Schublade und holte eine Taschenpistole heraus, das einzige verwertbare Erbstück ihres Vaters, der ihr auch den Umgang mit dieser Waffe gezeigt hatte. Wenn es sich um Einbrecher handelte, würde sie mit ihnen fertig. Sie legte den Mantel über einen Stuhl, ging langsam auf die Schlafzimmertür zu und schaute durch den Türspalt.

Das Licht kam von einer Öllampe in einer Ecke des Zimmers. Marisa benutzte das Zimmer selten, weil es zu eng und bedrückend war, deshalb schlief sie lieber auf dem breiten Sofa im Wohnzimmer, das sie scherzhaft ihren Salon nannte, gefüllt mit schweren Eichenmöbeln aus dem vorigen Jahrhundert, als die Kneipe noch eine angesehene Poststation gewesen war und die Zimmer für Übernachtungsgäste zur Verfügung standen.

An diesem Abend, stellte Marisa naserümpfend fest, roch es durchdringend nach Sex. Ihre kornblumenblauen Augen weiteten sich, als sie mit angehaltenem Atem die Tür zum Schlafzimmer weiter aufdrückte.

In einer Ecke stand ein Himmelbett mit durchsichtigem Seitenbehang, und so konnte sie deutlich erkennen, dass zwei Menschen in ihrem Bett lagen und sich mitten in den Vorbereitungen zur Kopulation befanden. Marisa trat näher, um besser sehen zu können, und schob den Finger zum Abzug.

Ein Mann lag ausgestreckt auf dem Rücken. Er war ein Diener, nach dem groben Hemd und der ausgebeulten Hose zu schließen. Seine Körpermitte war bereits entblößt, wofür wahrscheinlich die dralle junge Frau verantwortlich war, die neben ihm auf dem Bett kniete.

Ihre langen dunklen Locken fielen ihr über den Rücken, als sie sich zu ihm beugte und mit der Zunge über den entblößten und voll erigierten Penis strich. Der Mann stieß von unten dagegen, tiefer hinein in den Mund der Frau, und langte zu den üppigen Brüsten, die aus dem Mieder fielen. Der Mann zwickte in die dunklen Nippel.

Marisa hob die blonden Brauen. Der Mann war gut

gebaut. Sein Penis passte zu der beeindruckenden muskulösen Gestalt, deren Proportionen Marisa das Wasser im Mund zusammenlaufen ließen. Er war kräftig genug, um auch die anspruchsvollste Frau zu befriedigen.

Seine dunkelhaarige Partnerin war ganz offensichtlich auch dieser Ansicht, denn sie stieß kleine wimmernde Geräusche aus, entließ den strotzenden Schaft aus ihrem Mund und schob ihn zwischen ihre pendelnden Brüste. Der Mann stöhnte laut, griff in die braunen Locken und gab sich dem lüsternen Kosen hin.

Marisa überlegte, ob sie die beiden bei ihrem Treiben stören sollte, aber sie befand sich in einer großzügigen Stimmung, setzte sich in einen breiten geschnitzten Eichensessel neben der Tür und schaute ihnen nachdenklich zu.

Das Paar nahm ihre Gegenwart nicht wahr, weil es zu sich mit sich selbst beschäftigt war. Die Frau hatte sich auf den Rücken gewälzt und die Beine gespreizt, wobei sich die Röcke öffneten und den Blick auf die dunklen Strümpfe frei gaben, die bis kurz übers Knie reichten.

Der Mann grunzte laut. Schweißtropfen perlten auf seiner Stirn, als er sich zwischen die fleischigen Schenkel kniete und eine Faust um den dicken Penis schloss. Er schob die Hose weiter nach unten, und Marisa sah seine muskulösen Backen vor sich.

Sie stieß ein leises Seufzen aus, als der Mann die geheimen Stellen der Frau mit seiner purpurnen Rute rieb und die sämige Feuchtigkeit mit der Eichel aufsammelte. Dann, als die Frau in seine breiten Schultern griff und die Waden um seine Hüften legte, drückte er sich vorsichtig in sie hinein.

»Jetzt, mein Schatz«, raunte er mit heiserer Stimme, »jetzt komm ich in dich rein.«

Marisa spürte ihr eigenes Verlangen. Die Nippel zogen sich bei diesem Anblick hungrig zusammen. Sie wünschte, sie läge auf dem Bett, und sie stellte sich vor, wie es wäre, den prächtigen Stab in sich zu spüren. Eine Hand stahl sich zu ihren Brüsten und streichelte das feste Fleisch, bis die Nippel hart wie Kieselsteine waren, dann zog sie die Hand zurück.

Nein. Es war besser, die Oberhand zu behalten und ganz kühl zu bleiben. Sie hatte sich ihre Männer stets mit Bedacht ausgesucht, und dieser muskelbepackte Bauer gehörte nicht in ihre Liga. Trotz ihres Entschlusses röteten sich ihre Wangen. Sie lehnte sich ein wenig vor, um genauer sehen zu können, und dabei spürte sie, wie die enge Wildlederhose gegen die feuchten, geschwollenen Labien rieb. Die nach innen geschlagene Naht presste erbarmungslos gegen die glühende Klitoris. Sanft biss sie sich auf die Unterlippe und strich mit einer Hand über das glatte Holz der Pistole.

Die Frau befand sich am Rand ihres Höhepunkts, sie griff mit den Fingern tief in die Schultern des Mannes und federte unter ihm auf und ab. »Liebster John! Ja, genau so will ich es haben, gib's mir, lass mich deinen Schaft tief in mir spüren. Oh, ja ...«

Der Mann gab sein Bestes, fand Marisa. Der muskulöse Hintern stampfte unentwegt. Sein Gesicht färbte sich dunkel unter der Anstrengung. Sie waren beide beinahe am Ziel. Marisa wollte gern ihre Gesichter sehen, wenn ihnen bewusst wurde, dass sie nicht allein waren.

Dann hörte sie auf zu denken, denn der Mann zog sich fast ganz aus der Frau zurück und bereitete sich auf den finalen Stoß vor. Marisas Puls beschleunigte sich, als sie für einen kurzen Moment den massiven Penis sah, die ganze Länge mit den Säften der jungen Frau bestrichen. Als er langsam wieder zwischen die fleischigen Lippen der Frau eindrang, wand sie sich unter ihm hin und her, und Marisa spürte, wie sich die Muskeln in ihrem Unterleib zusammenzogen.

Sie schloss rasch die Augen und kämpfte gegen ihre eigene Erregung an, während das Paar auf dem Bett in rasende Ekstase fiel. Die Körper bäumten sich auf. Marisa merkte bald, dass es ein Fehler gewesen war, die Augen zu schließen. Sie sah den Mann vor sich, der sie auf dem Gehweg vor Davids Haus beleidigt hatte. Sie sah sein arrogantes aristokratisches Gesicht, sah den Spott in den grauen Augen und hörte ihn sagen: »Und übrigens, Sie irren sich gewaltig, was meinen Körperbau angeht.«

Lord Delsingham. Sie erinnerte sich an das Spiel seiner Zunge auf der Innenseite des Handgelenks und stellte sich nun seine Zunge auf ihren Labien vor. Wie er sie teilte, wie er die geschwollene Klitoris fand und sie mit langen rauen Strichen an den Rand eines Orgasmus brachte.

Sie wiegte sich im Sessel vor und zurück und achtete darauf, dass die Innennaht weiter gegen den Kitzler drückte. Ein Ruck ging durch ihren Körper, sie fing an zu zittern und erlebte einen leichten Orgasmus, während sie in die triumphierenden grauen Augen des Lords schaute.

Nachdem die lustvollen Schauer abgeklungen waren, riss sie sich gewaltsam in die Gegenwart zurück. Das Paar auf dem Bett stöhnte in satter Befriedigung, und der Mann ließ sich erschöpft auf den Rücken fallen.

Marisa gab ihnen noch eine Minute auf der zerknautschten Bettdecke. Ihre Körper glänzten vom Schweiß. Marisa hatte sich auch wieder gefasst, sie stand auf, trat ans Bett und hielt die Pistole im Anschlag.

Der Mann sah sie zuerst. Vor Schreck fiel er aus dem Bett, und während er seine Kleider richtete, war sein Gesicht dunkelrot vor Bestürzung geworden. Die Frau fuhr herum und stieß einen spitzen Schrei aus, als sie Marisa sah.

Marisa stemmte eine Hand in die Hüfte und blickte mit erhobenen Brauen vom Mann zu der Frau. »Lucy. Meine liebste Lucy, wenn du mein Mädchen oder meine Begleiterin oder wie auch immer du das nennst, bleiben willst, dann wirst du lernen müssen, deine liederlichen Neigungen zu beherrschen. Wer ist es denn diesmal?«

Die junge Frau zog ihre Röcke nach unten und richtete ihr Mieder, dann sprang sie vom Bett und knickste tief, den Kopf gesenkt. Das hübsche Gesicht war rot vor Verlegenheit. »Oh, Mistress Brooke! Seien Sie mir nicht böse. Ich dachte, Sie würden erst viel später zurück sein. Ich wollte gerade Ihr Schlafzimmer aufräumen, als ich John, den neuen Kutscher, sah. Er reinigte das Zaumzeug unten im Hof und ...«

Marisa sagte streng: »Du warst sehr ungehörig, dass du deinen Trieb in meinem Schlafgemach ausgelebt hast.«

Lucys braune Augen leuchteten aufgeregt. »Werden Sie mich bestrafen, Mistress Brooke?«

Marisa dachte nach. »Vielleicht.«

Lucy fuhr sich mit der Zungenspitze über die Lippen, und Marisa fuhr fort: »Aber nicht jetzt. Ich gehe bald aus, und ich brauche deine Hilfe.«

Sie wandte sich an den Kutscher, der sich angezogen hatte und fasziniert auf die schlanke Gestalt der Frau sah.

»Und du, John«, sagte Marisa streng, »kümmerst dich besser wieder um deine Arbeit. Ich kann mir nicht vorstellen, dass dein Herr dich angeheuert hat, um die Frauen in diesem Haus zu befriedigen, auch wenn du großzügig ausgestattet bist.« Sie atmete tief durch, dann fügte sie hinzu: »Und wenn dir in den Sinn kommen sollte, dich auch an mich heranzumachen, hast du dich in den Finger geschnitten. Ich erwarte von meinen Männern ein bisschen mehr Finesse.«

Er errötete. »Ja, Mistress Brooke, es tut mir sehr Leid.«

Sie wies ungeduldig zur Tür, und er verschwand hastig, und dann hörte Marisa ihn mit schweren Schritten die Treppe hinuntergehen.

Marisa und Lucy platzten vor Lachen und fielen sich in die Arme.

»Oh, Marisa«, gluckste Lucy, »liebste Marisa, er hat seine Blicke nicht von dir reißen können. Du mit deinen engen Breeches, den hohen Stiefeln und dem feinen Seidenhemd, das den Ansatz deiner Brüste erkennen lässt. Du siehst phantastisch aus, meine Liebe, und die Pistole, über die deine Hand so sinnlich streicht ...« Sie seufzte. »Ich hätte mir nur gewünscht, du hättest dich zu uns gelegt statt nur zuzuschauen.«

»Ich habe darüber nachgedacht«, gab Marisa zu, und ihre blauen Augen glitzerten, als sie sich aufs breite Bett fallen ließ und die Hände hinter ihren Kopf legte. Sie sah Lucy grinsend an. »Er ist wirklich sehr gut bestückt.«

Lucys braune Augen strahlten. »Ja, das ist er. Er ist ein bisschen langsam im Denken, aber sein Penis ist köstlich, so hart und weich zugleich. Er scheint stundenlang durchhalten zu können. Er würde dir gefallen.« Sie seufzte glücklich und legte sich neben ihre Freundin. »Aber du hast eben mehr Selbstbeherrschung als ich.«

Vor ein paar Minuten nicht, dachte Marisa und schämte sich im Stillen für den Ausflug ihrer Gedanken. Aber Lucy plapperte weiter. »Du hast gesagt, dass du noch einmal ausgehst. Wohin gehst du denn?«

Marisa ging ins andere Zimmer und holte die Einladungskarte aus ihrer Manteltasche. Sie hatte nur wenige Geheimnisse vor Lucy, die fast von ihrem ersten Tag in London an ihre Verbündete und Freundin war. Lucy war zwei Konstablern entkommen, nachdem sie einen Mann bestohlen hatte, der gerade aus dem Theater in der Drury Lane auf die Straße getreten war. Marisa hatte ihre Not erkannt und hatte sie rasch hinter ein paar Weinkisten in einem dunklen Hofeingang versteckt, und als die beiden Polizisten sie nach der fliehenden Frau befragt hatten, war sie wütend geworden, weil das Luder sie auch bestohlen hätte, und hatte sie in die falsche Richtung geschickt.

Als die Gefahr vorüber war, hatte Lucy ihr ewige Dankbarkeit geschworen, und Marisa, die sofort eine Schwäche für die schelmisch blickenden braunen Augen und das fröhliche Gesicht empfunden hatte, war bereit gewesen, sie als Dienstmädchen bei sich aufzunehmen.

Sie trat mit der Karte ins Schlafzimmer zurück und stieg wieder auf das hohe Bett. »Sieh mal, was ich hier habe, Lucy.«

Lucy überflog die Karte. »Vom wem ist sie?«

»Ich habe keine Ahnung. Aber das erhöht noch den Reiz, findest du nicht auch?«

»Aber wie ist die Karte in deine Hände gelangt?«

»Keine weiteren Fragen, Lucy. Jedenfalls nicht heute Abend. Es würde viel zu lange dauern, das alles zu erklären. Aber ich gehe hin, und das allein zählt.«

Lucy seufzte sehnsüchtig. »Ein Maskenball in Vauxhall. Wie aufregend! Aber du brauchst ein Kostüm, Marisa! Als was gehst du hin?«

»Nun, ich werde mich als weiblicher *highwayman* verkleiden. Als gewöhnliche Straßenräuberin. Ich ziehe meinen schwarzen Reitdress an und einen Dreieckshut.« Sie grinste verwegen. »Wenn ich ihnen die lieblichen Guineas aus den Taschen gezogen habe, werden sie mich sowieso für eine Diebin halten.« Sie lehnte sich näher zu Lucy und sagte ernster: »Ich brauche viel Geld, Lucy. Wirklich viel. Die Leute, die in dieser Gegend verkehren, kennen mich allmählich, sie vermuten, dass ich irgendwelche Tricks anwende, deshalb spielen sie nicht hoch. Ich muss heute Abend absahnen, damit ich eine ganze Weile nicht mehr spielen muss.«

»Aber dich erwischen sie doch nie beim Schummeln – dafür bist du viel zu clever.«

»Das hoffe ich auch. Aber jemand, der immer gewinnt, steht im Verdacht, irgendwelche betrügerischen Tricks anzuwenden, das ist nur natürlich. Vergangene Woche, bei diesem privaten Kartenspiel in der Hertford Street, erzählte Sir Peregrine Thickett jedem, der es hören wollte, dass unschuldig aussehende Frauen nicht das sind, für was sie sich ausgeben. Er hatte an diesem Abend zweihundert Guineas an mich verloren.«

Lucy runzelte die Stirn und legte einen Arm um die Schultern der Freundin. »Oh, Sir Peregrine. An ihn erinnere ich mich gut. Er ist ein dicker, dummer Narr. Ich habe mich mal mit seinem Kutscher unterhalten, der mir erzählte, dass der Sir am liebsten dralle junge Dienstmädchen in sein Schlafgemach bestellt, die dann so tun müssen, als wären sie Krankenschwestern.«

Marisa rümpfte die Nase. »Nein!«

»Ja, doch.« Lucy kicherte. »Wann immer seine Frau nicht zu Hause ist, ruft er eines der Dienstmädchen in sein Zimmer. Sie muss ihr Mieder aufschnüren, und er nuckelt an ihren Brüsten. Sie langt dann in seine Hose und reibt ihn, bis er hart ist, dann schimpft sie ihn einen bösen Jungen. Er kriecht vor ihr über den Boden, und sie muss ihm den blanken Hintern versohlen, bis sein Gesicht ganz rot ist, dann ruft er: ›Bitte, Schwester, nicht den Arsch verhauen‹, aber sie schlägt weiter, bis er sich auf dem Boden versprüht.«

»Donnerwetter«, rief Marisa entsetzt. »Vor dem Kartenspiel hat er mir fünfzig Guineas im Monat angeboten, wenn ich seine Geliebte werde. Ich dürfte sogar in einem Haus wohnen, das er mir zur Verfügung stellt.«

»Du und Krankenschwester!«, stöhnte Lucy, und dann bogen sich beide wieder vor Lachen.

Schließlich fuhr Marisa ernst fort: »Er war natürlich wütend über meine Absage, und danach hat er mich den ganzen Abend beobachtet, besonders, wenn ich die Karten mischte und austeilte. Aber er hat natürlich nichts gesehen.«

Lucy fragte gespannt: »Hast du die Karten gebogen?«

»Du sprichst vom Brückentrick, was? Nein, dafür haben sie mich alle zu genau im Auge gehabt. Nein, ich habe aber dieses hübsche Spielzeug eingesetzt.« Sie zog einen winzigen Goldring vom kleinen Finger der linken Hand, drehte ihn kurz, und Lucy sah eine winzige Stahlnadel herausspringen, die sich sofort wieder zurückzog.«

»Was für ein wundervoller Trick«, sagte Lucy ... »Damit hast du bestimmte Karten gekennzeichnet?«

»Ja. Ganz dicht am Rand, dann kann ich das winzige Loch beim Mischen fühlen. Ein Mann in der Drury Lane hat mir den Ring gefertigt, und er ist jeden Penny wert, den ich dafür gezahlt habe.«

»Und heute Abend wirst du den Ring tragen, wenn du in die Vauxhall Pleasure Garden gehst?«

»Ja, natürlich.« Marisa lächelte. »Er passt doch gut zu meinem Kostüm als Straßenräuberin, nicht wahr?«

Lucy lehnte sich in die Kissen und seufzte auf. »Oh, Marisa, du hast ja so ein Glück! Ich war im vergangenen Frühjahr in Vauxhall. Die Gärten sind wunderschön, wie im Märchen, und hunderte Laternen leuchten die Bäume an. In den Pavillons tanzen die Menschen, und edle Lords und Ladys flanieren in ihren wunderschönen Kleidern auf und ab.«

»Und Ganoven, Taschendiebe und Frauen der niedrigsten Stände lauern hinter den Bäumen und Gebüschen«, fuhr Marisa fort. Sie schwang die Beine aus dem Bett. »Genau der richtige Ort für mich, glaubst du nicht auch? Komm, Lucy, es ist Zeit, dass ich mich anziehe.«

Lucy, noch in ihrem glücklichen Traum, nickte und rutschte langsam vom Bett. Dann hielt sie sich plötzlich eine Hand vor den Mund. »Oh, das hätte ich fast vergessen.

Da ist ein Brief angekommen, als du weg warst. Ich habe ihn auf die Kommode gelegt. Er sah sehr wichtig aus.«

Marisa holte den Brief, drehte ihn in den Händen und öffnete ihn widerwillig. Die krakelige Schrift nahm sie zunächst nur wie einen Schemen wahr. Sie hatte oft scherzhaft gesagt, dass es nur eins gab, was sie fürchtete – Briefe von Anwälten. Sie las den Brief ganz langsam und spürte das vertraute Bedauern über ihre kaum vorhandene Bildung. Sie hatte Mühe, die langen Wörter zu lesen, und was sie bedeuteten, wusste sie erst recht nicht. Ihr war, als wollten sich diese Wörter über sie lustig machen.

»Von meinem Anwalt«, sagte sie und fuhr mit dem Finger über jede Zeile. »Mr Giles aus der Bedford Street. Er hat die Finanzen meines Vaters geregelt, besser gesagt – seine Schulden. Ich glaube« – sie las den letzten Satz noch einmal – »er will mich so schnell wie möglich sehen. Es geht um ein Vermächtnis.«

Lucy runzelte die Stirn. »Ein Vermächtnis? Was ist das?«

Marisa hob die Schultern und warf den Brief ins Kaminfeuer. »Es kann nur bedeuten, dass weitere Schulden meines Vaters ans Licht gekommen sind. Das sind die einzigen Erbschaften, die ich zu erwarten habe.«

Lucy hatte schon das Interesse verloren und sah sehnsüchtig auf die Einladung. »Pik Ass«, murmelte sie versonnen. »Wie aufregend, nicht zu wissen, wer sich dahinter versteckt. Er könnte ein reicher Lord sein, Marisa. Du wirst ihn heute Abend mit deiner Schönheit verführen, und dann wird er dir sein nobles Herz für immer schenken.«

»Sein Geld wäre mir lieber als sein nobles Herz«, gab Marisa trocken zurück. Sie nahm eine silberne Haarbürste aus der Frisierkommode und strich durch die vollen Haare. »Nach meiner Erfahrung sind die meisten Angehörigen des Adels einfältige Narren.«

Aber dann erinnerte sie sich an Lord Delsingham. Sie sah

im Spiegel, dass ihre blauen Augen voller Verlangen blickten. Sie sah sein aristokratisches Gesicht wieder vor sich, hörte seinen intelligenten Spott und dachte, dass Lord Delsingham bestimmt nicht einfältig und auch kein Narr war.

Als sie ihre Vorbereitungen abgeschlossen hatte, fuhr Marisa mit einer Mietdroschke über die Westminster Bridge nach Vauxhall. Bei ihr waren Lucy und John, der die Rolle des strammen Dieners übernommen hatte. Da sie noch nie in Vauxhall gewesen war, hatte sie sich vorgenommen, sich nicht so leicht beeindrucken zu lassen, aber als sie die Einladung zeigte und endlich in den Garten einfuhr, hielt sie voller Verwunderung den Atem an. Wie Lucy gesagt hatte – es war, als beträte sie eine verzauberte Welt, angestrahlt von hunderten Laternen. Die Wege schlängelten sich durch den Garten, vorbei an Büschen, Lauben und Pagoden.

Der Himmel über ihnen war sternenübersät, die Abendluft still und warm. »Einfach perfekt«, rief Lucy glücklich. »Genau richtig für einen Abend in Vauxhall.«

Sie standen eine Weile, betrachteten die Szene und musterten die vorbeiziehenden Massen. Viele Leute waren kostümiert, einige auch mit Masken. Marisa hielt nach einem Mann Ausschau, der Pik Ass sein könnte. Lucy hatte es eilig, den größten Pavillon zu erreichen, wo der Maskenball stattfinden sollte. Aber Marisa wollte sich Zeit lassen.

Seufzend glättete sie ihren eleganten schwarzen Reitanzug mit der taillierten Jacke und dem weiten Rock. Sie griff an ihren Dreieckshut, der in einem verwegenen Winkel auf den blonden Haaren saß. Sie hatte die Pistole unter den Rockbund geschoben, zusammen mit dem Geldbeutel. Der obere Teil ihres Gesichts war von einer schwarzen

Samtmaske bedeckt. Sie nahm bewundernde und lüsterne Blicke der Männer wahr und lächelte kühl zurück, ganz das Bild einer eleganten Lady.

Sie hatte es weit gebracht, dachte sie. Seit den wilden, ausgelassenen Tagen, als sie von einer europäischen Stadt in die nächste gezogen waren, immer bei einem rücksichtslosen, charmanten Vater, einem ehemaligen Kavallerie-Offizier, der wegen seiner Spielsucht unehrenhaft aus dem Regiment ausgeschlossen worden war. Seine Intelligenz hatte er leider nur eingesetzt, um seinen Gläubigern zu entkommen oder Freunden, die er betrogen hatte.

Die junge Marisa, ihrem gut aussehenden Vater total ergeben, hatte nicht geahnt, dass es auch ein anderes Leben gab. Ihre Bildung hatte sie von Frauen erworben, die sie manchmal begleiteten. Frauen, die ihr Vater als Gouvernanten vorstellte. Aber Marisa hatte rasch begriffen, dass die Frauen sich mehr mit ihrem Vater beschäftigten als mit ihr; kein Wunder, dass sie ihre Mühe beim Lesen und Schreiben hatte.

Wichtiger als das vermittelte Wissen der Gouvernanten waren die Fähigkeiten, die ihr Vater ihr beigebracht hatte. Er war ein guter Fechter und zeigte ihr alles, was er über die Fechtkunst wusste. Er brachte ihr Reiten und Schießen bei, zeigte ihr Tricks beim Kartenspiel und klärte sie über alle Situationen auf, wann sich ein Risiko lohnte und wann nicht. Das galt nicht nur für Karten- und Würfelspiel, sondern fürs ganze Leben.

Im Gegensatz zu ihrem Vater gewann Marisa fast immer. Sie lernte von seinen Fehlern. Die Kombination von kühler, angeborener Intelligenz und ihrer atemberaubenden unschuldigen Schönheit, die ihre männlichen Gegner ganz offensichtlich ablenkte, machten sie bei jedem Spiel zu einer Gefahr, ganz egal, was gespielt wurde.

Die Lust am anderen Geschlecht erlernte sie von einem

charmanten jungen polnischen Kavalleristen namens Frederic, der ihr auf köstliche Weise die Freuden des eigenen Körpers gezeigt hatte. Sie und ihr Vater übernachteten damals in einem Gasthof in Hannover. Ihr Vater war tief in Siebzehn und Vier versunken gewesen, während der polnische Kavallerist auf den Balkon vor ihrem Zimmer geklettert war, das sie sich mit ihrer Gouvernante teilte. Marisa spürte instinktiv die Macht über diesen Mann, der sich hastig auszog und ihren Körper mit dem Mund verwöhnte.

Zuerst, als er seinen Penis entblößt hatte, war sie verdutzt und erschrocken gewesen, weil er so heiß und giftig und gewaltig ausgesehen hatte. Aber der junge Pole hatte sie weiter gekost und mit seinen schwieligen Hände über ihre sprießenden Brüste gestreichelt, während er sie ermuntert hatte, ihn da unten auch anzufassen. Sie hatte geräuschvoll die Luft angehalten, als sie das pochende Fleisch gespürt hatte, samten und mächtig und stark, und sie erinnerte sich noch gut daran, wie sie innerlich dahingeschmolzen war. Schließlich hatte er sich auf sie gelegt und ihre Beine gespreizt, und sie hatte nach Luft geschnappt und war ganz still geworden.

»Tu ich dir weh, mein Schatz?«, hatte Frederic sie mit seinem harten polnischen Akzent gefragt.

»Nein, nein«, hatte sie glücklich gemurmelt und über die Muskeln seiner kräftigen Arme gestreichelt. »Absolut nicht.«

Er hatte sie geschickt abgelenkt und den Penis fast unmerklich an ihre Spalte geführt, hatte die Spitze gegen ihre Klitoris gerieben, während sie den Rücken krümmte und er das knochenharte Glied in kleinen Schüben versenkte. In diesem Moment war sie explodiert, alles in ihr kochte, sie wurde geschüttelt und rieb ihre kleinen Brüste gegen seinen harten Brustkorb, während sein bohrender Penis sie beinahe in eine Ohnmacht stieß.

Das war der Augenblick, in dem es an ihre Tür klopfte. Sie wichen erschrocken auseinander. Marisa zog die Decke bis zum Kinn, und Frederic stieß einen lauten Fluch aus, während er hastig in seine Breeches stieg.

»Frederic«, rief eine sanfte Frauenstimme. »Frederic, Liebster, bist du da?«

Es war Isobel, Marisas derzeitige Gouvernante. Für Marisa stand sofort fest, dass auch die schöne, etwas füllige Isobel die Gunst des schmucken polnischen Offiziers erfuhr. Marisa zeigte zum offenen Fenster und zischte: »Raus!«

Frederic stürzte sich auf den Balkon und ließ sich hinunter, während Marisa sich ein Betttuch um den nackten Leib schlang und langsam zur Tür ging.

Isobel, eine fade brünette Frau, etwa zehn Jahre älter als Marisa, hatte sie oft wegen geringfügigem Fehlverhalten gescholten, und nun stand sie offenen Mundes da und starrte auf Marisas fast nackten Körper.

»Suchst du Frederic?«, fragte Marisa mit süßer Stimme und unschuldigem Augenaufschlag.

»Eh ... ja. Wir ... eh, wir wollten noch etwas besprechen.«

»Ich glaube, das hat er schon besprochen. Mit mir.« Marisa lächelte geheimnisvoll. »Ich an deiner Stelle würde ihm jetzt nicht mehr zur Last fallen, Isobel. Er hat mir gesagt, du wärst eine verschrumpelte, leidenschaftslose Jungfer, und er ginge lieber mit einer Flasche Wein ins Bett als mit dir.«

Isobel floh nach einem gedämpften Schluchzen, und weder Marisa noch ihr Vater sahen sie je wieder. Frederic brachte Marisa am anderen Tag Blumen und bat sie um ein Wiedersehen, aber sie zeigte ihm die kalte Schulter und sagte, sie hätte plötzlich eine Abneigung gegen polnische Kavalleristen.

Er fiel vor ihr auf die Knie und bat um Vergebung, aber Marisa lächelte nur und genoss den Moment, der ihr zeigte, dass sie Macht über Männer haben konnte, und auf diese Macht würde sie nie verzichten, nahm sie sich vor.

Sie war sehr traurig gewesen, als ihr Vater im vergangenen Jahr plötzlich gestorben war, kurz nachdem Napoleon bei Waterloo endlich besiegt worden war. Doch ihr blieb keine Zeit zu trauern, denn sie beschloss, sofort nach London zurückzukehren, eine Stadt, die für Captain Brooke nach dem Ausschluss aus dem Regiment tabu geworden war. Aber London war die wahre Hauptstadt Europas, dort blühte das Leben, dort herrschte das Vergnügen. Und dort würde sie ihr Glück finden, wusste Marisa.

Lucys aufgeregtes Plappern holte sie in die Gegenwart zurück. »Da drüben«, rief sie, »da werden wir später die Hochseilartisten sehen. Vielleicht gibt es später auch ein Feuerwerk. Da unten siehst du den Pavillon, wo der Ball stattfindet.«

»Und wo spielt man Karten?«, fragte Marisa.

»Es gibt mehrere private Kartenzimmer rund um den Pavillon. Aber Marisa, woher weißt du, auf welche Party du gehst, wenn du nicht einmal den Namen des Gastgebers kennst?«

Marisa lachte. »Ich bin sicher, dass Pik Ass dafür sorgt, dass seine Gäste zu ihm finden.«

Sie hatte natürlich Recht. Sie hatte gerade erst den verschwenderisch beleuchteten Rundbau betreten, in dem prächtig gewandete Menschen zur lebhaften Musik tanzten, als ein livrierter Diener sich unauffällig näherte. Er warf einen Blick auf die Einladung, die sie in der Hand hielt, und wies auf eine mit einem dicken Vorhang verdeckte Tür. »Bitte, nehmen Sie diesen Weg, Mylady.« Marisa blickte auf und sah, dass seine cremefarbene Weste mit kleinen schwarzen Piken bestickt war.

Ihr Herz schlug ihr bis zum Hals, aber ihre Stimme klang kühl, als sie sich an Lucy und John wandte. »Bleibt in der Nähe für den Fall, dass ich euch brauche«, sagte sie leise. Der Diener hielt ihr die Tür auf, und sie trat langsam ein, denn sie gewahrte viele Augenpaare, die hinter den Masken auf sie gerichtet waren und nicht mehr auf die grün bezogenen Tische oder auf die Karten in ihren Händen.

Sie war spät dran. Wer spät kommt, fällt auf; kein guter Auftakt. Aber sie hielt den Blicken stand und schaute sich geringschätzig um. Ihren Hut und die Handschuhe reichte sie dem Diener, der sie ins Zimmer geleitet hatte. Marisa spürte, wie sie unter den gierigen Blicken der Männer leicht erschauerte. Ihre schlanke Gestalt in der eleganten schwarzen Reitkluft rief den Neid der Frauen hervor. Ob Pik Ass schon anwesend war? Irgendwie stellte sie ihn sich geheimnisvoll, mächtig und absolut unwiderstehlich vor.

Langsam wandten sich die Spieler wieder den Karten zu. Alle saßen, ausgenommen die Diener, die neue Kartenspiele brachten, wenn sie verlangt wurden. Marisa überlegte, an welchen Tisch sie sich setzen sollte.

Sie zuckte zusammen, als eine Hand ihren Arm berührte. Eine leise, amüsiert klingende Stimme raunte in ihr Ohr: »Sie müssen ihnen verzeihen, meine Liebe, dass man Sie so angestarrt hat, als Sie eintraten. Ich bin sicher, sie wussten nicht, ob Sie zum Kartenspielen gekommen sind, oder um sie auszurauben. Ihr Kostüm ist übrigens fabelhaft.«

Marisa fuhr herum. Vor ihr stand ein großer Mann in einem schwarzen Dominokostüm mit einer Maske, aber trotz der Maske hätte sie diese lebhaften Augen sofort erkannt, und natürlich auch seine spöttische Stimme. Lord Delsingham! Der Mann, der sie am Nachmittag so derb beleidigt hatte.

Sie hoffte verzweifelt, dass er sie hinter ihrer Maske nicht erkannte, aber diese Hoffnung zerstob, als seine Lippen sich zu einem Grinsen wölbten. »Sieh an, sieh an, der liebe Ganymed. Was für eine Überraschung, Sie hier zu sehen.«

»Es ist für mich nicht weniger überraschend, Mylord«, gab sie schnippisch zurück. »Aber ich schätze, Ihr Geld verschafft Ihnen überall Zutritt.«

Seine Augen glitzerten. »Welch eine Lust, mit Ihnen erneut hübsche Komplimente zu tauschen. Haben Sie denn eine Einladung zu der kleinen Veranstaltung?«

Marisa spürte, wie sie errötete. »Natürlich.«

»Wie eigenartig.«

»Und Sie? Haben Sie eine?«, fragte sie hitzig, getroffen von seinem ungläubigen Ton.

»Ja, kann man so sagen. Erlauben Sie mir, dass ich Ihnen ein Glas Champagner hole. Und dann, mein lieber Ganymed, müssen Sie mich zum Hasardspiel begleiten.«

Sie hob trotzig das Kinn, als er ihr den Champagner reichte. »Ich ziehe ein Würfelspiel vor«, sagte sie.

Er hob die breiten Schultern. »Wie Sie wollen. Vielleicht geben Sie mir später beim Piquet die Ehre.«

Marisa lächelte brav. »Wenn ich komme, werden Sie es bedauern, Mylord, denn ich muss Sie warnen, dass ich ziemlich gut spiele.« Sie wandte ihm den Rücken zu und ging zum Hasardtisch, wo der Einsatz auf zwanzig Guineas festgesetzt war.

Als sie am runden Tisch saß, spielte sie still vor sich hin, denn sie wollte keine Aufmerksamkeit auf sich lenken. Sie verlor eine kleine Summe, aber das störte sie nicht, wichtiger war, dass sie Gelegenheit hatte, sich vom Schock der überraschenden Begegnung mit Lord Delsingham zu erholen.

Sie sah sich unauffällig im Zimmer um. Bei der Pharobank wuchs der Stapel der Spielmarken, und am Siebzehn-und-vier-Tisch stiegen die Wetten. Es wurde eine Menge umgesetzt, genau so, wie sie es sich erhofft hatte. Sie spürte die zunehmende Erregung, als sie die würzige Atmosphäre von Risiko und Anspannung aufsog.

Nach den ersten Verlusten begann sie allmählich zu gewinnen. Der Lederbecher kreiste. Sie wusste, dass es zu gefährlich war, ihre beschwerten Würfel einzusetzen, dafür gab es zu viele Beobachter an jedem Tisch, aber sie konnte all die kleinen Tricks anwenden, die ihr Vater ihr gezeigt hatte. Wenn sie die Würfel in den Becher legte und ein wenig kreisen ließ, ehe sie mit einer schnellen Bewegung des Handgelenks die Würfel kullern ließ, erzielte sie oft genau die Kombination, die sie haben wollte. Sie durfte den Trick nicht allzu oft einsetzen, sonst würden die anderen aufmerksam.

Die Gewinne wurden höher. Sie stapelte die Spielmarken in ein Gestell aus Mahagoni, das ein Diener ihr gebracht hatte. Es hatte eine kleine Vertiefung für das Champagnerglas. Das Klicken der Würfel erregte sie immer stärker.

Dann schaute sie auf und bemerkte, dass Lord Delsingham sie beobachtete, die grauen Augen wie Stahl hinter der schwarzen Maske. Ein Angstschauer lief ihr über den Rücken, dann spürte sie einen Stich des Verlangens, wie sie ihn schon früher am Nachmittag gespürt hatte, als er in ihre Gedanken gedrungen war, während sie Lucy und John heimlich zugeschaut hatte. Sie erinnerte sich an seine Liebkosungen, an das Spiel von Zunge und Lippen auf ihrem Handgelenk. Ein Gedanke durchzuckte sie. Konnte er Pik Ass sein?

Nein, unmöglich. Wenn er der Gastgeber wäre, würde er sofort gewusst haben, dass sie nicht zu den Eingeladenen gehörte. Er hätte sie bestimmt hinausgeworfen. Er beobachtete sie immer noch, was sie irritierte.

Sie war an der Reihe vorzulegen. Unter der Maske errötete sie, und sie warf die Würfel so ungeschickt, dass einer über den Boden kullerte. Sie sah Lord Delsingham mit einem Diener flüstern, der den Würfel sofort aufhob. In den dunklen Spielhöllen war ein gefallener Würfel eine verbreitete Gelegenheit zu betrügen, aber in diesem Fall hatte sie keine Chance, weil so viele Leute sie im Auge hatten.

Kurz darauf verließ Delsingham mit einigen anderen Gästen das Zimmer, und Marisa, viel entspannter als vorher, ging hinüber zur Pharobank. Ihre Zahlen waren gut, und die Spielmarken im Gestell wuchsen an, aber dann brach ihre Konzentration, als neue Gäste hereinkamen und lärmend Champagner verlangten. Marisa setzte ihre Spielmarke auf sieben und versuchte, den Lärm zu ignorieren.

Aber dann rief eine durchdringende Männerstimme: »Diese Frau mit den blonden Haaren! Die im Straßenräuberkostüm! Sie betrügt! Sie ist eine miese, gemeine Betrügerin! Ich würde sie in jeder Verkleidung erkennen.«

Marisa fuhr herum und sah einen fülligen, affig aussehenden Mann in einem scharlachroten Dominokostüm ein paar Schritte von ihr entfernt stehen. Sir Peregrine.

Ein älterer Mann, der neben Marisa saß, erhob sich von seinem Stuhl und sagte: »Das ist eine ernste Beschuldigung, Sir Peregrine.«

»Sie mag ernst sein, aber sie stimmt.«

Marisa lachte. »Beweisen Sie das!«

»Das werde ich ganz gewiss. Nach unserem letzten Spiel haben Sie mich so gründlich abgezockt, Madam, dass ich danach die Karten überprüft habe. Jedes Bild hatte einen kleinen Einstich am Rand.«

Im Zimmer entstand lauter Unmut. Die livrierten Diener hatten sich um Marisa geschart. Irgendwie gelang es ihr, ganz gelassen zu bleiben, obwohl der kleine Goldring auf ihrem Finger zu brennen schien.

»Ich fordere Sie heraus«, sagte sie mit fester Stimme, »solche Einstiche bei unseren Karten zu suchen.«

Sir Peregrine zögerte kurz, dann sprang er vor. »Ihr

Ring!«, rief er. »Nehmt euch ihren Ring vor! Ich erinnere mich, wie sie die Karten mit dem Ring berührt hat. Wenn sie unschuldig ist, wird sie nichts dagegen einzuwenden haben, wenn wir den Ring untersuchen.«

Marisa hatte mehrere Möglichkeiten. Sie sprang auf, und ihr Stuhl fiel polternd zu Boden. Sie trat dem nächststehenden Diener gegen das Schienbein. Er heulte vor Schmerzen auf und stolperte rückwärts. Bevor jemand die Situation richtig einschätzte, rannte Marisa zur Tür des Ballsaals, stürmte an den verdutzten Tänzern vorbei und hinaus in den Abend.

Verdammt, verdammt. Sie verfluchte den fetten Peregrine, der beim Kartenspiel so hilflos war, dass sie gar nicht hätte betrügen müssen, um ihm die Guineas abzuknöpfen. Sie verfluchte den geheimnisvollen Pik Ass, der so einen Verlierer zu seinem Maskenball einlud. Ihr einziger Trost war, dass der verhasste Lord Delsingham nicht dabei gewesen war und deshalb auch nicht Zeuge ihrer Demütigung geworden war.

Hinter sich hörte sie aufgeregte Rufe, während sie hinüber zum japanischen Pavillon rannte. Sie sah, dass die Leute ihr neugierig nachstarrten. In ein paar Minuten würde die ganze Meute hinter ihr her sein. Sie hatte keine Chance, durchs Haupttor zu entkommen, und es hatte auch keinen Sinn, auf Lucy und John zu hoffen, denn die trieben es wahrscheinlich in einer dunklen Ecke miteinander.

»Da ist sie!«, rief jemand. »Haltet sie auf!«

Marisa rannte einen gewundenen Pfad entlang. Jetzt hasste sie Laternen, die sie aus der Dunkelheit hervorholten. Vor ihr spielten die Fiedler. Sie riss ihre Maske ab und verließ den Weg. Sie rannte weiter, bis sie das tiefe Unterholz des großen Parks erreicht hatte, das sonst niemand betrat. Irgendwie musste sie von hier aus einen Weg in die Freiheit finden.

Wenn Sir Peregrine sie erwischte, würde er sie dem Magistrat übergeben, und weil sie keinen Bürgen haben würde, stand das Urteil schon fest: Eine hohe Geldstrafe, die sie nicht beibringen konnte. Also Gefängnis. Ihre Glückssträhne hatte ein jähes Ende gefunden.

Plötzlich hörte sie ein Rascheln in den Büschen. Marisa wirbelte herum und sah zwei junge Männer, derb gekleidet. Sie grinsten sie an und bewunderten ihre feine Kleidung. Marisas Magen schlingerte. Gemeine Diebe. Eigentlich kein Wunder, denn Vauxhall war für seine Ganoven berüchtigt.

Nun, so leicht würde sie sich nicht einfangen lassen. Sie rannte weiter, aber die beiden hatten sie rasch eingeholt. Sie hielten sie fest, und Marisa hatte keine Chance gegen sie, obwohl sie wild um sich schlug und trat.

Wenn die Kerle nur wüssten, dass auch sie vor der Ordnungsmacht davonlief, dachte Marisa verzweifelt.

Drittes Kapitel

Die Männer zogen Marisa in die Dunkelheit und lachten über ihre vergeblichen Versuche, sich zu befreien. Dann schleppten sie sie zu einem Lagerfeuer auf einer kleinen Lichtung. Ein anderer Mann saß im Schneidersitz da, flankiert von zwei spärlich bekleideten Frauen. Vor ihnen lagen die Reste eines Abendessens und ein paar leere Weinflaschen. Der Mann am Feuer trank aus einer anderen Flasche, die noch fast voll war. Er setzte sie an, als er die Neuankömmlinge bemerkte.

»Sieh an«, murmelte er und erhob sich. »Caleb, Tom. Wen habt ihr denn mitgebracht?«

Er hatte dunkle, krause Haare, und an seinem Ohr leuchtete ein Goldring. Sie waren Zigeuner, begriff Marisa, herumziehende Zigeuner.

»Wir haben sie aufgelesen, Seth«, sagte der bärtige Mann. »Sie ist vor irgendwem abgehauen.«

Der Mann namens Seth trat bedächtig auf die gefangene Marisa zu und strich mit einem braunen Finger über ihre Wange. Die Frauen am Feuer sahen genau zu. Der Mann war jung und geschmeidig, er trug ein weites Hemd und eine Kordhose, die in weichen Stiefeln steckte. Seine dunklen Augen glitzerten, als er ihr enges schwarzes Kostüm betrachtete.

Er legte eine Hand auf ihre Schulter. Marisa spuckte ihn an. Er sah verdutzt aus und wischte sich mit einem Taschentuch den Speichel vom Kinn.

»Eine temperamentvolle Lady«, sagte er grinsend. »Keine Panik, mein Täubchen. Wir werden dir nichts antun. Wir wollen nur dein Geld und deinen Schmuck.«

Marisa starrte ihn zornig an und musste an ihre Gewinne denken, die sie im Kartenzimmer zurückgelassen hatte. »Ich habe doch nichts, du Dummkopf.«

Er hob ihre Hand und zog den kleinen Goldring von ihrem Finger ab, den er stillschweigend in seine Tasche steckte, ehe er mit den Händen ihre eng sitzende Jacke abtastete. Ihre kleinen Brüste prickelten, als er darüber strich, obwohl sie nicht wusste, ob die intime Berührung beabsichtigt war oder nicht. Er fasste an ihre Pistole.

»Dafür kann ich eine Guinea oder zwei verlangen«, sagte er und wiegte die Waffe in seinen Händen.

Sie warf sich gegen ihn, um die Waffe wieder an sich zu nehmen. »Gib mir sofort die Pistole zurück!«

»Ja, vielleicht«, sagte er. »Aber was bietest du uns denn im Tausch dafür an, noble Lady?«

Marisa atmete tief durch. Er hatte etwas an sich, das sie seltsam erregte. Für ihn war der Streit mit ihr ein Spiel, eine Herausforderung.

Die Frauen am Lagerfeuer sahen neugierig zu. Die eine war jung und schlank und schwarzhaarig, die andere war etwas dicker und älter, eine dralle Schönheit mit roten Locken und einem tiefen Ausschnitt.

»Mir gefällt ihre Kleidung, Seth«, sagte die ältere Frau. »Warum spielen wir nicht um ihr Kostüm?«

Der bärtige Mann, der Marisas Arm hielt, lachte laut auf. »Also, das ist eine gute Idee, Rowena, spielen wir um ihre Kleidung und dann um sie. Ich bin auch begierig auf ein bisschen Bewegung, und wir haben schon lange nicht mehr so ein aristokratisches Luder genießen dürfen.«

Marisa spürte einen Anflug von Angst, aber als sie in die Augen des dunkelhaarigen Mannes namens Seth schaute, begriff sie, dass er die Begegnung tatsächlich als Herausforderung sah, als wären sie Gegner in einem Duell.

Kühl sagte sie: »Ich will dich zwar nicht enttäuschen, aber ich bin keine Aristokratin.«

»Ist jemand hinter dir her?«

Sie lächelte ihn an. »Ich hoffe nicht.« Ganz schwach konnte sie das Streichen von Geigen hören, aber die Pleasant Gardens von Vauxhall schienen hundert Meilen entfernt von dieser Lichtung zu sein.

»Ich will ihre Kleider«, rief die rothaarige Rowena gereizt. Sie stand auf, stellte sich neben Seth und legte den Kopf kokett an Seth' Schulter. Marisa sah, dass sie betrunken war; wahrscheinlich waren sie alle nicht mehr nüchtern. »Zwing sie, mir ihre Kleider zu geben, Seth, mein Schatz.«

Marisa sah Seth an. »Wenn du deinen Männern sagst, sie sollen mich loslassen, ziehe ich mich selbst aus.«

Ein überraschtes Zischen war die Reaktion der anderen. Seth nickte kurz, und die Männer ließen sie los.

In der dumpfen, beinahe hypnotischen Stille der Lichtung legte Marisa ihren Reitdress ab. Sie spürte zu ihrem Erstaunen, wie die hungrigen Blicke der Zuschauer sie erregten. Die Umstände sprachen gegen sie, aber daran war sie gewohnt. Ihr Blick streifte die Pistole ihres Vaters, die Seth neben das Feuer auf den Boden gelegt hatte. Sie würde sich die Waffe bald zurückholen, versprach sich Marisa.

Sie zog erst die Jacke, dann den Rock aus, dann knöpfte sie das Seidenhemd auf und ließ es von den Schultern rutschen. Sie stand beinahe verschämt in Unterhemd, eng geschnürtem Mieder und schwarzen Strümpfen da und spürte die kühle Nachtluft, die über ihre Nippel strich und sie verhärtete. Sie warf trotzig den Kopf zurück, und ihre offenen blonden Locken fielen über ihre nackten Schultern.

Aus den Augenwinkeln nahm sie wahr, dass Caleb, der Mann mit dem Bart, sich in die Schatten zurückgezogen hatte und einige Male über seinen Schritt rieb. Sie spielte ein gefährliches Spiel, rief sie sich in Erinnerung. Aber so blieb ihr wenigstens noch eine Chance. Sie spürte die vertraute gespannte Erregung, die immer einsetzte, wenn die Aussichten schlecht für sie standen und sie alles auf eine Karte setzen musste.

Der bärtige Mann trat vor, und man sah deutlich die Beule in seiner Hose. »Lasst uns um sie würfeln, Seth«, sagte er, die Stimme heiser vor Lust. »Wer die höchste Zahl würfelt, kann die Dirne haben.«

Seth hob abwehrend eine Hand, ein gefährliches Lächeln um den schön geschwungenen Mund. »Halt mal die Pferde an der kurzen Leine, Caleb.« Er wandte sich an Marisa. »Was sagst du zu seinem Vorschlag?«

Marisa zuckte die schönen nackten Schultern. »Ich finde, ihr habt wenig Phantasie. Soll wirklich nur einer gewinnen, und die anderen sind alle Verlierer?«

»Was schlägst du vor?«, fragte Caleb.

»Habt ihr schon mal von dem Spiel gehört, das sich ›die Lust des Königs‹ nennt?«, fragte Marisa.

Sie schüttelten den Kopf, und dann hingen alle Blicke an ihren Lippen, als sie das Spiel erklärte. Sogar die junge dunkelhaarige Frau, die sich träge auf den Boden gelegt hatte, merkte auf und hob den Kopf zu den anderen.

»Man spielt es mit Karten«, sagte Marisa. »Habt ihr ein Kartenspiel bei euch?« Sie fuhr mit einer Hand über ihr Hemdchen, um es über dem Mieder zu glätten, das ihre Taille einschnürte und die Brüste nach oben drückte. Sie labte sich an der Aufmerksamkeit der Zigeuner. »Man zieht abwechselnd zwei Karten. Das Ass ist hoch. Der Gewinner jeder Runde kann einen der Mitspieler ausersehen, etwas Bestimmtes zu tun. Ganz egal, was es ist, der betroffene Spieler muss es ausführen.«

»Ganz egal, was es ist?«, echote die rothaarige Rowena ungläubig und strich wieder entzückt über Marisas abgelegten Reitdress. Die andere junge Frau war jetzt auch aufgestanden und hörte offenen Mundes zu.

»Genau«, bestätigte Marisa leise. »Aber der Gewinner kann nur einen Auftrag geben, damit das Spiel möglichst lange dauert und jeder eine Chance erhält.«

Gespanntes Schweigen setzte ein, während jeder über mögliche Konsequenzen und Chancen von Marisas Vorschlag nachdachte. Bisher hatten Caleb und Tom, der andere junge Mann, noch nichts zu Marisas Vorschlag gesagt. Sie sahen sich an, als wollten sie eine geheime Absprache treffen.

Marisa fuhr mit ihrer leisen, melodischen Stimme fort: »Natürlich stehen meine Chancen nicht sehr gut, weil ich allein bin und ihr alle gegen mich spielt.«

Seth, der Anführer, beobachtete sie genau. Ein ansehnlicher Mann, dachte sie und erschauerte leicht. Er hatte einen starken sehnigen Körper und ein sehr lebhaftes Gesicht mit hohen Wangenknochen, die ihm ein exotisches Aussehen verliehen, vor allem zusammen mit den krausen schwarzen Haaren und dem goldenen Ohrring.

»Ist das wirklich in Ordnung für dich?«, fragte er.

Rowena wurde zunehmend ungehaltener und sah Seth wütend an. Die beiden mussten ein Paar sein, schätzte Marisa, und zweifellos war die Rothaarige eifersüchtig. Sie sollte vor Rowena auf der Hut sein.

»Natürlich ist das für sie in Ordnung, Seth«, zischte Rowena. »Siehst du nicht, dass sie nichts als eine Nobelhure ist?«

Marisa sagte scharf: »Ich bin weder nobel noch Hure. Niemand kann mich mit Geld kaufen, und das ist bestimmt mehr, als du von dir sagen kannst.« Rowena stieß einen wütenden Fluch aus, aber Marisa fuhr ungerührt fort: »Ich mag aber eine spannende Herausforderung. Sollen wir anfangen?«

Sie ließen sich vor dem Feuer nieder, und jemand legte ein abgewetztes Kartenspiel auf den Boden. Trotz ihrer scheinbaren Gelassenheit klopfte Marisas Herz so laut, dass sie glaubte, die anderen müssten es hören. Sie zwang sich zur Selbstbeherrschung, denn für sie stand viel auf dem Spiel.

Seth mischte die Karten und teilte sie aus. Jeder erhielt zwei Karten. Der bärtige Caleb gewann die erste Runde. Er atmete tief durch und stierte Marisa hitzig an. Dann knurrte er heiser: »Ich will, dass du dein Hemd bis zur Taille schiebst, damit du uns deine schönen Brüste zeigen kannst.« Er lehnte sich vor, um sie besser sehen zu können. »Dann will ich, dass du mit ihnen spielst und sie saugst und ...«

Seth stieß ihn mit einer Hand brutal zurück. »Nur ein Befehl pro Runde, Caleb, hast du das vergessen? Er wandte sich an Marisa. »Du hast gehört, was er gesagt hat.«

Marisa sah ihm in die dunklen Augen. Dieser Mann war anders. Plötzlich stellte sie ihn sich ohne Kleider vor, sonnengebräunt, muskulös, geschmeidig. Sie wusste, dass sein Penis wunderbar glatt und groß war, und während er es ihr besorgte, würde er sie anlächeln.

Ohne ihn aus den Augen zu lassen, schob sie die schmalen Träger von den Schultern und schob das Unterhemd bis zur Taille. Darunter trug sie ein kurzes Mieder, dessen oberer Rand raffiniert geschwungen war und das die nackten Brüste hoch drückte. Sie spürte, wie sich die entblößten Nippel in der kühlen Luft versteiften, und hörte ein bewunderndes Zischen der Zuschauer.

Sie sah, dass Tom sie mit verzweifelter Intensität betrachtete. Seine seidigen braunen Haare fielen in sein gerötetes, bartloses Gesicht. Noch einer, der es kaum erwarten kann, mich in seine Finger zu bekommen, dachte Marisa. Die Erregung leckte in ihrem Bauch. Drei steife Glieder, nur zu bereit, sie auf jede mögliche Art zu befriedigen.

Sie konzentrierte sich wieder aufs Spiel. Diesmal musste sie gewinnen. Die Karten lagen neben Caleb, sie mussten neu gemischt und verteilt werden. Sie schob ihre Karten dazwischen und vergewisserte sich, dass niemand zuschaute, als sie die Karten schnell mischte und unauffällig zwei Könige und ein Ass mit einem scharfen Fingernagel markierte. »*Sauter la coupe*«, hatte ihr Vater diesen kleinen Trick genannt.

Im flackernden Feuerschein schien niemand etwas bemerkt zu haben. Die Karten wurden zu einem Fächer ausgebreitet, und sie sah zwei der von ihr gekennzeichneten Karten und zog sie. Zwei Könige. Das sollte genügen.

Sie gewann tatsächlich. Als alle ihre Karten gezogen und wütend auf den Boden geworfen hatten, wandte sie sich an Rowena und wies auf Tom. »Ich will, dass du ihm Lust bescherst, Rowena. Mit der Zunge.«

Erstaunen huschte über das volle, lüsterne Gesicht der Frau. »Jetzt?«

Marisa lächelte süß. »Ja, natürlich. Jetzt und hier, damit wir es alle sehen können.«

Caleb lachte eifersüchtig. »Da hast du die Richtige ausgesucht. Solche Sachen macht sie gern. Aber gewöhnlich wird sie dafür bezahlt.«

»Das habe ich auch verdient, Caleb«, gab sie scharf zurück und warf ihm einen verächtlichen Blick zu.

Tom bebte schon in der Vorfreude. Rowena stand auf und bewegte sich im Kreis schwankend auf ihn zu. Ihre Hüften schwenkten verführerisch. Auch ihre Brüste lugten über das Spitzenmieder hinaus. Die Stille im Kreis war mit den Händen greifbar, als sie sich zwischen seinen Knien niederließ und den Penis aus seinen Breeches holte. Er war schon erigiert, und Marisa sah, dass er einen relativ schlanken Penis hatte, eher wie der eines Jungen.

Rowena nahm ihn mit Eifer in den Mund, umschmiegte

dann die Eichel mit der Zunge und ließ ihn wieder in der feuchten Höhle verschwinden. Es kam ihm fast sofort, und aufstöhnend ergoss er sich in ihr. Statt aufzuhören, setzte Rowena ihre Arbeit fort, bis Tom eine neue Erektion aufwies. Ausgezeichnet, dachte Marisa, sie zieht es in die Länge. Die anderen schauten mit glänzenden Augen zu. Bisher verlief alles nach Plan. Sie riskierte wieder einen Blick auf ihre Pistole, die beinahe in Reichweite lag.

Seth gewann die nächste Runde. Marisa erschauerte unter den heißen Blicken des Zigeuners, dann sagte er ruhig: »Du hast schöne Brüste, ich bin sicher, du hast viel Spaß mit ihnen. Ich würde gern sehen, wie du mit ihnen spielst.«

Marisa hielt seinem Blick stand und fuhr mit den Handflächen über ihre Brüste, bis sie zu brennen begannen. Sie stellte sich Seth' geschwungenen Mund vor, der ihren Nippeln huldigte. Sie versteiften sich unter ihren Fingerspitzen. »So, meinst du?«

Er lehnte sich zurück gegen einen Baumstumpf. Sein Hemd leuchtete weiß gegen die gebräunte Farbe seines Gesichts. »Ja, genau so.« Er lächelte entspannt, und Marisa schluckte hart, denn sie stellte sich vor, wie sein Schaft immer härter wurde, während er ihrem lüsternen Treiben zuschaute.

Unter dem gelassenen Äußeren glühte sie vor Verlangen. Sie sah die heiße Lust in den Augen des Zigeuners und hörte Toms leises Stöhnen, da Rowena ihn immer noch verwöhnte. Seth hatte nur Augen für Marisa. Sie fand sein Lächeln unwiderstehlich und erregend und ließ den Blick nicht von ihm ab, als sie ihre Nippel zwickte und in die Länge zog. Kleine Lustblitze schossen durch ihren Körper.

Sie wusste, dass sie irgendwann auf seinen Schritt schauen würde, und jetzt trat das Unvermeidliche ein.

Unter der engen Hose sah sie das frivole Versprechen einer dicken Beule, und sie glaubte sogar, sie unter dem dünnen Stoff pochen zu sehen.

Marisa musste die Kontrolle behalten, denn dieses Spiel musste sie gewinnen. Strategie war alles. Seit sie die Karten gekennzeichnet hatte, war sie sicher, jede weitere Runde gewinnen zu können, aber die Zigeuner verloren vielleicht ihre gute Laune, wenn sie ahnten, dass Marisa sie an der Nase herumführte. Aber wenigstens noch einmal musste sie gewinnen, sonst würde ihr riskanter Plan nicht aufgehen.

Sie zog einen König und ein Ass. Ihr Vater wäre stolz auf sie gewesen. Jetzt konnte sie wieder einen Auftrag erteilen, und sie musste den bärtigen Caleb bedenken, denn er war vielleicht der Unberechenbarste von ihnen und konnte gemein werden, wenn er sich nicht bald abreagieren konnte.

Sie wandte sich zu ihm, und ihre festen Brüste leuchteten rosig im Schein des Feuers. »Weißt du, Caleb, ich möchte dich gern mal in Aktion sehen.«

Er grunzte und robbte hastig zu ihr, aber sie wich lachend aus. »Nicht bei mir, du wilder Hengst, jedenfalls noch nicht, sondern bei ihr.« Sie deutete auf die schwarzhaarige Frau am Feuer. Sie hatte noch kein Wort gesagt, aber jede einzelne Bewegung verfolgt. »Ich bin sicher, du bist bis obenhin geladen, Caleb. Ich schaue zu, dann habe ich schon etwas, worauf ich mich freuen kann.«

Er grinste eifrig. »Darauf kannst du dich wirklich freuen, feine Lady«, stieß er hervor und holte seinen Penis heraus. Er präsentierte ihn wie eine kostbare Ware und fuhr mit einer Hand rhythmisch auf und ab.

Es handelte sich tatsächlich um ein großes Exemplar, purpurner Kopf und von dicken Adern durchzogener Schaft. Durch sein Reiben wurde er noch härter. Marisa spürte, wie ihre eigenen Säfte zu rinnen begannen, ihre Nippel zogen sich fast schmerzhaft zusammen. Es kostete sie ihre ganze Selbstbeherrschung, das süße Pochen zwischen den Schenkeln zu ignorieren.

Aber sie konnte es sich noch nicht erlauben, sich einfach gehen zu lassen, sonst würde ihr Plan nie gelingen. Außerdem hatte sich die schwarzhaarige Frau schon auf Caleb gestürzt. Sie stellte sich auf die Zehenspitzen und flüsterte etwas in sein Ohr, dann ließ sie sich auf alle viere nieder und warf einen Blick über ihre Schulter.

Mit einem tiefen Knurren hob Caleb den scharlachroten Rock und den Petticoat und entblößte den kleinen festen Po. Er kniete sich hinter sie, nahm den langen Schaft in die Hand und schob ihn kräftig in die saftigen Falten ihrer Vulva. Die Frau stöhnte leise und wand sich vor Entzücken, als er sie pfählte. Sie spielte mit ihren Nippeln, um die Ekstase noch zu erhöhen, und schwenkte die Hüften hin und her, um ihn zu schnelleren Stößen anzutreiben.

Caleb zischte: »Ruhig Blut, meine kleine Stute. Kein Grund zur Hast.«

Marisa konnte den Blick nicht von diesem Bild wenden. Sie erschauerte, als sie sah, wie er sich in die junge Frau bohrte, und wünschte, sie selbst wäre an ihrer Stelle. Sie zwang sich, auch den Rest der kleinen Gruppe zu betrachten.

Rowena war immer noch mit Tom beschäftigt und reduzierte ihn zu einem hilflosen, zitternden Bündel. Tom war es schon ein zweites Mal gekommen, aber Rowena ließ nicht locker. Die beiden würden noch eine Weile miteinander zu tun haben, schätzte Marisa. Also blieb nur noch Seth übrig … Sie musste noch ein einziges Mal gewinnen und hoffte, dass er nichts ahnte.

Seth zog eine Zehn und einen König. Marisa hatte Schwierigkeiten, ihre Markierungen zu ertasten, denn Seth beobachtete sie, und er war der gefährlichste von ihnen. Sie wollte ihn unbedingt haben, was ihre Konzentration beeinträchtigte, aber sie gewann mit Dame und Ass. Seth ließ sie nicht aus den Augen. Verzweifelt dachte sie: Er weiß Bescheid! Er weiß, dass ich ihn die ganze Zeit hereingelegt habe. Aber nun musste sie ihr schamloses Spiel fortsetzen.

Sie lehnte sich an ihn und flüsterte: »Seth, weißt du, was ich am liebsten möchte?«

Er schüttelte den Kopf. »Sage es mir.«

Sie fuhr mit einer Hand über seinen Unterarm und schob den weiten Ärmel seines Hemds hoch. Seine glatte Hand war braun von der Sonne und mit seidenen Härchen leicht besprenkelt. »Seth«, flüsterte sie, »ich möchte deinen schönen Penis sehen. Ich möchte ihn zwischen meinen Brüsten spüren. Das treibt mich in den Wahnsinn, ehrlich.«

Er starrte auf die steifen Brustwarzen, die über den Rand des Mieders lugten, aber sein Gesicht blieb kühl und leidenschaftslos, was sie sorgte. Er war niemand, den man zum Narren halten konnte. Sie blickte zu seinem Schoß, bemerkte die starke Schwellung und fühlte sich schon viel wohler. Er ließ sich genauso leicht manipulieren wie alle anderen.

Sie hockte sich über ihn, öffnete seine Breeches und legte seine Erektion frei. Sie war so schön, wie sie sich vorgestellt hatte, lang und hart und seidig. Ihre Hand zitterte, als sie mit der flachen Hand darüber fuhr. Sie spürte die Hitze, die auf sie übersprang. Einem Impuls folgend, tauchte sie mit dem Kopf hinunter und schmeckte ihn. Sie schlang die Zunge um die geschwollene Eichel und glitt mit den geöffneten Lippen den stämmigen Schaft hinunter. Sie spürte, wie er erschauerte, noch mehr anschwoll und gegen ihren Gaumen stieß.

Langsam und immer noch ohne ein Wort zog er sich aus ihrem Mund zurück, er legte sie auf den weichen Boden, küsste die entblößten Brüste und fuhr mit der langen Zunge über ihre Nippel. Marisa stöhnte leise und fuhr mit den Fingern durch seine dunklen Locken, während er über sie grätschte und den samtenen Penis zwischen ihre Brüste legte.

Marisa wollte so schnell wie möglich zum Höhepunkt kommen. Die köstlichen Gefühle, die er zwischen ihren Brüsten auslöste, sirrten hinunter zu ihrem Schoß und konzentrierten sich auf ihre pochende Klitoris. Sie wollte ihn nach unten ziehen und ihn in der Vagina spüren, aber er verharrte in seiner gespreizten Position und bespielte die Brustwarzen mit der Eichel.

Marisa knirschte mit den Zähnen und griff mit einer Hand zu seinem schweren Hodensack. Sie drückte ihn behutsam, während sie mit der anderen Hand über die Länge seines Schafts rieb. Seth stöhnte laut und zuckte sich seinem Orgasmus entgegen. Er warf den Kopf in den Nacken, der Penis begann zu beben, und dann schoss es aus ihm heraus und über ihre Brüste.

Sie spürte die klebrige Hitze auf ihren Nippeln und rollte sich unter ihm zur Seite. Sie sprang auf die Füße, griff ihre Kleider und die wertvolle Pistole.

Seth stöhnte noch leise, während sein Schaft weiter pumpte. Er war zu sehr in den Zuckungen seiner Lust verhaftet, als dass er sich hätte bewegen können. Die anderen befanden sich ebenfalls in einem Zustand, in dem ihnen nichts als die eigene Lust wichtig war. »Entschuldige, Seth«, murmelte Marisa. »Ich hoffe, du hattest trotzdem deinen Spaß.« Dann rannte sie, bis sie dem Schein des Lagerfeuers entkommen war.

Nach einigen Minuten blieb sie stehen, und im Schutz von Bäumen und Büschen zog sie sich an, während sie langsam wieder zu Atem kam. Sie bedauerte, Seth hinters Licht geführt zu haben, aber andere Dinge waren wichtiger

– sie musste hier weg. Sie hatte keine Ahnung, wo sie sich befand, und als sie auf einen Weg stieß, beschloss sie spontan, ihm zu folgen, weil sie davon ausging, dass die Zigeuner ihr nicht ins Licht folgen würden.

Zu spät erkannte sie ihren Fehler. Der Weg führte zurück in die Menge und in die Gefahr. An einer Wegkreuzung traf sie auf einen Pulk von Nachtschwärmern, und fast sofort hörte sie den Schrei: »Da ist sie! Da ist die blonde Dirne, die Sir Peregrine betrogen hat! Schnappt sie!«

Plötzlich fühlte sie sich umzingelt. Männer, Frauen, Diener, selbst ein Mann, der eine Fiedel zupfte, alle schrieen und schnitten ihr den Fluchtweg ab. Am liebsten hätte sie die Hände gegen die Ohren gepresst, um die schrecklichen Dinge nicht hören zu müssen, die gerufen und gekeift wurden.

»Da ist sie!«, riefen sie im Chor. »Wir haben sie! Sie ist eine gemeine Betrügerin! Bringt sie zum Magistrat!«

Marisas Gedanken überschlugen sich, aber einen Ausweg gab es nicht, sie musste sich geschlagen geben. Sie verfluchte die Einladung von Pik Ass, wer auch immer sich dahinter versteckte. Sie verfluchte den alten Tölpel Sir Peregrine. Sie fluchte auf alles, was ihr gerade einfiel.

Dann hörte sie eine neue, wenn auch seltsam vertraute Stimme. »Gibt es hier ein Problem?«

Die Menge teilte sich, und Marisa erhielt wieder Luft zum Atmen. »Ja, Mylord«, rief einer aus der Menge. »Da ist die Dirne, die Sir Peregrine betrogen hat!«

»Ich glaube, da handelt es sich um eine Verwechslung«, sagte der Mann, den Marisa noch nicht sehen konnte. »Die Dirne, wie du sie nennst, gehört zu meiner Begleitung.«

»Aber Mylord!«

»Du hast gehört, was ich gesagt habe.« Die autoritäre Stimme klang kalt. »Die Lady gehört zu mir. Falls Sir Peregrine ein Problem mit ihr hat, soll er sich an mich wenden.«

Der Mob stob auseinander, und endlich konnte sie ihren Retter sehen. Noch zitterte sie vor Angst und Trotz, als sie zu ihm aufblickte und Lord James Delsingham erkannte, der den schwarzen Mantel und seine Maske abgelegt hatte. Jetzt trug er eine graue Jacke aus feiner Wolle und enge cremefarbene Breeches, die in glänzenden schwarzen Stiefeln steckten.

Er fasste sie am Arm.

»Nehmen Sie Ihre Hände weg!«, zischte Marisa, aber seine Finger klammerten sich nur noch fester um ihr Handgelenk. Sein Griff schmerzte.

»Kommen Sie, meine Liebe. Meine Kutsche wartet, und ich glaube, es ist höchste Zeit, dass wir die Pleasure Gardens verlassen, finden Sie nicht auch?« Seine Stimme klang laut und fest. Dann fügte er leiser hinzu: »Ich kann den Mob nicht ewig auf Distanz halten.« Er führte sie an den Leuten vorbei, die ihnen offenen Mundes nachstarrten.

»Verdammt, welches Spiel treiben Sie mit mir?«, fragte Marisa und musste fast rennen, um seinen ausholenden Schritten folgen zu können. Sie versuchte immer noch, ihren Arm loszureißen. »Sie glauben doch nicht, dass ich mit Ihnen irgendwohin gehe.«

Ohne sie anzuschauen, sagte er: »Sie folgen uns noch, Ganymed. Und ich bin sicher, dass sie in einem respektvollen Abstand hinter uns bleiben, bis wir die Kutsche erreicht haben. Sie sollten versuchen, ein fröhliches Gesicht zu machen.«

»Sie müssen verrückt sein, dass Sie sich eingemischt haben«, sagte sie spöttisch. »Hat man Ihnen nicht erzählt, dass Sir Peregrine mich dem Magistrat übergeben wollte? Sie selbst werden in Schwierigkeiten geraten, weil Sie sich auf meine Seite gestellt haben.«

Er steuerte sie unerbittlich auf den Ausgang zu, vorbei an den vielen Gaffern, die Spalier standen. »Das bezweifle ich, meine Liebe. Ich gehe davon aus, dass mein Status nicht so leicht zu erschüttern ist.« Er lächelte auf sie hinab. »Solange Sie unter meinem Schutz stehen, sind Sie vor weiteren Provokationen sicher, das können Sie mir glauben.«

Marisa schraubte ihre Absätze in den Boden und zwang ihn anzuhalten. »Unter Ihrem Schutz? Lassen Sie mich eines klarstellen, Mylord – ich brauche Ihren Schutz nicht.«

»Ach? Wirklich nicht? Nun, wir haben fast den Ausgang erreicht.« Er wies auf ein hohes Gebäude aus roten Ziegelsteinen, in dem das Tor integriert war. »Da Sie darauf bestehen, dass Sie selbst auf sich Acht geben können, wollen Sie vielleicht allein zum Ausgang gehen.«

Sie zögerte, denn es war gut möglich, dass man die Posten am Tor angewiesen hatte, nach ihr Ausschau zu halten. Allein würde sie dann keine Chance haben. Wütend stieß sie ihren Arm unter seinen, hakte sich ein und ließ sich von ihm zur wartenden Kutsche begleiten, während er belangloses Zeug plauderte. »Ich schätze, Sie geben mir die Ehre, Sie ein Stück weit mitzunehmen? Oder verstößt das auch gegen Ihre Prinzipien?«

Sie hätte gar kein Geld für eine Mietkutsche gehabt, und das wusste er wahrscheinlich. »Ich nehme Ihr Angebot an, aber nur bis wir die Themse überquert haben, dann kann ich zu Fuß gehen.«

Er sah ihren trotzigen Ausdruck. »Sie sind noch schöner, wenn Sie wütend sind, Ganymed. Trifft meine Vermutung zu, dass Sie sich in den Pleasure Gardens von Vauxhall nicht sehr amüsiert haben?«

»Ich wünschte, ich wäre nie zu diesem garstigen Ort gegangen. Ich wünschte, ich hätte nie von dieser schrecklichen Kartenspielparty gehört.«

»Ich nehme an, Sie haben sich die Eintrittskarte in der Hoffnung erschlichen, wieder so einen armen Narren wie

Sir Peregrine auszunehmen, um sich dann mit dem Gewinn aus dem Staub zu machen.«

»Ich erschleiche mir nichts. Ich hatte eine Einladungskarte, die Pik Ass selbst unterzeichnet hat. Verdammt, warum lachen Sie mich aus?«

Er blieb bei einer glänzenden schwarzen Kutsche stehen, deren Tür mit einem Wappen geschmückt war. »Vielleicht lache ich deshalb«, sagte er glucksend, »weil ich selbst Pik Ass bin.«

Marisa blickte dumpf hoch zu ihm und wünschte, vor ihm hätte sich ein Loch aufgetan, in das sie hätte versinken können. »Dann ... ich meine, warum haben Sie nichts gesagt?«, flüsterte sie. »Warum haben Sie mich nicht sofort rauswerfen lassen?«

Vier livrierte Diener warteten gleichgültig neben der Kutsche auf Anweisungen ihres Herrn. Er ignorierte sie und sagte zu Marisa: »Ich wollte sehen, welches Spiel Sie spielen. Ich empfand sofort eine gewisse Neugierde, was Sie anbetraf. Und ich wollte auch wissen, wie Sie an eine Einladung gelangt sind, obwohl ich genau weiß, dass ich Sie nicht eingeladen hatte.«

Marisa wollte etwas sagen, aber er hob sofort eine Hand. »Nein, sagen Sie es mir noch nicht. Ich bin sicher, die Geschichte, wie Sie zu dieser Einladung gelangt sind, hört sich faszinierend an, aber jetzt haben wir die Zeit nicht dazu.«

Einer der Diener hielt wortlos eine Kutschtür auf. Marisa versteifte sich und sah sich nach einem Fluchtweg um. Aber Delsingham flüsterte ihr ins Ohr: »Steigen Sie lieber ein, meine Liebe, bevor Sir Peregrine von Ihnen hört. Ist es denn so schlimm, mit mir in einer Kutsche zu fahren?«

Marisa schaute in sein Gesicht, das im Schatten lag. Sie fühlte sich benommen vor Gefahr und Erregung, und auch das derbe Treiben bei den Zigeunern hatte sie noch nicht verarbeitet. Es war wahrlich nicht schlimm, mit Lord Delsingham in einer Kutsche zu fahren. Um der Wahrheit die Ehre zu geben – er sah ungewöhnlich gut aus. Aber das würde sie ihn nicht spüren lassen.

Zornig schleuderte sie ihm entgegen: »Mir bleibt ja wohl nicht anderes übrig, oder?«

»Richtig«, bestätigte er. Sein stahlgrauen Augen glitzerten. Er half ihr in die Kutsche, nickte dem Kutscher kurz zu, der auf dem Bock saß und die Zügel der vier Grauen hielt, dann stieg Delsingham auch ein. Die Tür wurde geschlossen. Marisa ließ sich in das dicke Polster der Bank fallen. Ihr Herz pochte laut.

Plötzlich hörte sie draußen schwere Schritte, und mehrere Fäuste schlugen laut gegen die Tür. Delsingham öffnete die Tür so schnell, dass sie jemandem ins Gesicht flog. »Wer noch einmal die Farbe meiner Kutsche beschädigt, den lasse ich auspeitschen«, sagte er scharf. »Was ist los?«

Die Männer senkten ängstlich den Kopf, als sie ihn erkannten. »Mylord, wir bitten um Vergebung, aber wir sind Hüter des Gesetzes. Sir Peregrine hat uns zu Ihnen geschickt. Er beschuldigt das Weib in Ihrer Gesellschaft. Er behauptet, die Frau hätte ihn betrogen.«

»Tatsächlich?«, fragte Delsingham lang gedehnt. »Ich schätze, dann werden wir Sir Peregrine enttäuschen müssen. Die junge Frau bleibt bei mir. Wie ihr seht, habe ich geschäftlich mit ihr zu tun.« Noch bevor Marisa seine Absicht begriff, nahm er sie in seine Arme und drückte sie fest an sich.

»Oh«, murmelten die Polizisten verlegen. »Ja, Mylord. Muss ein Irrtum vorliegen, Mylord.« Die Tür wurde sanft geschlossen, und die Pferde zogen langsam an.

Marisa stieß wütend gegen seine breiten Schultern und versuchte verzweifelt, ihr Gesicht zur Seite zu drehen, weg von seinem. Aber seine kräftigen Arme hielten sie gefangen.

»Sie beobachten uns noch, Ganymed. Wir müssen das schon überzeugend spielen.« Ihr blieb keine Zeit zum Luftschnappen, und er drückte seinen Mund fest auf ihren.

Bei der Berührung seiner Lippen geschah etwas mit ihr, was sie nicht erklären konnte, und ihre bereits überwältigten Sinne explodierten und gerieten außer Kontrolle. Plötzlich versank alles in den Hintergrund, nur die Bewegungen seiner Lippen auf ihrem Mund waren von Bedeutung.

Sie spürte das delikate Flattern seiner Zunge auf ihrer empfindlichen Haut. Sein Kuss wurde intensiver. Sie stieß ein leises Wimmern aus und schlang die Hände um seinen Nacken. Die Finger wühlten in seinen schwarzen Haaren. Seine Arme drückten sie noch fester an sich, bis er ihre Brüste an seinem harten Brustkorb spürte.

Marisa wusste, dass tief in ihr ein wildes Sehnen nach diesem Mann lauerte, und als die Kutsche eine schnellere Fahrt aufnahm, focht ihre Zunge mit seiner und zog sie hungrig in ihren Mund.

»Langsam, meine Liebe«, murmelte er in ihr Ohr, »wir haben viel Zeit.«

Aber als seine Finger ihre Samtjacke und das Seidenhemd öffneten und sein Mund ihre Brüste küsste und die steifen Warzen einsaugte, stöhnte Marisa vor Sehnsucht und schlang die Arme fester um ihn.

Behutsam legte er sie auf die weiche Polsterbank, schob das Unterhemd von den Schultern und zog es hinunter, um ihre Nippel zu entblößen. Er starrte sie bewundernd an, und Marisa hielt die Luft an, als sie den dunklen Hunger in seinen Augen leuchten sah. Er fuhr mit einer Hand unter ihren Rock, und sie begann zu zittern, als seine kräftige Hand ihr schmelzendes Fleisch streichelte. Ein Finger teilte die geschwollenen Labien und tauchte ein in die geheimen

Falten ihres Geschlechts. Sie stieß einen leisen Schrei aus und krümmte den Rücken, und am liebsten wäre es ihr jetzt schon gekommen, so verzweifelt war sie.

»Sieh an, sieh an«, murmelte er, während der Finger seine verführerische Arbeit fortsetzte. »Was hast du denn heute Abend im Garten der Lüste getrieben, mein Ganymed?«

Marisa keuchte laut auf, als die Fingerkuppe über ihre pochende Klitoris rieb. »Ich habe genug von deinen Spielen. Nimm mich endlich, verdammt!«

Er betrachtete lange ihr Gesicht. »Ich dachte, du hältst nicht viel von meinen Liebeskünsten. Am Nachmittag erst hast du eine gewisse Bemerkung über meinen Körperbau hören lassen, erinnerst du dich?«

Marisa stöhnte. Ihre Blicke wanderten zu seinen Hüften, wo sie unter den engen cremefarbenen Breeches eine Schwellung sehen konnte, die ihr das Wasser im Mund zusammenlaufen ließ. Spitz sagte sie: »Ich bin sicher, du hast eine so hohe Meinung von dir, dass sie für uns beide reicht.«

Er schob ihre Schenkel auseinander und kniete sich auf den Boden. »Dann wirst du jetzt entscheiden müssen, ob meine hohe Meinung von mir gerechtfertigt ist, nicht wahr?«

Er schob ihren Rock nach oben und tauchte mit dem Gesicht zwischen ihre Schenkel. Seine Zunge war lang und rau, er versteifte sie und stieß kräftig zwischen die Labien, während seine Hände zärtlich über die Innenseiten ihrer Schenkel strichen. Marisa hielt sich an seinem Kopf fest und presste sein Gesicht gegen ihr Fleisch, aber er war darauf bedacht, sie noch nicht zum Orgasmus zu bringen.

Er hob den Kopf, und sie schloss vor Enttäuschung die Augen. »Ich frage mich, was du jetzt von mir hältst«, sagte er. »Hast du schon genug?«

Das sanfte Schaukeln der Kutsche zwang sie, nach Halt zu suchen. Sie griff in die Lederschleifen, die an den Seiten angebracht waren. »Bastard«, zischte sie durch knirschende Zähne. »Elender Bastard.«

Er lächelte. Seine weißen Zähne leuchteten in der Dunkelheit. »Sage mir, was du willst, und du wirst es bekommen. Ich bin ein Mann, der zu seinem Wort steht.«

Marisa sog tief die Luft ein. Sie würde sterben, wenn er ihr nicht bald die Erlösung aus dieser süßen Folter brachte. »Ich will, dass du mich nimmst«, rief sie gepresst. »Jetzt! Ganz egal, wie du bestückt bist!«, fügte sie beißend hinzu.

Er gehorchte. Sie griff fester um die Lederschlaufen, um sich gegen das Schaukeln der Kutsche zu wappnen, und sah, dass er seine Breeches öffnete und den langen, dunkel erigierten Penis herausholte. Vor Wonne hielt sie die Luft an. Sie spürte das Zucken in ihrem Schoß.

Die Anspannung stand ihm ins Gesicht geschrieben. Er rang verzweifelt um Selbstbeherrschung, als er den Schaft in die Hand nahm, langsam zwischen die Labien schob und auf und ab wischte. Marisa ruckte ihm entgegen; ihr Körper glühte vor Gier. Delsingham drückte seine Länge auf eine exquisite Weise in sie hinein, er hockte sich zwischen ihre Schenkel und fuhr mit beiden Händen über ihre Brüste.

Marisa harrte schon am Rand des Orgasmus. Sie hing in den Schlaufen und wurde auf der Polsterbank durchgeschüttelt, weil die Kutsche offenbar über ein schlechtes Straßenstück ratterte. James Delsingham stieß ruhig und liebevoll zu, während die Kutsche sich der Westminster Brücke näherte. Marisa erschauerte wohlig, und wenn er zustieß, quietschte sie vor Lust, während sie bei jedem Rückzug gequält aufstöhnte, um dann noch lauter zu juchzen, wenn er in ihre Tiefe zurückkehrte.

Sie hielt sich so lange zurück, wie es ihr möglich war, und

wandelte eine ganze Weile am Rand der Ekstase. Aber dann schlüpfte seine Hand in die feuchten blonden Härchen ihrer Scham, sie streichelte und rieb über die klamme Haut, glitt noch etwas tiefer, bis der Mittelfinger raffiniert über ihren geschwollenen Kitzler streichen konnte.

Marisa begann laut zu keuchen, sie bäumte sich auf und spürte das Vibrieren jedes Nervs in ihrem Schoß. Er war gut, oh, so gut. Lord Delsingham lächelte zufrieden und stieß schneller und härter zu. Marisa blickte an sich hinunter und erregte sich an dem Bild, wie der harte Schaft in ihre nasse Höhle stieß. Dann beugte Delsingham sich über sie und saugte an ihren Brüsten. Die sinnlichen Lippen umschlossen die harten dunklen Knospen, dann nagte er sanft mit den Zähnen.

Marisa hielt den Atem an, als sie spürte, wie ihr ganzer Körper vom Orgasmus durchgeschüttelt wurde. Sie warf sich ihrem Liebhaber entgegen, schrie ihre Lust hinaus, bis die heißen Wellen sie überfluteten und sie nur noch hecheln konnte.

Einen Moment später brachte er sich selbst ans Ziel, nach nur wenigen Stößen ächzte und grunzte er, während er sich tief in ihr verströmte.

Er lag stöhnend auf ihr, der dunkle Kopf auf ihrer heftig bebenden Brust. Sie empfand eine unerwartete Zärtlichkeit für ihn und strich ihm nachdenklich über die Haare. Aber dann erhob er sich, zog sich aus ihr zurück und setzte sich auf die andere Polsterbank, ein wenig abseits von Marisa, und richtete in aller Ruhe seine Kleider.

»Köstlich«, murmelte er und bewunderte wieder ihren fast nackten Körper. »Wirklich, ganz köstlich.«

Marisa schnurrte noch vor Lust. Sie hätte sich gern in seine Arme gekuschelt, seine Lippen auf ihren Haaren und auf den Wangen gespürt. Aber sein ganzes Tun sprach dafür, dass er sich von ihr distanzieren wollte.

Verdammt, er hörte sich wie ein Kenner von guten Weinen an. In den nächsten Minuten würde er ihr sagen, wie viel sie wert war. Sie schlüpfte in ihre Kleider und in scheinbare Anständigkeit zurück.

»Nun, Mylord, Sie haben eben gesagt, dass Sie neugierig auf mich waren. Ist Ihre Neugierde nun befriedigt?«

Er lächelte sie träge an, ein dunkles Glitzern in den Augen. »Wenn Neugier eine Art von Appetit ist, dann ist er jetzt erst angeregt und längst noch nicht befriedigt. Ein kurzer Genuss einer exquisiten Delikatesse verstärkt nur den Hunger und stillt ihn nicht, findest du nicht auch?«

Marisa blickte zu ihm auf, die blauen Augen weit und voller Unschuld. Sie schob ihre blonden Locken zurück und schnurrte: »Das hängt vielleicht von den Mahlzeiten ab, an die man gewöhnt ist.«

Delsingham lächelte wieder, lehnte sich in die Polster zurück und streckte die langen Beine aus. »Eine ganze Nacht der Lust würde uns beiden gefallen, glaube ich. Meinem Kutscher habe ich gesagt, er soll uns zu mir nach Hause bringen. Ich habe ein Haus am Cavendish Square. Da erhalten wir die Chance, die ganze Nacht zu genießen.«

Ach?, dachte Marisa grimmig. Und du hältst es nicht einmal für nötig, mich zu fragen? Er war genauso arrogant wie alle anderen Männer der besseren Gesellschaft, dachte sie und spürte einen Stich der Enttäuschung, weil er so ein guter Liebhaber war. Aber für Bedauern blieb keine Zeit.

Er legte einen Arm um ihre Schulter. Einen Fuß hatte er lässig auf den Sitz gegenüber gelegt. Als er aus dem Fenster schaute, sagte er: »Wir kommen jetzt nach Whitehall. Es dauert nicht mehr lange bis zum Cavendish Square.«

Marisa kuschelte sich an ihn, die kornblumenblauen Augen noch voller Bewunderung. »Sie sind sehr lieb, Lord

Delsingham. Aber«, fügte sie unschuldig hinzu, »aber wie konnten Sie wissen, dass ich mit Ihnen nach Hause fahren würde, ohne dass Sie mich vorher fragen?«

Er lachte und kraulte ihre Schulter durch den Stoff der Jacke. »Ich müsste die Weigerung einer Frau erst noch erleben, Miss Brooke.«

Marisa tätschelte seinen Schenkel und sagte. »Mein lieber Lord Delsingham«, sagte sie freundlich. »wenn Sie sich die Zeit genommen haben, mich besser kennen zu lernen, wüssten Sie, dass ich nicht zu Ihren üblichen Frauen gehöre. Ich bin die Ausnahme Ihrer Regel.«

Dann sprang sie blitzschnell auf die Füße, drückte die Tür der Kutsche auf und sprang hinaus in die Cockspur Street und mitten hinein in die Menschen, die aus den Clubs und Spielhöllen von St. James kamen.

»Marisa.« Er sprang ihr nach und wies den Kutscher wütend an, die Pferde zu zügeln. »Marisa, verdammt, warte.«

Aber sie entwischte ihm, sie schlug einen Haken nach dem anderen und tauchte in der Menge unter. Seine verzweifelten Rufe verhallten ungehört.

Das war's dann, Delsingham, dachte sie trotzig, aber zugleich empfand sie ein wenig Traurigkeit, denn er war wirklich ein guter Liebhaber, ausgerüstet mit einem phantastischen Körper und einer Finesse, die seinem Aussehen entsprach. Wenn er nicht so widerlich arrogant wäre, würde sie ihm eine Eins geben.

Es war nur eine leichte Traurigkeit. Schließlich hatte sie ihre Lust genossen, die er ihr bereitet hatte, und außerdem hatte sie ihm bei der letzten kuschelnden Umarmung die Golduhr abgestreift. Mit schnellen Schritten strebte sie ihrer Wohnung zu.

In dem Moment, in dem sie die Umgebung von The Blue Bell sah, wusste sie, dass etwas nicht stimmte.

Wie immer herrschte viel Betrieb auf der Maiden Lane. Nachtschwärmer stolperten Arm in Arm über die Straße, aber rund um The Blue Bell schien alles totenstill zu sein. Ein paar Kerzen flackerten hinter den schmutzigen Fenstern, aber die Haustür war geschlossen.

Marisa stand an der Straßenecke, und alle Instinkte warnten sie vor Gefahr. Plötzlich zupfte jemand an ihrem Arm. Sie drehte sich um und sah Lucy vor sich, aufgelöst und bestürzt.

»Oh, Marisa, Gott sei Dank, dass du da bist. Du darfst nicht in den Blue Bell gehen. Er wird gefilzt.«

Marisa spürte ihren heftigen Herzschlag. »Gefilzt?«

Lucy keuchte. »Sie sagten, sie wären Gesetzeshüter, aber mir kamen sie eher wie gemeine Räuber vor. John und ich sind vor einer Stunde hier eingetroffen, weil wir dich nirgendwo gefunden haben und dachten, es wäre am besten, wir würden hier auf dich warten. Wir haben alles mit ansehen müssen. Die brutalen Typen haben alle Leute aus dem Blue Bell auf die Straße geworfen und das Haus von oben bis unten durchsucht.«

Lucys hübsches Gesicht war tränenüberströmt. Marisa nahm ihre Hand. »Aber warum, Lucy? Was liegt gegen The Blue Bell vor? Ich weiß, dass es da illegale Kartenspiele gibt, aber es gibt tausend schlimmere Spielhöllen in der Stadt.«

Lucy sah sie durch die glitzernden Tränen an. »Ich glaube, sie haben es auf dich abgesehen, Marisa. Vorher waren nämlich ein paar Typen da, die nach dir gefragt haben. Die Kneipengäste sind von den Kerlen auf die Straße gesetzt worden. Mit einigen von ihnen habe ich sprechen können. Alle sagten, die Kerle hätten wie schlimme Ganoven ausgesehen.«

Marisas Herz setzte fast aus. Sollte es sich um eine private Vendetta handeln? Wer wollte ihr die Daumenschrauben anlegen? Lord Delsingham? Nein, er würde so schnell den Verlust seiner Uhr nicht bemerkt haben – und wenn, wären seine Leute nicht so schnell im Blue Bell gewesen.

Also Sir Peregrine? Das war schon wahrscheinlicher. Dieser Tölpel schien wirklich ein Giftpilz zu sein. Sie traute ihm zu, ein paar Häscher geschickt zu haben, die sie bis in die Wohnung verfolgten.

»Das ist nicht das Ende der Welt, Lucy. Ich schätze, morgen ist alles vergessen.«

»Wir könnten bei meiner Schwester übernachten«, sagte Lucy schluchzend.

Marisa nickte und musste an die winzige Wohnung denken, in der die Schwester mit ihren vielen Kindern lebte. »Ja, gut. Dann kann ich morgen die Sachen aus meiner Wohnung holen, und danach suchen wir uns eine andere Bleibe.«

»Aber sie haben dir alles genommen, Marisa«, jammerte Lucy. »Kleider, Papiere – alles.«

Oh, verdammt. Dann waren sie sehr gründlich vorgegangen. Sie konnte sich gar nicht vorstellen, dass der dumme Peregrine zu dieser Gründlichkeit fähig war. Vielleicht steckte doch Delsingham dahinter, Rache für die Frechheiten, die sie ihm an den Kopf geworfen hatte.

Nun, wie auch immer. An diesem Tag hatte sie eine Menge verloren. Zum Glück hatte sie Delsinghams Uhr. Morgen würde sie zum Pfandleiher am Clare Market gehen. Der stellte keine dummen Fragen, und das Geld für die Uhr sollte sie eine Weile über Wasser halten.

Plötzlich fiel ihr der Brief des Anwalts ein. Sie hatte sein Schreiben gestern Abend in den Kamin geworfen. Zum Glück – so war er den miesen Dieben nicht in die schmutzigen Finger gefallen. Irgendein Vermächtnis, hatte Mr Giles geschrieben. Ob das Geld oder Schmuck bedeutete? Oder noch mehr Schulden ihres Vaters, die sie jetzt begleichen sollte?

Sie konnte nicht glauben, dass Mr Giles ihr etwas von Bedeutung mitzuteilen hatte, aber sie beschloss, gleich morgen zu ihm zu gehen, bevor ihr unbekannter Feind wieder zuschlagen konnte.

Mr Giles freute sich, Marisa zu sehen, und nach dem Austausch von Höflichkeitsfloskeln teilte er ihr einige Neuigkeiten mit, die ihr die Falten auf die Stirn trieben – vor lauter Staunen und Ungläubigkeit. Ein paar Sekunden lang war nichts als das Ticken der alten Uhr auf dem verstaubten Kaminsims des schäbigen kleinen Notariats zu hören.

»Ein Haus?«, wiederholte sie und konnte es immer noch nicht fassen. »Und etwas Geld?«

»Ja, in der Tat, meine Liebe.« Mr Montague Giles lehnte sich in seinem abgewetzten Ledersessel zurück und legte die gefalteten Hände auf den Schreibtisch. »Ein recht respektables Haus, wenn ich das so sagen darf, ein wenig abgelegen zwar, irgendwo in der Einsamkeit von Hampshire, aber durchaus nicht zu verachten, vor allem wegen des Grundstücks – etwa vierzigtausend Quadratmeter Garten und Park. Und der Geldbetrag ist auch nicht unbeträchtlich.« Er hüstelte und blätterte seine Papiere durch. »Um genau zu sein, es handelt sich um eine Summe von zwanzigtausend Guineas.«

»Und das wurde meinem Vater hinterlassen?«, fragte Marisa, noch benommen von den überraschenden Neuigkeiten. »Aber warum?«

Giles' kleine dunkle Augen blitzten hinter seinem Kneifer. »Die Eigentümerin des Grundbesitzes hieß Lady Emily Ormond, eine ältliche Witwe, die sich vor Jahren mit Ihrem

Vater angefreundet hatte, als sie in Baden zur Kur war. Ihr Vater hat wohl stets den Kontakt mit ihr gehalten. Zuletzt haben sie sich in Paris getroffen. Erinnern Sie sich nicht an sie?«

Marisa schüttelte den Kopf und musste ein Lachen unterdrücken. Ihr Vater hatte immer eine gewinnende Art mit älteren Frauen gehabt. Es hatte hunderte von Lady Emily Ormonds in seinem Leben gegeben, hingerissen von seinem Charme und seinen kavaliersmäßigen Manieren. Und diese eine, nun, sie war wohlhabend gewesen.

Es geschehen noch Wunder.

Montague Giles fuhr fort: »Sie ist vor etwas mehr als einem Jahr gestorben, fast genau zwei Monate vor Ihrem Vater. Ihre Anwälte haben einige Zeit gebraucht, um die rechtmäßige Erbin ausfindig zu machen – nämlich Sie. Ich brauche Ihnen wohl nicht zu sagen, dass die Einzelheiten des Testaments für Unruhe in Lady Emilys Familie gesorgt haben.«

»Das kann ich mir gut vorstellen«, sagte Marisa, immer noch ein wenig außer Atem. »Wer hätte den Besitz denn sonst geerbt? Kann es da Schwierigkeiten geben?«

Er ging wieder seine Papiere durch und blinzelte durch den Kneifer. »Ein Neffe, wenn ich mich nicht irre. Ja, ein Julian Ormond, aber natürlich gibt es keine Handhabe für ihn, das Testament anzufechten.« Er grinste. »Es ist alles in trockenen Tüchern.«

Marisa nickte, aber es fiel ihr schwer, die Tragweite zu begreifen. »Mr Giles, wann kann ich meinen Besitz übernehmen?«

Er breitete seine Arme aus. »Sobald Sie möchten, meine liebe Miss Brooke. Das Haus steht leer. Es müssen noch einige Formalitäten erledigt werden, aber mit Ihrer gütigen Erlaubnis werde ich mich darum kümmern. Wollen Sie die Dokumente durchlesen, während ich Ihnen Tee bestelle?«

Marisa besah sich die Papiere, die er ihr über den Tisch schob. Die vielen engen Zeilen tanzten vor ihren Augen, und sie fühlte wieder ihre Unzulänglichkeit, was das Verstehen längerer Wörter anging. Sie schob die Dokumente zurück. »Können Sie das für mich erledigen, Mr Giles? Und was Ihr Angebot betrifft – statt Tee hätte ich gern einen Brandy.«

»Was immer Sie wollen, Miss Brooke. Also Brandy.«

Das hörte sich doch gut an. »Ich glaube«, sagte sie, »dass ich so schnell wie möglich nach Hampshire reisen möchte. Ich werde wohl einen Tag oder zwei hier in London benötigen, um noch ein paar Einkäufe zu erledigen, aber dann möchte ich mein neues Haus beziehen. Wird das möglich sein, Mr Giles?«

Er schenkte ihnen beiden einen kräftigen Schuss Brandy ein und hob sein Glas. »Mit Ihrem Geld, meine Liebe«, sagte er, »wird alles möglich sein. Alles.«

»Oh, sehr gut.« Marisa hob ihr Glas, und ein schelmisches Lächeln umspielte ihre Lippen. »Trinken wir auf meine Erbschaft, Mr Giles. Und auf die Freuden, die vielleicht noch vor mir liegen.«

Viertes Kapitel

Es war früher Abend, und die warme Dämmerung begann die bewaldete Landschaft einzuhüllen, als die Mietkutsche die staubige Landstraße verließ und durch das hohe Tor aus geschmiedetem Eisen fuhr. Vögel zwitscherten aufgeregt in den mächtigen Kastanienbäumen, und ein Eichhörnchen huschte zu einem Birkenhain, als die schwer beladene Kutsche in die lange Auffahrt einbog und schließlich vor einer breiten Steintreppe anhielt, die zum beeindruckenden Portal von Melbray Manor führte.

Die Kutschentür wurde aufgestoßen, noch bevor die Pferde still standen, und Lucy sprang heraus, sah sich mit großen Augen um und war atemlos vor Aufregung. Marisa folgte ihr, nicht ganz so aufgeregt. Sie glättete ihren eleganten braunen Reisemantel aus Seide und rückte ihren modischen Strohhut zurecht, den sie bei Madame Thanier erworben hatte, der exklusiven Modistin in der Bond Street.

Nach außen hin war Marisa gefasst und gelassen, während sie ihre Erbschaft im schwindenden Licht des samtenen Frühlingsabends in Augenschein nahm, aber in Wirklichkeit klopfte ihr das Herz bis zum Hals. Melbray Manor war eine Schönheit. Noch viel schöner, als sie zu hoffen gewagt hatte. Ein Landhaus, das sich wunderbar in die Landschaft schmiegte. Die Steine waren honigfarben, und die vielen Fenster glänzten in der untergehenden Sonne. Gelbe Rosen rankten sich um die Steinpfeiler des Portals, und ihr Duft war in der warmen stillen Luft betörend und verzaubernd.

Marisa stand da und sah sich um, benommen, wie in Trance. Mr Giles hatte ihr gesagt, wie viele Schlafzimmer das Haus hatte, wie viele Empfangsräume und Salons, aber die Einzelheiten hatte sie vergessen. »Eine Herrenresidenz«, hatte er fast entschuldigend gesagt. »Nichts Großartiges, fürchte ich. In der Umgebung gibt es einige pompöse, palastähnliche Anwesen.« Dann hatte er ihr Einzelheiten von Küche und Keller aufgezählt, von den Vorratskammern und Ställen, aber Marisa hatte nicht zugehört, weil das alles nicht so wichtig war. Für sie, die an billige möblierte Zimmer über schäbigen Kneipen gewohnt war, handelte es sich bei Melbray Manor um einen Palast. Mit diesem Haus und dem Geld, das sie geerbt hatte, würde sie sich alle Wünsche erfüllen können. Was für Aussichten!

Sie atmete tief durch und schaute zurück zu den Kastanien, die die Auffahrt säumten und deren Kerzen leuchteten wie die Laternen in den Vauxhall Pleasure Gardens. Das alles gehörte ihr! Es war so unglaublich, dass sie am liebsten laut gelacht hätte. Das Beste – niemand würde wissen, woher sie kam und was zu ihrem Hintergrund gehörte. Niemand ahnte, dass sie bisher davon gelebt hatte, Spieler abzuzocken, meist dumme alte Männer.

John, der Kutscher, den Lucy und sie überredet hatten, The Blue Bell zu verlassen und mit ihnen nach Hampshire zu gehen, sprang vom Bock und spannte die Pferde aus. Sie waren über Esher und Guildford gefahren und hatten wunderbaren Lachs in The Traveller's Rest an der Straße nach Farnham gegessen. Es war ein schrecklich teures Essen gewesen, aber als Marisa die Guineas gezückt hatte, um die Rechnung zu bezahlen, da war ihr das Herz aufgegangen – was für ein Gefühl, nicht auf jeden Penny achten zu müssen. Mr Giles hatte ihr einen Vorschuss auf den geerbten Betrag gegeben, denn es würde noch eine Weile dauern, bis die Formalitäten abgeschlossen waren.

»Sind Sie sicher, dass Sie so schnell nach Hampshire reisen wollen?«, hatte er sie gestern gefragt, als er ihr die Schlüssel übergeben hatte. »Das Haus ist seit einiger Zeit unbewohnt, seit dem Tod von Lady Emily. Ich weiß nicht, in welchem Zustand es sich befindet.«

Marisa hatte gelacht. »Lieber Mr Giles, für mich ist es ein absoluter Luxus, ein Dach überm Kopf zu haben.«

Wie sehr ihr Vater diese Situation geliebt haben würde, ging ihr durch den Kopf, als sie zum Haus schaute. Captain Brooke hätte die Rolle des wohlhabenden Landedelmanns so überzeugend gespielt wie jede andere seiner Rollen auch. Marisa atmete noch einmal tief durch, dann holte sie den großen Schlüssel aus der Ledertasche. Die Seide des Mantels raschelte, als sie die breite Treppe zum Portal hinaufging.

Sie zuckte zusammen, als die schweren Eichentüren aufschwangen. Ein Mann trat aus dem Haus, elegant gekleidet, schwarze Haare und einen fragenden Ausdruck auf dem gut geschnittenen Gesicht. »Miss Brooke? Entschuldigen Sie, dass ich Sie erschreckt habe Ich bin Julian Ormond, Sir Julian Ormond. Lady Emilys Neffe. Sie sind Miss Brooke?«

»Ja, die bin ich«, antwortete Marisa und streckte unsicher ihre Hand aus, über die er sich beugte. Lieber Himmel, dachte sie, was hatte der Mann hier zu suchen?

Er richtete sich auf und lächelte. »Sie werden sich wundern, was ich im Haus zu suchen habe«, sagte er, als hätte er ihre Gedanken gelesen. »Nun, ich habe ein Auge auf das Anwesen gehalten. Meine Tante ist vor über einem Jahr gestorben, und außer mir kümmert sich niemand um das Haus.«

»Wohnen Sie in der Nähe?«, fragte Marisa.

»Ja, natürlich. Ich wohne in Greenfallow Park, das liegt auf der anderen Seite von Crayhampton. Deshalb war es kein Problem, ab und zu nach dem Haus zu sehen. Ich habe meine Leute geschickt, um Garten und Park in Ordnung zu halten. Aber nun sind Sie ja hier, da wird das nicht mehr erforderlich sein. Doch falls Sie irgendwas brauchen, bitte, lassen Sie es mich wissen.«

Zu schön, um wahr zu sein, dachte Marisa. Sie hatte ihm sein sicherlich erwartetes Erbe vor der Nase weggeschnappt, und er bot ihr seine Hilfe an. Sie musterte ihn mit ihren kornblumenblauen Augen. »Danke«, sagte sie, immer noch misstrauisch. »Ich werde mich zur gegebenen Zeit an Ihr großzügiges Angebot erinnern, Sir Ormond.«

Er verbeugte sich. »Das hoffe ich. Als Willkommensgruß habe ich mir erlaubt, Miss Brooke, eine Mahlzeit für Sie ins Esszimmer zu bringen. Mein Koch hat sie gerichtet. Ich dachte, Sie und Ihre Bediensteten würden nach der langen Reise erschöpft sein.

Marisa nickte und bedankte sich, aber ihr war dieser Mann nicht geheuer. Ihre Erfahrung war, dass niemand etwas zu verschenken hatte. Was bezweckte Ormond? »Sie sind sehr freundlich«, sagte sie leise.

»Ach, kein Problem«, gab er zurück. »Schließlich sind wir Nachbarn. Ich hoffe, wir werden uns bald wieder sehen.«

In diesem Moment ritt ein Stallbursche vor, ein anderes Pferd im Schlepp. Ormond schwang sich in den Sattel und griff die Zügel. »Reiten Sie auch, Miss Brooke?«, fragte er. »Haben Sie eigene Pferde?«

»Ich reite für mein Leben gern«, antwortete sie, »aber es wird eine Weile dauern, bis meine Pferde hier sind.«

»In meinem Stall steht eine gutmütige Stute, die Ihnen vielleicht gefällt. Sie könnte den einen oder anderen Ausritt gebrauchen. Wenn Sie wollen, schicke ich morgen den Stallburschen mit der Stute zu Ihnen.« Bevor ihr eine Antwort einfiel, nickte er kurz. »Willkommen auf Melbray Manor, Miss Brooke.« Dann war er weg, und der Stallbursche folgte ihm.

Lucy stand neben Marisa und schaute ihm nach, bis er im Wald verschwunden war. »Der hat Dreck am Stecken«, verkündete sie. »Ein bisschen zu glatt, wenn du mich fragst.«

»Er ist okay, wenn er das Essen nicht vergiftet hat«, meinte Marisa fröhlich. »Ich will mich in meiner Einschätzung noch nicht festlegen, was Sir Julian Ormond angeht, aber ich bin froh, dass er uns was zu essen gebracht hat.«

Die Mahlzeit erwies sich als köstlich. Schinken und Huhn, vegetarischer Eintopf, kleine Torten mit Aprikosen und Erdbeeren, dazu einige Flaschen Wein. Marisa und Lucy aßen hungrig, dann häuften sie die Teller mit Obst voll. John führte die Pferde in die Ställe, während die Frauen sich das Haus ansahen. Vieles verschwand hinter Staubschwaden, aber das schöne Mobiliar war trotzdem zu erkennen.

Im ersten Stock befanden sich zehn Schlafzimmer, wie Lucy aufgeregt zählte, nachdem sie von einem Zimmer ins andere gestürmt war. Im Erdgeschoss gab es mehrere Empfangsräume, fast alle mit Holzpaneelen verkleidet.

Lucy leerte ihr drittes Glas Wein und wandte sich atemlos an Marisa. »Du wirst viele Diener in diesem großen Haus einstellen müssen.«

Marisa nickte nachdenklich. »Ja, wir brauchen ein paar Leute. Aber wir müssen sie vorsichtig aussuchen.«

Lucy füllte ihre Gläser. »Jung, kräftig und potent?«, fragte sie kichernd.

Marisa lachte. »Ich habe mehr an Diskretion gedacht, liebe Lucy. Wenn ich mich in die hiesige Gesellschaft einfügen will, muss ich Skandale vermeiden.« Sie grinste.

»Jedenfalls in der ersten Zeit. Aber du hast Recht. Meine Diener sollen für jede Frau eine Augenweide sein.«

John, der sich am kalten Essen in der Küche labte, nachdem er die Pferde versorgt hatte, trat in diesem Moment zu ihnen und fragte, ob noch weitere Aufgaben auf ihn warteten. Marisa hieß ihn, die Fensterläden zu schließen und die Kerzen anzuzünden, um das Landhaus mit Leben zu erfüllen.

Während er stumm seiner Arbeit nachging, zog Marisa sich in eine Ecke zurück und schaute ihm neugierig zu. Sie hatte eine kluge Entscheidung getroffen. John sah gut aus, und er war groß und kräftig. Er hatte eine Kordhose und eine braune Lederjacke an, die er über dem weiten Hemd trug. Der Kerzenschein flackerte über sein gebräuntes Gesicht, und plötzlich sah Marisa das Bild vor sich, wie er Lucy im engen Schlafzimmer über The Blue Bell genommen hatte.

Bei dem Gedanken an die Szene lief ihr das Wasser im Mund zusammen. Sie sah seinen kräftigen Penis vor sich und fühlte, wie ihr Puls zu rasen begann.

Lucy, die sich wieder ein Glas Wein eingeschenkt hatte, setzte sich neben Marisa und hing wohl auch diesen Gedanken nach, denn sie schob die dunklen Locken aus dem geröteten Gesicht und sagte, ein wenig außer Atem: »Wenn wir mehr Diener einstellen, wird John schrecklich eifersüchtig auf sie sein.«

»Ach, wir werden auch ein paar Mägde einstellen, dann wird John mehr Auswahl haben«, sagte Marisa lachend, und dann kicherten die Frauen zusammen, beide mehr als nur ein bisschen beschwipst. Sie sahen zu, wie John ein paar Scheite in den großen Kamin in einer Ecke des langen Empfangszimmers legte.

Lucy hob ihr Glas, das in der unsicheren Hand hin und her schwankte. »Auf Sir Julian Ormond«, verkündete sie trunken, »auf dass er uns auch weiterhin mit gutem Essen und bestem Wein versorgt.«

Nachdenklich sagte Marisa: »Er hat sich als sehr großzügig erwiesen, wenn man bedenkt, dass ich ihm sein Erbe weggeschnappt habe. Ich möchte gern wissen, welches Motiv er hat.«

»Wahrscheinlich will er dich heiraten, um so doch noch an das Geld seiner Tante zu gelangen«, kicherte Lucy, unterbrochen von Schluckauf. »Obwohl, wenn ich es recht bedenke, sieht er nicht wie einer von der heiratenden Sorte aus.«

»Was meinst du denn damit?«

Lucy hob die Schultern. Ihr Kleid rutschte dabei ein wenig nach unten. »Ach, ich weiß nicht. Er sieht zwar nicht schlecht aus, trägt feine Kleidung und spricht so gewählt wie die Oberschicht eben spricht, aber er gefiel mir trotzdem nicht.«

Sie runzelte die Stirn, aber dann wurde sie abgelenkt, als John eintrat. Er trug einen Korb mit Kaminholz, und unter der Last waren seine Oberarmmuskeln angespannt, die man unterm Hemd deutlich sehen konnte. Lucy schaute ihm zu und leckte sich über die Lippen.

»Da haben wir einen ordentlichen Mann. Du musst ihn mal ausprobieren, Marisa. Er ist köstlich, wirklich. So stark und so standhaft, und diese Ausdauer ...«

Marisa nippte nachdenklich am Weißwein und kuschelte sich in die Kissen, die auf dem breiten Sofa lagen. Sie erinnerte sich noch gut an den dicken Schaft, der Lucy diese Lust beschert und sie zum Wimmern gebracht hatte. Das warme Gewebe in ihrem Schoß schwoll an und pochte, als wollte es warnen.

Sie wandte sich an Lucy und sagte kühl: »Ich glaube nicht, dass er mein Typ ist.«

Lucy gluckste. »Kommt darauf an, was du willst. Er ist

wie ein Tier – keine Finesse, keine Gespräche, nur pure Lust, aber das ist es, warum ich ihn so schätze. Er begehrt dich, Marisa, ist dir noch nicht aufgefallen, wie er dich ansieht? Jetzt ist er auch wieder erregt, weil er weiß, dass wir über ihn reden.«

Sie lagen nah beisammen auf dem Sofa, kicherten und flüsterten, und John schielte einige Male misstrauisch zu ihnen. Der Schweiß sammelte sich auf seiner Stirn; es war anstrengend gewesen, das Brennholz in den großen Körben ins Haus zu tragen. Einige Scheite legte er aufs Feuer.

Marisas Kehle wurde trocken, als sie bemerkte, dass Lucy sich nicht getäuscht hatte – man konnte die dicke Beule in seiner Hose sehen. Der Penis drohte den Stoff seiner engen Breeches zu sprengen. Marisa erkannte plötzlich, dass sie nach dem anstrengenden Tag, dem guten Essen und dem wunderbaren Wein, der wärmend durch ihre Adern floss, nichts anderes brauchte als Sex. Sex mit einem starken, ausdauernden, bereitwilligen und unkomplizierten Mann.

Die Kerzen, die John angezündet hatte, brannten in den Wandhaltern und warfen ein goldenes Flackerlicht in den großen Empfangsraum und schufen Schatten, die über den Steinboden tanzten. John stand unschlüssig da, bis Marisa rief: »John, kommst du mal zu uns?«

Mit einem beunruhigten Gesicht schritt er durch den großen Raum. Die schweren Stiefel stapften über den Steinboden. Marisa glaubte, dass seine beeindruckende Erektion noch ein bisschen größer geworden war.

»Kann ich noch irgendwas für Sie tun, Mylady?«, fragte er mit seiner tiefen, leicht schnarrenden Stimme. »Sie brauchen es nur zu sagen. Wenn Sie wollen, arbeite ich die ganze Nacht für Sie.«

Marisa befeuchtete die Lippen und lehnte sich vor. Sie hatte schon vor dem Essen den Reisemantel abgelegt und trug jetzt ein züchtig aussehendes Kleid aus rosa Kreppstoff. Es hatte lange, enge Ärmel und ein mit Spitze umrandetes Halstuch, das den Ausschnitt verkleinerte. Ein bequemes Kleid, ideal für die Reise, und es hätte jeder Adelsfrau gut zu Gesicht gestanden. Wenn sie die Schnüre des Mieders löste und das Halstuch wegnahm, und wenn sie sich dann nach vorn beugte, wie sie es jetzt tat, konnte man nicht mehr davon sprechen, dass es ein züchtiges Kleid war.

Johns Augen fielen fast aus den Höhlen, als er auf die hoch angesetzten kleinen Brüste schaute, die sie aus dem Mieder befreit hatte. Die weichen hellbraunen Nippel lugten hervor. Rote Farbe schoss in Johns Gesicht.

Marisa sah das unzweifelhafte Zucken in Johns Hose und sagte raunend: »Ich glaube nicht, dass du die ganze Nacht arbeiten musst. Aber du solltest dich schon auf ein paar schweißtreibende Aktivitäten einstellen. Nimm deinen Penis heraus, John, und zeige ihn mir.«

Lucy hielt die Luft an und hatte Augen so groß wie Untertassen. John stammelte. »A ... aber M ... Mylady ...«

Es gefiel Marisa, wie er sie ›Mylady‹ nannte. Die anderen Diener sollten sie auch so nennen. »Keine Angst, John«, sagte sie leise, »du brauchst dich nicht zu schämen. Öffne deine Breeches und zeige uns deinen Penis.«

Er tat es mit seinen großen, zitternden Händen, und Marisa spürte ihr Herz klopfen. Eine prächtige Waffe, die er da zeigte, dick und lang, und der Schaft zuckte, als wollte er sie anspringen. Die Eichel pochte und schimmerte purpurn.

Marisa spürte das Prickeln und Zucken in ihrer Vulva, das sich noch verstärkte, als sie sich vorstellte, auf diesen köstlichen Fleischstab zu rutschen. Sie lächelte John durch ihre dichten Wimpern an und sah, dass er immer noch fasziniert auf ihre Brüste starrte.

»Gefallen sie dir, John?«, fragte sie. »Möchtest du an meinen Nippeln lutschen?«

Er sprang auf sie zu, wobei der steife Penis wild schwenkte. »Oh, Mylady ...«

Unmutsfalten bildeten sich auf ihrer Stirn, und mit den Händen bedeckte sie ihre Brüste. »Halte dich zurück, John«, sagte sie scharf. »Du musst lernen, dich zu beherrschen. Dann« – ihr Engelsgesicht wurde wieder ganz sanft – »wer weiß, was ich dir dann noch zeige.«

Sie lehnte sich auf dem Sofa zurück und spreizte ein wenig die schlanken Beine mit den hoch geschnürten Stiefeln und den hellen Strümpfen, die kurz oberhalb der Knie endeten.

Er stand wie angewurzelt da, nur der Penis zuckte lebhaft und frustriert. John schien mit sich zu ringen, ob er seinen Freund in die Hand nehmen sollte oder nicht.

Marisa sah sein verzerrtes Gesicht und sagte mit glänzenden Augen: »Ich sehe, dass du gut bestückt bist, aber das allein ist nicht genug. Lucy sagt, dass du ausdauernd bist, und davon möchte ich mich gern überzeugen.« Sie beugte sich wieder vor und fuhr mit rauchiger Stimme fort: »John, ich möchte, dass du Lucy mit Lippen und Zunge verwöhnst.«

Mit einem fröhlichen Aufschrei sprang Lucy auf und spreizte sich in einem kleinen, mit Samt überzogenen Sessel, so dass John ihr Nest aus krausen dunklen Haaren sehen konnte. Er ließ sich grunzend vor ihr auf die Knie nieder, schob Lucys Schenkel noch weiter auseinander, und Marisa konnte die rosa Falten von Lucys Geschlecht sehen. Sie tropften und schrieen nach Beachtung – und diese Beachtung ließ John ihnen nun zuteil werden, er leckte und saugte wie ein durstiger Hund am Wassertrog. Dann stieß er die Zungenspitze zwischen die geschwollenen Labien und rieb mit der Nase gegen ihre Klitoris.

Lucy schlug mit den Fäusten auf seinen Rücken und rief hechelnd: »Oh, ja, John, ja, so ist es gut.«

Marisa lehnte sich auf dem Sofa zurück und nippte am Wein. Stirnrunzelnd verfolgte sie die erotische Szene im Kerzenschein. Johns Penis zuckte zwischen seinen Schenkeln, und Marisa schob einen Finger zum Schoß und streichelte sich zart. Mit der anderen Hand fasste sie sich an die Brüste. Die Nippel waren steinhart geworden. Sie war fast am Ziel, nur noch ein bisschen mehr …

Sie hörte und sah, wie Lucy unter den Bemühungen von Johns Fingern, Lippen und Zunge zum Orgasmus kam. Rasch zog sie die Finger aus ihrer Vulva.

»Das hast du gut gemacht, John. Jetzt kannst du zu mir kommen.«

Wie ein Turm stand er über ihr, als sie sich auf dem Sofa ausbreitete. Sein Penis pochte hungrig. Marisa schob die Röcke hoch und spreizte verführerisch die Schenkel. Er beugte sich über sie, kniete sich zwischen die Beine und schob den zuckenden Schaft vorsichtig in sie hinein. Marisa klemmte ihre inneren Muskeln um den eindringenden Schaft, sie hob die Beine und schlang sie um seine Hüften.

John ließ den Kopf auf ihre festen Brüste sinken. Er saugte an ihren harten Nippeln, Marisa spürte seine rauen Bartstoppeln auf ihrer zarten Haut. Sie schloss die Augen und spürte nichts als die pochende Kraft seines Glieds, das sie mit gemessenen Stößen durchpflügte. Sie war außer sich vor Lust. Sie hob die Hüften an, um ihm zu begegnen, sie rieb sich an ihm und sorgte dafür, dass er mit dem Schaft ihre Klitoris streifte, wenn er wieder tief in sie eindrang. Er hörte nicht auf, über ihre Brustwarzen zu lecken und freute sich über ihre lüsternen Schreie.

Es stimmte, seine Ausdauer war bemerkenswert. Jetzt zog er sich tief aus ihr zurück und regte sich nicht mehr. Marisa blickte zum Delta ihrer Schenkel, die Augen voller

Begeisterung. Sein Penis glänzte von ihren Säften. Sie hob sich ihm kurz entgegen und wusste, dass sie sich am Rand eines wunderbaren Orgasmus befand. Ohne jede Vorankündigung bohrte er sich wieder in sie hinein, langsam und tief, als wollte er jeden Millimeter genießen, und dann war es um Marisas Selbstbeherrschung geschehen.

Sie bäumte sich auf, schwenkte das Becken hin und her und staunte über die unbändige Kraft seiner Lenden. Er stieß immer schneller und härter zu, angefeuert durch ihre orgasmischen Schreie, und sie langte zu ihrer Klitoris und strich mit den Fingerkuppen darüber.

Marisa spürte, wie er tief in ihr explodierte, wie er zuckte und bebte. Er stöhnte in finaler Ekstase, und sie spürte seine letzten Zuckungen, während sie still unter ihm lag, glücklich gesättigt und tief befriedigt. Genau das, was ich nach diesem Tag gebraucht habe, dachte sie träge.

»Sehr gut, John«, flüsterte sie, noch ein wenig außer Atem, und strich ihm über die vollen Haare. »Sehr gut.«

Er hob den Kopf, noch benommen von seinen Anstrengungen. »Sie sind zufrieden mit mir, Mylady?«

»Oh, ja.« Sie seufzte zufrieden und rieb ihre Hände über seinen Rücken.

Ein Lächeln huschte über sein Gesicht. »Dann lassen Sie mich bleiben, Mylady?«

»Aber natürlich. Ich glaube, ich habe einen guten Job für dich. Ich ernenne dich zum Butler. Das ist ein verantwortungsvoller Posten, John. Glaubst du, dass du ihn ausfüllen kannst?«

Seine Augen leuchteten vor Freude und Dankbarkeit. »Oh, ja, Mylady.«

Marisa lächelte erschöpft, dann richtete sie ihre Kleider. Lucy, die sich offenbar selbst zu einem weiteren Höhepunkt verholfen hatte, richtete sich auf und fragte: »Und ich, Marisa? Welchen Posten hast du für mich?«

Marisa betrachtete die Freundin. »Du, meine liebe Lucy, wirst meine Zofe, meine persönliche Beraterin.«

Lucy seufzte glücklich und schenkte sich noch ein Glas von Sir Julian Ormonds köstlichem Wein ein. Sie brachte die Flasche zu Marisa.

»Ich habe Hunger«, sagte Marisa spontan. »Komm, wir essen die Reste von Ormonds Mahlzeit.«

Sie saßen gut gelaunt in der Küche. Weiß getünchte Wände, und im warmen Kerzenlicht glänzten die Kupferkessel. Von silbernen Tabletts aßen sie Huhn und Schinken, während John, der sich schon in seine Rolle als Butler einarbeitete, sie mit Eifer bediente.

Lucy war inzwischen ziemlich betrunken und konnte Finger und Lippen nicht von John lassen. Bald verzogen sie sich in eine schattige Ecke, und Lucy küsste ihn hungrig und strich über seinen kräftigen Leib.

In der Dunkelheit sah der Reiter, wie die Kerzen hinter den Fenstern von Melbray Manor erloschen. Als die blonde Frau sich aus dem Fenster im ersten Stock lehnte, duckte er sich hinter die Büsche. Dort verharrte er, bis sie das Fenster schloss, und dann gingen auch die letzten Kerzen aus.

»Genieße es ruhig, solange du es noch genießen kannst, Marisa Brooke«, murmelte er leise vor sich hin. Er wendete sein Pferd und ritt in die Dunkelheit.

Marisa wurde am Morgen von den warmen Sonnenstrahlen geweckt, die durchs Fenster fielen. Einen Augenblick musste sie überlegen, wo sie war. Die Stille verunsicherte sie. Wo blieb das schrille Leben unten in der Straße, wo waren die heiseren Schreie der Straßenhändler und Hausierer, wo blieb das Rattern der Karrenräder auf den Pflastersteinen, das Bellen der Hunde in der Maiden Lane?

Dann kehrte die Erinnerung zurück. Sie zog die Daunendecke bis zum Kinn und schaute auf die Seidenbehänge des Mahagonibetts. Die Tapete zeigte ein romantisches Rosenmuster. Schöne, edle Möbel standen überall im großen Zimmer – und das alles gehörte ihr!

Sie atmete tief durch, und erst danach begriff sie, dass sie sich verschlafen hatte. Draußen zwitscherten die Vögel, und die Sonne prallte gegen die Hauswand. Schnell warf sie die Decke zurück und rannte zum Fenster. Sie schob die Vorhänge und Gardinen zurück.

Ihre Augen öffneten sich weit, als sie unten im sonnenüberfluteten Hof eine wunderschöne kastanienbraune Stute sah, die Zügel in der Hand eines etwas ratlos blickenden jungen Stallburschen. Marisa erinnerte sich daran, dass Sir Julian versprochen hatte, ihr ein Pferd zur Verfügung zu stellen – das hatte sie völlig vergessen. Sie fragte sich schuldbewusst, wie lange der junge Mann schon wartete, während sie sich rasch ankleidete, dunkler Reitdress, kurze Reitstiefel. Sie fuhr mit einer Bürste durch die zerzausten Haare und bändigte sie mit einem schwarzen Samtband. In letzter Sekunde warf sie einen flüchtigen Blick in den Drehspiegel.

Sie kämpfte mit den schweren Riegeln des Portals. Wo, um alles in der Welt, war John? Wahrscheinlich liegt er schnarchend in Lucys Armen, dachte sie wütend. Sie würde mal ein ernsthaftes Wort mit ihnen sprechen müssen. Sie fluchte vor sich hin, aber dann schaffte sie es endlich, die Türen zu öffnen, und trat ins glänzende Sonnenlicht.

Wenn der Stallbursche überrascht war, dass die Lady von Melbray das Portal selbst öffnete, gelang es ihm gut, seine Gefühle zu verbergen. Aber seine Bewunderung für die schöne Frau konnte er nicht verbergen.

»Sir Julian schickt mich, Mylady«, stammelte er. Seine Augen glühten, er konnte den Blick nicht von dem schlanken Körper wenden, dessen Kurven von der eng geschnittenen Jacke und dem eleganten Rock noch betont wurden. »Ich glaube, er hat Ihnen diese Stute versprochen.«

Marisa bedachte ihn mit einem charmanten Lächeln und sah, wie er schmolz. »Wie freundlich von ihm«, hauchte sie. »Du sagst ihm meinen Dank, ja?«

»Den werde ich gern überbringen, Mylady.« Er übergab ihr die Zügel. »Sie lässt es gern zügig angehen, und sie hat einen wunderbaren Charakter. Mein Herr hat sie schon satteln lassen. Er sagt, wenn Sie noch irgendetwas benötigen, mögen Sie sich an ihn wenden.«

Marisa nahm die Zügel und strich dem Pferd über den Kopf. »Eine schöne Stute. Sagen Sie Sir Julian, dass ich ihm sehr dankbar bin.«

Der Stallbursche stand reglos da, gebannt von ihrer Schönheit. Nach einer Weile wischte er verlegen eine Locke aus der Stirn, dann ging er hinüber zu seinem großen Pferd, das er angeleint hatte. Er schwang sich in den Sattel und ritt zurück.

Marisa sah ihm nach, bis er außer Sichtweite war, dann wandte sie sich ihrem Pferd zu. »Hallo, meine Schöne«, schnurrte sie und strich an der Mähne entlang über den warmen schlanken Hals. »Unser Nachbar Ormond scheint ein überraschend großzügiger Freund zu sein. Ich frage mich warum.«

Die Stute wieherte leise und rieb das Maul an Marisas Hand, offenbar in Erwartung einer Leckerei. Marisa war hingerissen vom Anblick des anmutigen Tiers, muskulöse Flanken, elegant geschwungener Hals. Sie wusste, sie hätte Lucy oder John Bescheid sagen müssen, aber sie wollte nicht länger warten. Die Aussicht, ihren Besitz hoch zu Ross abzureiten, war zu verlockend.

Sie murmelte sanft zu ihrem Pferd und führte es am Zügel zu einem alten Steinblock, der als Aufstieghilfe diente. Sie schwang sich in den Damensattel, ein Bein um den Sattelknauf, dann strich sie sich den Rock glatt. Sie ritt viel lieber im Herrensattel, aber das war ihr jetzt egal – es war einfach großartig, wieder auf einem Pferd zu sitzen. Sie spürte die Bewegungen des prächtigen Leibs unter sich, dann nahm sie die Zügel und spornte die Stute an. Die Sonne brannte Marisa ins Gesicht, als sie den Park umrundete, bevor sie über die Wiese zu einem kleinen Eichenhain ritt.

Sie konnte immer noch nicht glauben, dass dies alles ihr gehörte. Sie sah keine anderen Häuser, nur endlosen grünen Rasen und über sich den blauen Himmel. Sie spürte die Bereitschaft des Pferdes in den Fingerspitzen und ließ es in einen leichten Galopp gehen. Die leichte Brise strich über ihr Gesicht, während das schöne Tier sich streckte und unter ihr zu einem wunderbaren Rhythmus fand.

Schon nach wenigen Minuten war von Melbray Manor nichts mehr zu sehen, und neben einigen Brachvögeln, die über die fernen Ebenen stelzten, waren sie die einzig sichtbaren Lebewesen in der Landschaft.

Einmal glaubte sie, Hufe hinter sich zu hören, sie zügelte das Pferd und sah sich um, aber sie hörte nur das Plätschern eines nahen Bachs. Sie gab der Stute wieder die Zügel, und Marisa spürte ihre fliegenden Haare.

Wie aus heiterem Himmel fühlte sie, wie der Sattel unter ihr wegrutschte. Keuchend zog sie die Zügel an, aber die Stute geriet in Panik, als sie die Verlagerung des Gewichts verspürte. Sie scheute und ging hoch, begleitet von einem nervösen Wiehern. Marisa wollte die Mähne packen, aber ihre Hände griffen ins Leere, und im nächsten Moment flog sie schon durch die Luft, und dann schlug sie mit Kopf und Schultern auf dem Boden auf. Erst kam der Schmerz, dann folgte die absolute Dunkelheit.

Einige Momente später öffnete sie die Augen und fühlte kräftige Männerarme, die sie gepackt hielten. Etwas Kaltes wurde ihr gegen die Stirn gedrückt.

»Marisa«, sagte eine seltsam vertraute Stimme. »Marisa, geht es Ihnen besser?«

Instinktiv schmiegte sie sich an die Schulter des Mannes und fühlte sich warm und geborgen. Ihr Kopf schmerzte noch, aber die Kälte an den Schläfen tat ihr gut.

»Ja«, sagte sie benommen, »ja, es geht mir gut, aber in meinem Kopf brummt es wie verrückt.« Sie schlug die Augen auf, aber die gleißende Sonne blendete sie, und sofort schloss sie die Augen wieder. »Was ist passiert?«, murmelte sie.

»Sie sind vom Pferd gefallen«, sagte der Mann, der offenbar hinter ihr saß und sie langsam wiegte, während er die Schläfen mit einem kühlen Taschentuch abtupfte. »Es muss ein ziemlich heftiger Sturz gewesen sein, denn Sie waren ziemlich lange ohnmächtig. Meine liebe Miss Brooke, Sie haben mich nicht beleidigt, jedenfalls noch nicht, und Sie haben mir auch nichts gestohlen. Aber ich war sehr besorgt um Sie.«

Als Marisa das hörte, setzte sie sich abrupt auf, obwohl der Schmerz wieder wie mit einem Messer durch ihren Kopf schnitt. Ungläubig starrte sie in die amüsierten Augen Delsinghams – Lord James Delsinghams.

»Verdammt und zugenäht! Was tun Sie denn hier?«

Er gluckste. »Oh, das passt schon besser zu Ihnen, mein lieber Ganymed. Einen Moment lang dachte ich schon, der Sturz könnte irreparablen Schaden verursacht haben. Aber um Ihre Frage zu beantworten – ich bin hier, weil dies mein Land ist. Und was tun Sie hier? Ich dachte zuerst, Sie wären gekommen, um mir meine Uhr zurückzugeben, aber diese Hoffnung war wohl ein bisschen zu hoch gesteckt, nicht wahr?«

Ihr stockte der Atem. »Ihr Land? Aber das ist völlig unmöglich!«

»Ach? Und warum?«

»Weil es mein Land ist.«

Einen Moment lang genoss sie es, dass Lord Delsingham düpiert schien, dann schlug er die flache Hand gegen seine Stirn und sagte bedächtig: »Melbray Manor! Sie sind die neue Besitzerin! Himmel, ich kann's nicht glauben.« Er lachte laut. »Nein, sagen Sie nichts, meine süße Marisa. Sie haben den Besitz beim Kartenspiel gewonnen, nicht wahr? Oder Sie haben jemandem die Dokumente heimlich aus der Manteltasche gezogen. Oder Sie haben einen törichten alten Mann erpresst, der sich unsterblich in Sie verliebt hat. Also, was war es?«

Sie schob ihn von sich. »Sie werden mir einfach glauben müssen, fürchte ich, denn Melbray Manor gehört jetzt mir. Ich habe es von meinem Vater geerbt, von ihm ging der Besitz auf mich über. Wieso kommen Sie auf die Idee, dies könnte Ihr Land sein, Lord Delsingham? Oder ist es ein Wesenszug von Ihnen, alles zu beanspruchen, was Sie sehen?«

Delsingham sagte vorsichtig: »Ich wohne in Fairfields, das liegt weiter unten im Tal. Mein Besitz, liebe Marisa, grenzt an Ihren. Die Grenze zwischen den beiden Grundstücken bildet der kleine Bach da hinten. Das Land, auf dem Sie vom Pferd fielen, süße Marisa, gehört mir.«

Sie schaute zu ihm hoch, immer noch schwach vom Schock des Sturzes und vom heftigen Pochen ihres Herzens. Oh, verdammt. Delsingham war ihr Nachbar! Er wusste, wer und was sie war – eine Zockerin, Ganovin, Diebin.

»Ich falle nicht vom Pferd, verdammt!«, fauchte sie.

Er erhob sich und wischte das Gras von seinem grauen Anzug. »Steigen Sie denn immer so vom Pferd ab?«

»Nein«, gab Marisa scharf zurück, folgte seinem Beispiel und richtete sich auf. »Es war der Sattel …« Sie brach ab und erinnerte sich. Irgendwas stimmte nicht mit dem Sattel. Und wo war ihr Pferd? Es war ein Fehler gewesen, so schnell aufzustehen. In ihrem Kopf drehte sich alles. James Delsingham legte einen Arm um ihre Schultern und hielt sie fest, aber sie schob ihn von sich und sagte gepresst: »Die Stute – ist sie verletzt?«

»Ich habe Ihr Pferd eingefangen«, sagte er. »Die Stute ist in Ordnung, ich habe sie neben meinem Pferd angeleint. Drüben am Baum.« Ernst fügte er hinzu: »Sie haben Recht, was den Sattel angeht. Er ist gleich nach Ihnen durch die Luft geflogen.«

Sie folgte seinem ausgestreckten Finger, sah die beiden Pferde unterm Baum und den Sattel im Gras.

Wie nebenbei fragte er: »Wer hat Ihnen das Pferd gesattelt, Marisa?«

Leise antwortete sie: »Sir Julian Ormonds Stallbursche hat mir die Stute am Morgen gebracht, sie war bereits gesattelt.«

Erstaunen lag auf seinem Gesicht. »Ormond?«

»Ja«, gab Marisa hitzig zurück. »Er hat mich gestern Abend begrüßt, und dabei hat er angeboten, mir eines seiner Pferde zu borgen, bis meine eigenen hier eintreffen.«

Zuerst sah es so aus, als wollte er noch etwas sagen, aber dann schien er seine Absicht zu ändern und meinte nur lapidar: »Ich an Ihrer Stelle würde vor Ormond auf der Hut sein.«

»Bisher hat er sich von seiner großzügigen Seite gezeigt. Gestern hat er uns ein köstliches Essen und guten Wein gebracht, und er hat jedwede Hilfe angeboten.«

Delsingham sagte: »Er kennt Sie noch nicht gut, wenn er meint, Sie bräuchten Hilfe. Wo ist meine Uhr, Marisa?«

Sie spürte, wie ihr die Röte ins Gesicht schoss. Trotzig begegnete sie seinem forschenden Blick.

»Woher soll ich das wissen? Ich habe sie einem Hehler in Clare Market gegeben, und inzwischen könnte sie überall sein. Egal, Sie haben mit Ihrer Arroganz nichts anderes verdient. Sie haben unterstellt, dass ich mit Ihnen nach Hause fahren und die Nacht bei Ihnen verbringen würde.«

Er lachte und klopfte sich auf den Schenkel. »Es hätte Ihnen Spaß gemacht, jede Wette.«

Marisa schluckte. Was er behauptete, bezweifelte sie nicht. Er war so beeindruckend, wie sie ihn in Erinnerung hatte, groß gewachsen und mit breiten Schultern. Die kurzen Haare wurden im leichten Wind etwas zerzaust.

Ihre Blicke stahlen sich einige Male zu seinen langen muskulösen Schenkeln, die in engen Wildlederhosen und hohen Lederstiefeln steckten. Sie erinnerte sich daran, wie herrlich er sie an diesem Abend in der Kutsche verwöhnt hatte. Ihre Brüste prickelten gegen die enge Jacke ihres Reitkostüms.

Sie warf die offenen Haare zurück und sagte zornig: »Ich finde Sie unerträglich arrogant. Aber ich nehme an, wenn man so reich ist wie Sie, kommt es einem nicht in den Sinn, dass nicht jede Frau darauf aus ist, in Ihr Bett zu fallen.«

»Ich lade ja auch nicht jede Frau dazu ein«, antwortete er gelassen. »Im Gegenteil – ich bin ziemlich wählerisch.«

»Ich auch. Wenn Sie mich jetzt entschuldigen würden. Es ist Zeit, dass ich nach Hause reite.« Sie drehte sich um und ging in die Richtung der Pferde. Unterwegs bückte sie sich nach dem Sattel. Er war unglaublich schwer. Sie griff mit beiden Händen zu und hob ihn hoch, während der verdammte Delsingham nur dastand und sein teuflisches Lächeln zeigte. Es war unmöglich, den Sattel zu schleppen. Sie ließ ihn wieder fallen und suchte nach dem Fehler, der ihren Sturz verursacht hatte.

»Ich habe ihn schon repariert«, hörte sie seine Stimme

hinter sich. »Eine der Gurtschnallen hatte sich geöffnet, ich habe sie durch eine Schnalle meines Sattels ersetzt.«

Marisa sah ihn sprachlos an. Er erwiderte den Blick und sagte: »Wollen Sie sich nicht bei mir bedanken? Sie müssen wirklich Manieren lernen, wenn Sie die Herrin von Melbray Manor sein wollen.«

Sie ballte die Hände zu Fäusten. »Ich brauche von Ihnen keine Ratschläge, was mein Verhalten angeht«, fauchte sie.

»Ich glaube doch«, beharrte er. »Richtige Ladys treiben ihr Pferd nicht in den Galopp, wenn kein Stallbursche in der Nähe ist, der im Notfall eingreifen kann.«

»Ich habe noch keinen Stallburschen«, gab sie zu. »Ich bin noch nicht dazu gekommen, mein Dienstpersonal zu bestellen. Aber das hole ich bald nach, ich habe ja genug Geld dafür.«

Er lachte, lehnte sich gegen einen Baumstamm und verschränkte die Arme vor der Brust. »Das ist noch ein Fehler, meine Liebe. Wirkliche Ladys reden nicht über Geld. Irgendwie glaube ich, dass die Gesellschaft von Hampshire noch nicht bereit ist für Sie. Was ist es Ihnen denn wert, süße Marisa, dass ich Ihren lieben neuen Nachbarn nicht erzähle, dass Sie eine räuberische Abzockerin in Londons verrufensten Straßen waren?«

Das genügte. Der Zorn schwoll in ihrer Brust. Sie stürzte sich auf die Reitpeitsche des widerlichen Mannes, die auf dem Boden lag. Sie schlug einmal in die Luft, und es sirrte zischend. Sie tänzelte um den Lord herum und wollte zuschlagen, aber er war zu schnell ... Er wehrte den Peitschenhieb mit dem Unterarm ab und packte ihre Hände.

»Sie scheinen zu vergessen, dass ich alle Trümpfe in der Hand habe«, sagte er. »Ich weiß alles über Sie, und ich könnte Ihre raffinierten Pläne leicht durchkreuzen. Welche Pläne schmieden Sie eigentlich? Wollen Sie die einheimischen unerfahrenen Provinzler abzocken? Oder suchen Sie eher einen wohlhabenden Ehemann, der Ihnen alle Wünsche erfüllen kann?«

Marisa sackte in seinen Armen zusammen, den Kopf gesenkt, absolut still. Er runzelte die Stirn und lockerte seinen Griff. »Marisa? Es passt gar nicht zu Ihnen, dass Sie so schnell aufgeben. Ist alles in Ordnung mit Ihnen?«

In dem Moment, in dem sie seinen gelockerten Griff spürte, holte sie mit dem Fuß aus und trat ihn gegen seine Wade. Er ließ sie ganz los und fluchte laut, und sie rannte und bückte sich wieder nach ihrem Sattel. Delsingham hatte gesagt, er hätte ihn repariert, also war der Sattel wieder zu benutzen.

Sie kam nicht einmal dazu, ihn aufzuheben. Delsingham war hinter ihr und legte einen Arm um ihre Hüfte. Marisa schlug blind um sich, und dabei verlor sie ihr Gleichgewicht, und als Nächstes fand sie sich auf dem Boden wieder, mit dem Gesicht auf dem warmen Leder des Sattels.

Der Gegner war sofort hinter ihr und kniete sich. Er beugte seinen Oberkörper über ihren Rücken, und sie spürte sein Gewicht und stöhnte laut.

»Verdammt, Delsingham, lassen Sie mich gehen.« Sie versuchte, sich von ihm zu lösen, unter ihm wegzurutschen, aber er hielt sie in seiner Gewalt.

»Süße Marisa«, sagte er zärtlich, »Sie sind wirklich noch begehrenswerter, wenn Sie wütend sind.«

Zu ihrem Entsetzen bemerkte sie, dass er etwas mit ihr anstellte, und im nächsten Moment begriff sie, dass er die Sattelgurte benutzte, um ihre Handgelenke festzubinden und dann an den Steigbügeln zu befestigen. Sie zischte wütend. Ihre Knie rutschten über den Boden, und ihr Po war hoch in die Luft gereckt.

Was hatte er vor? Marisa schluckte aufgeregt. Sie hörte, wie er sich hinter ihr in Position brachte. Würde er sie in dieser verletzlichen, unwürdigen Stellung zurücklassen, oder würde er sie attackieren? Sie erinnerte sich an das, was er ihr am ersten Tag vor Valsinos Haus angedroht hatte: »Ich sollte Sie dafür auspeitschen lassen, Ganymed. Eines Tages erhalte ich vielleicht die Gelegenheit dazu.«

Sie zitterte vor Hilflosigkeit. Ihre Nippel versteiften sich, ihre Labien schwollen an. Was würde ihr unberechenbarer Gegner mit ihr anstellen?

Es dauerte nicht lange, bis sie es herausfand. Sie spürte die kühle Luft auf der empfindlichen Haut, als er ihren Rock und den dünnen Unterrock nach oben schob und ihren Po entblößte. Marisa schüttelte sich vor Scham. Seine Hände glitten langsam über ihre Hüften, und wütend zerrte sie an ihren Fesseln.

Als er über die Innenseiten ihrer Schenkel strich, stockte ihr der Atem. Behutsam, mit unendlicher Zärtlichkeit, schob er ihre Beine auseinander, und ihr wurde heiß bei dem Gedanken, dass er das dunkle feuchte Gewebe ihrer Weiblichkeit sehen konnte. Obwohl sie ihn nicht sehen konnte, wusste sie, dass er sie lüstern anstarrte, und sie konnte sich auch vorstellen, dass seine Hose sich dick ausbeulte.

Oh, Himmel. Die Erregung rann ihre Schenkel entlang. Ja, sie begehrte ihn, sie wollte ihn haben, aber sie wollte nicht, dass er das wusste.

Sein Finger strich den Schenkel hoch, rieb leicht gegen ihre seidigen Falten und rührte in ihrem Nektar. Sie keuchte und presste die Zähne aufeinander, um ihr ächzendes Verlangen zu unterdrücken.

»Ich schätze, du reitest gern«, sagte er grinsend. »Ich meine, da du mich nicht ausstehen kannst, gibt es keine andere Erklärung für deine Erregung.«

»Du bist jedenfalls nicht der Auslöser«, zischte sie, bevor sie wieder aufstöhnte, weil sein Finger tiefer in die saftige Spalte drang und sanft in ihre warme Vagina stieß.

»Bist du sicher?«

Sie drückte sich dem Finger entgegen, ohne es zu wollen, aber in diesem Moment zog er den Finger zurück, und sie plumpste über den Sattel, enttäuscht und beschämt. »Verdammt«, murmelte sie gegen ihren Arm, und Tränen der Scham brannten in ihren Augen.

Dann stockte ihr wieder der Atem, denn seine warmen festen Hände umfassten die Halbkugeln des Gesäßes und kneteten die von der Sonne gewärmte Haut. Er schob die zitternden Schenkel noch weiter auseinander und kniete wieder direkt hinter ihr, Haut an Haut. Sie jubelte innerlich, als sie den Kuss seines erregten Penis spürte, der sich an den Innenseiten ihrer Schenkel rieb und an ihre Vagina anklopfte. Die Eichel drängte sanft zwischen die geschwollenen Labien.

Er hielt einen Moment inne, und sie stöhnte und stieß ihren Po ungeduldig gegen ihn. Sie hörte, wie er die Luft einsaugte, als er sich für das tiefe Eindringen präparierte, und sie realisierte mit einem Schauder der Lust, dass er genauso heftig erregt war wie sie. Sie hielt den Atem an, bis er mit unglaublicher Kraft in sie eindrang und dort verharrte, als wollte er ihre Tiefe auskosten.

Sie spürte, wie ihr Gewebe um ihn herum zuckte, und genoss jeden Moment dieses glücklichen Gefühls. Es war, als würde sie von seinem knochenharten Schaft gepfählt. Dann begann er sich langsam zu bewegen. Er packte ihre Hüften und rieb den mächtigen Phallus behutsam in sie hinein.

Marisa stöhnte in schamvoller Verzückung. Oh, wie köstlich es war. Sein Penis war so hart, so lang, so kontrolliert. Sie wimmerte laut, und er stieß stärker zu. Sie spürte seinen flachen harten Bauch an ihren Pobacken und das Klatschen der pendelnden Hoden an den Unterseiten der Schenkel. Seine Hand glitt über ihre Strümpfe und weiter hoch, bis er über den feuchten Venusberg rieb und von oben gegen die pochende Klitoris stieß.

Sie zog und zerrte an den Lederfesseln, warf den Kopf in den Nacken und biss sich auf die Unterlippe. Seine Hand schlüpfte unter die enge Jacke, glitt unter das Mieder und zwickte die steifen Brustwarzen. Er drehte sie, bis die Pfeile der Lust durch ihren Körper schossen und sich in der glühenden Hitze ihrer Klitoris trafen. Marisa wand sich ekstatisch hin und her, während er stetig ein und aus fuhr und ihr Innerstes mit wunderbarem Geschick zum Kochen brachte.

Sie wimmerte und schrie seinen Namen, und die Sonne drang durch die Bäume und prallte auf ihre nackten Körper. Endlich, als sie meinte, sie müsste vor Wollust aufschreien, drückte er einen Finger auf die zuckende Knospe der Klitoris, und Marisa bäumte sich hilflos auf, als die absolute Lust einsetzte. Sie hob den Po noch höher, und er begann schneller und tiefer und härter zu stoßen. Seine Hand presste jetzt gegen den Kitzler, und Marisa kippte vornüber, und Welle auf Welle überirdischer Lust erfasste sie, während sie über dem Sattelleder ihre Nippel zwickte und den Orgasmus auskostete, den der harte, geschmeidige Penis in ihr auslöste.

Seufzend brach sie über dem vom Schweiß glänzenden Leder zusammen. Nur vage nahm sie wahr, dass auch er die Kontrolle über sich verlor. Er griff härter in ihre Backen und stieß in sie hinein, bis die mächtige Stange zuckte und tief in ihr pulsierte. Er beugte sich über sie, rieb seine Wange an ihrem Rücken und streichelte mit beiden Händen sanft über die geschwollenen Brüste, und alles, was Marisa hörte, war das Schnauben der beiden Pferde ganz nah bei ihnen.

Exquisit, dachte Marisa benommen. Und sehr gefährlich. Sie durfte ihn nicht merken lassen, was für ein wunderbarer Liebhaber er für sie gewesen war.

Sanft zog er ihren Rock über den nackten Po, und Marisa spürte ein trauriges Bedauern, als er seinen warmen Körper zuruckzog, denn sie hätte sich gern noch ein bisschen an ihn gekuschelt. Dann schnitten die Lederstreifen in ihre Gelenke, und dieser Schmerz holte sie in die Wirklichkeit zurück.

Wie konnte dieser Kerl es wagen, sie wie eine gemeine Straßendirne zu behandeln? Ihre Gelenke waren noch gefesselt, aber irgendwie schaffte sie es, den Kopf zu drehen und ihm in die Augen zu schauen, ihre blauen Augen argwöhnisch, weit und unschuldig.

»Nun«, sagte sie, während er seine Kleider richtete, »es scheint, Lord Delsingham, dass ich vor Valsinos Haus Recht hatte, als ich etwas über unser nächstes Treffen sagte.«

Seine grauen Augen verzogen sich zu Schlitzen. »Und was genau soll das bedeuten?«

»Ich meine damit«, fuhr sie freundlich fort, »Sie haben gerade bewiesen, dass keine Frau, die auf sich hält, freiwillig in Ihr Bett hüpfen würde. Sie haben mir schon gesagt, dass Sie bereit sind, für Ihre Lust zu zahlen, und jetzt haben Sie mir bewiesen, wenn Ihr Geld nicht zieht, nehmen Sie sich eine Frau mit Gewalt.«

Sein dünner sinnlicher Mund wölbte sich leicht. »Vorsicht mit dem, was Sie sagen, meine süße Marisa. Ich glaube, Sie haben sich sehr gut amüsiert.«

Sie zerrte wieder an den Fesseln und sagte wütend: »Glauben Sie, ich hätte das alles freiwillig gemacht?«

Er ließ sich auf ein Knie nieder und löste die Fesseln mit seinen langen geschickten Fingern. »Ich halte Sie für eine sehr stolze Frau, und ich wollte es nur ein bisschen einfacher für Sie machen. Sie können protestieren, so oft Sie wollen, aber Sie können mir nicht erzählen, dass es Ihnen nicht gefallen hat.«

Ihre Hände waren frei. Sie raffte sich auf und stand vor ihm, noch leicht benommen von der Lust. Sie strich die Haare aus dem Gesicht, glättete ihren Rock und zischte: »Es wäre wunderbar, wenn ich auch von Ihnen so eine hohe Meinung haben könnte. Aber weder Physis noch Kunstfertigkeit entsprechen meinen Ansprüchen.«

Er lachte. »Oh, jetzt wollen wir miteinander spielen, Marisa?« Er neigte den Kopf ein wenig zur Seite. »Nun gut«, sagte er amüsiert, »wir werden uns einigen. Sie geben mir, was ich will, und ich verspreche, Sie bei Ihren neuen Nachbarn nicht anzuschwärzen. Ich werde niemandem sagen, dass die neue Herrin von Melbray Manor keine Lady ist.«

Ihr blieb die Luft weg. Einerseits war sie wütend über seine Unverschämtheit, andererseits glühte noch der Tumult in ihr nach, den er in ihr hervorgerufen hatte. »Wenn ich ein Mann wäre, Lord Delsingham, würde ich Sie jetzt zum Duell fordern.«

Unaufgeregt befestigte er den Sattel auf dem Rücken der Stute, dann wandte er sich wieder Marisa zu.

»Was für eine verlockende Idee. Ein Duell im Morgengrauen. Degen oder Pistole?« Er lachte laut. »Schade, dass Sie kein Mann sind – zum Teil, möchte ich sagen.« Seine Blicke waren auf ihre Brüste gerichtet, und plötzlich spürte sie wieder das Kribbeln zwischen ihren Schenkeln.

»Eines Tages«, sagte sie mit zitternder Stimme, »eines Tages, Lord Delsingham, werden Sie meine Rache spüren.« Sie schwang sich in den Sattel, griff zu den Zügeln und blickte entschlossen nach vorn.

Aber so wollte er sie nicht ziehen lassen. »Marisa«, sagte er, ernster als bisher, »eines sollten Sie noch wissen. Der Sattelgurt wurde so präpariert, dass er aufschnappen musste. Jemand wollte, dass Sie einen Unfall erleiden würden.«

Sie sah ihn kühl an. »Also doch ein ganz gewöhnlicher Unfall, nicht wahr?«

»Kein Unfall«, widersprach er. »An der Schnalle hat jemand herumgespielt. Passen Sie gut auf sich auf, Marisa.«

Es lief ihr kalt über den Rücken. Aber sie war sicher, dass er log. Er wollte ihr Angst einjagen. »Ich bin es gewohnt, auf mich aufzupassen«, schnaubte sie, dann lenkte sie die Stute in Richtung Melbray Manor.

Fünftes Kapitel

Später an diesem Morgen wurde Sir Julian, Neffe von Lady Emily, von einem schüchternen Klopfen an die Tür des Ankleidezimmers gestört, das gleich neben seinem Schlafgemach lag. Er richtete sich auf, schlüpfte in den exklusiven Brokatmantel und zog den Gürtel fest. Das halb nackte Mädchen mit den zerzausten roten Haaren, das er gestern Nachmittag auf dem Jahrmarkt aufgelesen hatte, wollte auch aus dem Bett, aber er wies sie mit einer knappen Geste zurück.

»Bleib im Bett«, sagte er schroff. »Und halte deinen Mund.« Er ließ den Blick über ihren biegsamen Körper schweifen, aber nur einen Moment lang. Eine Schlampe, dachte er, aber reif und willig. Sie sah so aus, als würde ihr alles Spaß machen. Er trat ins Ankleidezimmer und hoffte, dass die Falten seines Mantels seine Erektion verbargen. Es war fast Mittag, draußen schien die Sonne, aber hier in seinem Landhaus herrschte ein eigenartiges Dämmerlicht, weil die schweren Vorhänge noch zugezogen waren.

Er öffnete die breite Mahagonitür. Der junge Stallbursche stand da. Sir Julian hatte ihn geschickt, die Stute nach Melbray Manor zu bringen. Der Mann sah blass und verängstigt aus, kein gutes Omen, fand Sir Julian.

»Nun?«

Der Stallbursche schluckte. »Ich habe ihr das Pferd gebracht, wie Sie mir aufgetragen haben, Sir, und die Frau ist auch sofort und allein los geritten. Ich bin ihr in einiger Entfernung gefolgt, wie Sie gesagt haben. Ich schwöre, sie hat mich nicht gesehen.«

»Und?« Ormonds Stimme klang angespannt.

»Sie ist über den Bach auf Lord Delsinghams Land geritten, Sir, und dort löste sich der Sattel. Sie segelte durch die Luft und knallte hart auf dem Boden auf.«

»Und dann hast du eingegriffen, nehme ich an?«

»N ... nein, Sir«, stammelte der nervöse Stallbursche. »Das war mir nicht möglich, weil Lord Delsingham plötzlich da war. Ich habe noch gesehen, wie er den Kopf der Frau mit Wasser aus dem Bach gekühlt hat. Zur Sicherheit habe ich mich dann zurückgezogen, denn ich wusste ja nicht, ob der Lord seine Männer mitgebracht hatte.«

Sir Julian war ganz still geworden. Ein Sonnenstrahl fiel durch ein Flurfenster und streifte seinen Kopf. Die Augen blickten blass und kalt. »Also nichts als Zeitverschwendung, was?«

Der Stallbursche hob die Schultern, ganz offensichtlich erleichtert, weil sein Boss nicht wütend wurde. »Ja, ist wohl so, Herr. Vielleicht haben wir nächstes Mal mehr Glück und ...«

Er brach ab, denn Ormond verpasste ihm eine schallende Ohrfeige. Der Stallbursche schrie auf und wich instinktiv zurück, um eine weitere Klatsche zu vermeiden, aber Ormond hatte sofort eine Reitpeitsche ergriffen, die neben der Tür stand, und schlug sie dem jungen Mann über Rücken und Schultern.

Der Stallbursche duckte sich und wurde von der schieren Kraft der Hiebe auf die Knie getrieben. Er versuchte, Gesicht und Kopf mit den Händen zu schützen. Zum Glück trug er ein ärmelloses Lederwams, das ihn vor dem größten Schaden bewahrte, aber wenn die Peitsche auf seinen Schultern landete, zuckte er jedes Mal zusammen.

Endlich schien Ormond sich verausgabt zu haben. Er trat zurück und sagte leise und drohend: »Hau ab, ich will dich nicht mehr sehen.« Der junge Mann hastete schluchzend den Korridor entlang, während Ormond die Tür zuzog.

Er blieb noch einen Moment still stehen und zwang sich zu regelmäßigem Atmen. Er spürte seinen zuckenden Penis, der sich durch die Falten des Brokatmantels drückte. Sanft rieb er über seinen Schaft.

Marisa Brooke hatte offenbar das Glück auf ihrer Seite gehabt. Seine Augen verengten sich bei dem Gedanken, dann drehte er sich um und ging zur Schlafzimmertür. Sie stand weit offen, und ihm wurde klar, dass das Mädchen alles mit angesehen hatte.

Rowena sagte mit ihrer verführerischen Stimme: »Wir sind eben rüde unterbrochen worden, Mylord. Sollen wir weiter machen, wo wir eben waren?«

Er breitete sich grinsend auf dem Himmelbett aus. Sein Mantel rutschte von seinen hageren Schultern, und Rowena sah, dass er noch stärker erigiert war als vorher.

Sie legte sich halb über ihn, den Kopf auf der Höhe seines Schoßes. Sie hatte schon vorhin ihr Mieder geöffnet, sodass er einen ungehinderten Blick auf ihre nackten Brüste genießen konnte. Rowena stülpte die Lippen über den harten Schaft. Seine Hoden schmerzten, so sehr benötigte er eine Erleichterung. Sie begann den Schaft zu reiben, während der Mund geschickt die purpurne Eichel umspannte.

Plötzlich sprang die rothaarige Frau vom Bett und lief auf die Tür zum Ankleidezimmer zu. Die Peitsche lag noch auf dem Boden. Rowena hob sic auf und blieb vorm Bett stehen. Ormonds Erektion hatte ein wenig gelitten.

»Möchten Sie einen Hauch davon spüren, Mylord?«, fragte Rowena leise. Sie leckte mit der Zungenspitze über ihren Schmollmund und legte den Peitschenschaft zwischen ihre vollen Brüste.

Ormond schluckte, sein Penis zuckte nervös. Zähneknirschend stöhnte er: »Oh, ja, ja, verdammt.«

Mit dem Peitschengriff hob sie neckend ihren Rock, bis er den Ansatz ihrer dunklen Strümpfe sehen konnte, dann schob sie die Peitsche zwischen ihre Schenkel und rieb ihn langsam hin und her, während sie lüstern auf Ormond starrte. Dieser schloss vor Lust die Augen.

Plötzlich geriet Rowenas Körper in Bewegung, sie griff die Peitsche und knallte sie über Ormonds gespannten Bauch, nur Zentimeter von seinem zuckenden Penis entfernt.

Er schrie überrascht auf. Der Schrei war eine Mischung aus Lust und Pein. Rowena beugte sich über ihn, und ihre reifen Brüste fielen ihm ins Gesicht. Er griff danach, während sie an seine behaarten Hoden griff und vorsichtig drückte.

Nach einer Weile richtete sie sich wieder auf und betrachtete ihn abschätzend. »Auf Ihre Knie, Mylord«, raunte sie. »Ich glaube, das ist es, was Sie sich insgeheim wünschen.«

Ormond glitt vom Bett und zitterte trotz der Wärme im Zimmer. Er fühlte sich schwach vor Verlangen und Erregung. Wortlos kroch er auf den Boden und ließ sich auf alle viere nieder. Die raue Wolle des Teppichs kratzte an Händen und Knien.

»Ah, wunderbar, Mylord«, wisperte Rowena glücklich. »Sie geben ein schönes Bild ab.« Im nächsten Moment schlug sie zu. Sie stand mit leicht gespreizten Beinen da, und als sie sich rasch bewegte, vibrierten ihre nackten Brüste. Sie schlug wieder zu, erst sanft streichelnd, dann kräftig brennend.

Ormond quetschte die Backen zusammen und schloss die Augen. Er stöhnte laut. Rowena bemerkte das unkontrollierte Zucken des Penis und schlug noch einmal zu.

»Das ist es, was Sie die ganze Zeit gewollt haben, nicht wahr, mein feiner Herr?«, murmelte Rowena. »Das wusste ich sofort, als ich Sie gestern auf dem Jahrmarkt gesehen habe. Davon können auch die edlen Kleider und das hochnäsige Gehabe nicht ablenken. Sie geben zwar vor, voller Hochmut zu sein, aber ich kenne Ihre Vorlieben.«

Sie beugte sich tief hinunter, kroch unter ihn und nahm den pochenden Penis in den Mund, aber nur ein paar Sekunden lang, dann kroch sie zurück, richtete sich auf und versetzte ihm rasch hintereinander drei weitere Peitschenhiebe. Beim dritten Schlag schoss es aus ihm heraus, und er starrte hilflos auf die Zuckungen, die ihm die Erleichterung brachten.

Er sackte auf dem Teppich zusammen und blieb liegen, bis er wieder zu Atem gelangt war. Dann richtete er sich ächzend auf und ließ sich aufs Bett fallen, das Gesicht blass und ausdruckslos. Ein seltsamer Typ, dachte Rowena. Er sieht gut aus, war aber irgendwie daneben, und außerdem neigte er zu Brutalitäten, wie sie eben hatte feststellen können, als er seinen Stallburschen mit der Peitsche bestraft hatte.

Sie blieb geduldig im Zimmer stehen, bis er sich erhob und zu einer Vitrine ging. Er holte ein paar Münzen heraus. »Ich habe Arbeit für dich«, sagte er. »In der Küche und im Haus. Hast du noch eine Freundin? Die könnte auch bei mir anfangen, wenn sie nett ist.«

Sie nahm die Münzen. »Ja, Mylord, ich habe eine sehr attraktive Freundin. Sie heißt Matty, hat pechschwarze Haare und macht alles, was Sie wollen, Mylord.«

»Okay, sage ihr Bescheid, und dann meldest du dich mit Matty bei der Haushälterin. Sage ihr, ich hätte euch als Gehilfinnen angestellt. Du kannst jetzt gehen. Aber vergiss nicht, falls es irgendwelche Schwierigkeiten gibt, wenn ihr klaut oder der Haushälterin nicht gehorcht, wird es Prügel geben. Und du bist auch für deine Freundin verantwortlich, ist das klar?«

Er wandte sich der offenen Flasche Wein zu, die auf seinem Nachttisch stand und schenkte sich ein Glas ein. Rowena knickste artig und lief hinaus. Die Mittagssonne blendete sie fast.

Ein seltsamer Typ, dachte sie wieder. Dabei hatte sie sich zuerst auf den stattlichen Mann gefreut. Sie zog eine Grimasse und schloss ihr Mieder. Ich möchte gern wissen, warum er den Stallburschen verprügelt hat, dachte sie. Sie hatte nur Fetzen der eigenartigen Unterhaltung hören können. Der Stallbursche hatte irgendeinen Unfall arrangieren sollen, und das war nicht so glatt verlaufen, wie Sir Julian Ormond sich das vorgestellt hatte.

Rowena zuckte die Achseln. Mit ihr hatte das nichts zu tun, also würde sie sich auch nicht damit beschäftigen. Sie freute sich darauf, bald wieder bei Seth und Caleb zu sein. Das waren wenigstens richtige Männer, und sie würden ihr geben, was sie bei Ormond nicht erhalten hatte.

Ob Seth schon eine Spur von der Frau gefunden hatte, hinter der er so besessen her war? Er schien absolut sicher zu sein, dass sie sich in dieser Gegend aufhielt. Rowena schüttelte den Kopf. Sie begriff immer noch nicht, warum Seth die Frau unbedingt finden wollte. Er behauptete zwar, er hätte noch einen Goldring von ihr, aber das klang nicht überzeugend – er hatte schon viel Schmuck geklaut und kein Stück davon zurückgegeben. Nein, sie schätzte eher, dass Seth verdammt scharf auf die Frau war.

Natürlich erinnerte sich Rowena an die blonde Dirne, die in der Nacht des Maskenballs in Calebs Hände gefallen war. Sie hatte zwar feine Kleidung getragen, aber trotz der schönen blauen Augen war sie nichts anderes als eine exklusive Hure. Seth wird noch die Stunde verfluchen, in der er dieses Luder das erste Mal gesehen hat, orakelte Rowena.

Sie beschloss, schon mal allein zur Haushälterin zu

gehen und zu hören, was sie zur Anweisung des Herrn zu sagen hatte. Die Frau war dürr und schmallippig, sie nahm reglos hin, was Rowena ihr zu sagen hatte, und gab ihr ein schlichtes graues Dienstmädchenkleid und dann eine kleine weiße Schürze, die sie sich umbinden musste. Sie konnte in einem Speicherzimmer wohnen, sagte die Haushälterin, dann schickte sie Rowena in die große Küche, um das Silber zu putzen.

»Wir legen Wert auf ehrliche Bedienstete«, sagte die dürre Frau spröde. »Dein neuer Herr hat seine eigenen Methoden, mit diebischen Elstern fertig zu werden.«

Das kann ich mir gut vorstellen, dachte Rowena und musste wieder an den armen Stallburschen denken.

Zur Überraschung der Haushälterin war Rowena ein fleißiges Mädchen und arbeitete ohne Pause, bis das Silber geputzt war. Am späten Nachmittag fragte Rowena, ob sie jetzt gehen könnte, denn sie wollte ja die Freundin holen, die auch im Landhaus arbeiten sollte.

Die Haushälterin stimmte zu, und Rowena zog auf ihrem Dachzimmer wieder ihre alte Kleidung an. Sie wollte gerade die Treppe hinunter gehen, als sie das Getrappel von Pferdehufen auf dem Hof hörte. Neugierig schaute sie aus dem kleinen Fenster. Eine Kutsche fuhr vor das Portal.

Die Kutschentür öffnete sich, und dann stieg eine Lady aus, eine sehr schöne, schlanke Lady in einem eleganten Umhang aus dunkelblauem Samt, zu dem auch der Hut passte, der auf den schönen blonden Locken thronte. Ihr Diener half ihr voller Respekt die wenigen Stufen hinunter. Die Lady sah sich kurz um, dann ging sie zum Portal und klopfte mit der Reitpeitsche dagegen.

Ich werde verrückt, dachte Rowena. Das ist sie – die elegante Dirne, die uns in der Nacht in den Vauxhall Gardens so trickreich ausgeschaltet hat. Genau die Frau, auf die Seth so versessen ist. Und ist es zu glauben? Dieses Luder spielt sich auf, als wäre sie die feinste Lady im ganzen Land.

Rowena verschränkte die Arme über den Brüsten und lächelte grimmig. Hey, ho, schöne Lady. Hier gibt es ein paar Leute, die alles über dich wissen. Wie du deine schönen Brüste gezeigt hast, wie du Seth überlistet hast. Irgendwie glaube ich, dass es dir gar nicht recht wäre, wenn wir diese Geschichten über dich erzählten.

Marisa stand allein auf der geschwungenen Treppe vor Sir Julians Portal und blickte an sich hinunter. Der samtene Umhang in blauem Samt schmeichelte ihren Augen. Dazu der passende Hut und die kurzen schwarzen Stiefel sowie die dunkelbraunen Handschuhe – perfekt für den Antrittsbesuch bei ihrem Nachbarn, oder? Niemand würde auch nur auf die Idee kommen, dass sie nicht als Lady geboren worden war, ganz egal, wie sehr Lord Delsingham sich über die ärmlichen Verhältnisse amüsierte, aus denen sie stammte.

Ein Stallbursche half John mit den Pferden, die jetzt hinüber zum Stall geführt wurden. Marisa schaute sich mit geübten Augen um, während sie darauf wartete, dass die Tür geöffnet wurde. Sie bewunderte die Fassade des Hauses, an dem alles nach angeborenem Reichtum aussah. Wahrscheinlich hatte Sir Julian Ormond es gar nicht nötig, dem entgangenen Erbe seiner Tante nachzutrauern.

Sie grinste. Natürlich nicht, sonst hätte er sich ihr gegenüber nicht so liebenswert und großzügig erwiesen. Sie hoffte, dass er zu Hause war, denn sie wollte sich persönlich bei ihm für das Ausleihen der Stute bedanken, und gleichzeitig konnte sie bei dem Besuch ein bisschen mehr über ihn erfahren. Sie würde nichts davon sagen, dass sie vom Pferd gestürzt war, das war doch nur ein dummer Unfall gewesen. Delsingham wollte ihr nur Angst einjagen, deshalb hatte er gesagt, jemand hätte den Sattelgurt präpariert.

Und wenn der Sattelgurt präpariert gewesen sein sollte, hätte es auch Delsingham sein können, oder? Sie hatte am Morgen darüber nachgedacht, während sie nach ihrer Rückkehr in der luxuriösen Badewanne gelegen und die exotischen Düfte des Badezusatzes genossen hatte.

Ja, natürlich hätte es auch der Lord sein können. Dem widerwärtigen Bastard traute sie alles Schlechte zu. War es nicht eigenartig, dass er zufällig in der Nähe war, als sie vom Pferd stürzte? Und wie er sie dann genommen hatte ... Marisa errötete, als sie sich daran erinnerte, und ein sanftes, verführerisches Kribbeln erfasste ihren Körper erneut. Sie schloss die Augen und sah die Szene vor sich – sie über den Sattel gebeugt, und er drang von hinten in sie ein. Köstlich. Trotzdem – dass er wusste, wer sie war, verhalf ihm ihr gegenüber zu einem verhassten Vorteil.

Plötzlich wurde die große Tür aufgezogen und gab den Blick auf das mürrische Gesicht der ganz in Schwarz gekleideten Haushälterin frei. »Ja?«

Marisa, die sich sofort darauf festlegte, dass sie eine verdorrte Hexe war, zeigte ihr süßestes Lächeln. »Ist Sir Julian Ormond zu Hause? Bitte, richten Sie ihm aus, dass Mistress Brooke von Melbray Manor ihm ihre Aufwartung machen möchte.«

Die Frau knickste widerwillig und hastete davon. Marisa schnitt im Rücken der Frau eine Grimasse und wartete. Zu ihrer Erleichterung sah sie Ormond mit schnellen Schritten durch die große, mit Fliesen ausgestattete Halle gehen. Seine Augen flackerten ein wenig ob der Überraschung ihres Besuchs, aber dann lächelte er freundlich.

»Meine liebe Miss Brooke«, sagte er, streckte die Hand aus und beugte sich über ihre. »Wie geht's Ihnen? Gefällt

Ihnen Melbray Manor? Bitte, kommen Sie herein. Wir gehen in den Salon, dann bestelle ich Tee für uns.«

Sehr angenehm, derart zuvorkommend begrüßt zu werden, dachte Marisa, als sie ihm durch die Halle folgte. Manieren hatte der junge Sir Julian, das musste man ihm lassen. Im Gegensatz zu Lord Delsingham. Die Haushälterin brachte mit dem Tee ein Tablett mit süßen kleinen Scones.

Sir Julian war makellos gekleidet, er trug eine taubenblaue Jacke mit weiten Hosen, und der weiße Seidenschal war perfekt um Hals und Brust arrangiert. Das helle Haar war streng zurückgekämmt, weg von den gut geschnittenen, beinahe delikaten Gesichtszügen.

»Alles ist wunderbar, danke Ihrer Nachfrage«, sagte sie aus dem bequemen Sessel, den er ihr angeboten hatte. Sie nippte am Tee, den kleinen Finger leicht abgespreizt »Das Essen gestern Abend war köstlich, und die Stute, die Ihr Bursche heute Morgen gebracht hat, lässt sich vorzüglich reiten.«

Irrte sie sich, oder sah sie einen Schatten über sein blasses Gesicht huschen? Etwas abrupt stellte er seine Tasse ab. »Sie hatten also keine Probleme?«

»Überhaupt keine«, log Marisa und verdrängte die unangenehme Erinnerung an den Sturz. Sie wollte nicht, dass er sie für eine fragwürdige Reiterin hielt.

»Das freut mich sehr. Sie können die Stute so lange behalten, wie Sie wollen, und wenn Ihnen einfällt, womit ich Ihnen sonst noch helfen kann, lassen Sie es mich bitte wissen.«

Marisa lächelte ihren Dank. Lord Delsingham hatte behauptet, Ormond wäre kein Gentleman. Aber darin irrte er gewaltig. Delsingham war verbittert und wütend, weil Ormonds Freundlichkeit ihn in den Schatten stellte.

»Sie sind zu gütig«, sagte sie. »Es wird noch eine Weile

dauern, bis ich mich eingerichtet habe, aber ich bin sicher, dass ich Ihre Hilfe nicht mehr in Anspruch nehmen muss. Ich habe noch eine Menge Sachen zu kaufen – Haushaltsgegenstände, Kleider, Pferde, eine Kutsche oder zwei ...«

Er sagte schnell: »Ich bin sicher, dass die Kaufleute in Crayhampton Ihnen alles besorgen können, was Sie benötigen. Sie brauchen gar nicht bis nach Winchester zu fahren. Bevor Sie gehen, werde ich meine Haushälterin bitten, Ihnen eine Liste der besten Kaufleute zu geben.«

»Danke, das ist sehr nett von Ihnen.«

»Kein Problem, meine liebe Miss Brooke.« Er zögerte einen Moment. »Da gibt es noch etwas, wobei ich Ihnen helfen könnte. Natürlich können Sie mir sagen, ich sollte mich um meine eigenen Angelegenheiten kümmern. Aber ich weiß, dass Sie eine beträchtliche Summe von meiner Tante geerbt haben. Sie haben vielleicht schon überlegt, wie Sie das Geld anlegen, aber wenn ich Ihnen den einen oder anderen Tipp geben soll, lassen Sie es mich bitte wissen. Es muss sehr schwierig sein, sich um all diese Dinge zu kümmern, nun, da Ihr Vater gestorben ist, und ich habe reichlich Erfahrung in solchen Dingen, also zögern Sie nicht, wenn Sie sich fragen, wie Sie das Geld am besten investieren.«

Marisa versteifte sich kaum merklich. Niemand würde ihr schönes Geld in seine Finger bekommen. Dann fiel ihr wieder der arrogante Delsingham ein. »Ich an Ihrer Stelle würde Ormond nicht trauen.« Sein selbstherrlicher Ton ging ihr gegen den Strich.

»Ich habe noch keine festen Pläne«, bekannte sie, »und ich wäre froh um Ihren Rat in der Zukunft.« Sie stellte die Teetasse ab und erhob sich anmutig. »Ich muss jetzt gehen, es gibt ja noch so viel zu tun. Aber bald werde ich hoffentlich in der Lage sein, zu mir nach Hause einladen zu können, und dann freue ich mich ganz besonders auf Ihren Besuch.«

»Nichts würde ich lieber tun«, gab er herzlich zurück, während er sie zur Tür begleitete. »Ich bin sicher, dass alle in der Nachbarschaft Sie gern willkommen heißen werden, Miss Brooke.«

John wartete neben der Kutsche. Ormond reichte ihr eine Hand, als sie einstieg, und sie winkte ihm kurz zu, als John die Pferde auf Trab brachte.

Lord Delsingham, dachte Marisa, war eifersüchtig und gehässig, dass er so schlecht über Sir Julian Ormond redete. Es mochte eine gute Idee sein, ihn als ihren speziellen Freund zu gewinnen und seinen Rat einzuholen, allein schon, um ihren Peiniger Delsingham zu ärgern und ihm zu zeigen, dass sie sehr wohl auf sich aufpassen konnte.

Sir Julian Ormond stand hinter dem Seidenvorhang des hohen Fensters und sah der enteilenden Kutsche mit ausdruckslosen Augen nach, ehe er hinüber zu seinem Schreibtisch aus Walnuss in die Ecke ging und ihn öffnete. Er strich über die Stapel von Papieren, die da lagen.

Es waren alles unbezahlte Rechnungen. Seine Schulden waren so hoch, dass er gar nicht darüber nachdenken wollte. Bald würde er dieses Haus verlieren. Es war bis zum Schornstein verschuldet, denn er hatte über seine Verhältnisse gelebt. Das wäre kein Problem gewesen, wenn er wie erwartet das Erbe seiner Tante hätte antreten können.

Er blickte wieder aus dem Fenster, aber Marisa Brookes Kutsche war schon lange nicht mehr zu sehen. Seine schlanke Hand krampfte sich um den ersten Stapel der unbezahlten Rechnungen. Am liebsten hätte er sie alle ins Feuer geworfen.

Rowena brauchte eine halbe Stunde, um das Zigeunerlager zu erreichen, was sich auf Gemeindeland am Fluss befand. Mehrere Familien hatten sich dort versammelt. Sie waren hauptsächlich wegen des Pferdemarkts in Crayhampton gekommen, wollten Pferde und billigen Tand verkaufen, sich als Wahrsagerinnen verdingen und möglichst viele einfältige Einheimische übers Ohr hauen, bevor sie weiter zogen.

Seth hatte beschlossen, seinen angemalten Wohnwagen ein wenig abseits von den anderen abzustellen, umgeben von Erlen und Weiden. Schon von weitem sah Rowena ihre Freunde. Seth, Caleb und Matty saßen am Feuer, tranken Wein und erzählten.

Rowena ließ sich seufzend neben ihnen im Gras nieder und breitete die Röcke um sich herum aus. »Lass mich einen Schluck Wein trinken, Caleb, bevor nichts mehr da ist. Wo ist Tom?«

Caleb grinste. »Er hat endlich ein eigenes Mädchen gefunden. Er stolziert wie ein Faun herum, als wäre er der einzige Mann auf der Welt, der herausgefunden hat, was er mit seinem Schwanz alles anstellen kann. Und wie geht es dir? Gefällt es dir, für deinen vornehmen Herrn zu arbeiten?«

Rowena lachte. »Er ist so schmutzig wie die anderen auch, Caleb, ob er nun ein Sir ist oder nicht. Und gemein ist er auch. Heute Morgen hat er seinen Stallburschen mit der Peitsche verprügelt, und dabei hatte er einen riesigen Ständer. Da wusste ich, wie schmutzig er war – ich habe vorgeschlagen, dass er auch mal die Peitsche spüren soll – und er hat glücklich zugestimmt.«

Seth lächelte. Caleb rutschte näher an Matty heran und legte einen Arm um ihre Schultern, damit er durch das fest geschnürte Mieder mit ihren Brüsten spielen konnte.

»Oh, bevor ich es vergesse – Matty, du kannst auch bei

ihm anfangen. Wir müssen in der Küche und im Haus bei allen anfallenden Arbeiten helfen, und ich nehme an, ab und zu auch in seinem Schlafgemach.«

Matty nickte eifrig. »Ist er denn gut bestückt?«, fragte sie glucksend, während sie mit einer Hand über Calebs muskulöse Schenkel strich.

»Längst nicht so gut wie ihr«, gab Rowena zurück. »Hinter so einem braucht ihr euch wirklich nicht zu verstecken. Nach ein paar kräftigen Schlägen auf seine Backen war er fertig, so sehr steht er auf Hiebe.«

Matty streichelte weiter über Calebs Schenkel, und dabei kroch ihre Hand immer höher. Er griff etwas härter an Mattys Brüste, offenbar angeregt von Rowenas Lob. Er schnürte das Mieder auf, holte die Brüste heraus und beugte sich zu ihr, um an den Spitzen saugen zu können. Matty krümmte den Rücken, schob die Brüste tiefer in seinen Mund und drückte gleichzeitig gegen die Beule in seinem Schritt.

»Nimm mich, Caleb, steck ihn mir rein«, flüsterte sie in sein Ohr. »Ich will dich endlich wieder in mir spüren. Komm, zeige mir, wie ein richtiger Mann drauf ist.«

Caleb grunzte, und zusammen rollten sie sich in den Schatten des Wohnwagens. Matty fummelte an seinen Breeches, legte den fleischigen Schaft bloß und nahm ihn sehnsüchtig in die Hand. »Ah, er fühlt sich großartig an, Caleb. So gut.«

Sie legte sich auf den Rücken, spreizte die Beine und hob die Knie an. Sie stöhnte lüstern auf, als er die pralle Eichel zwischen ihre Labien schob, ehe er den Schaft Zentimeter um Zentimeter in sie hinein drückte.

Seth und Rowena schauten ihnen zu und labten sich an der offenen Lust, die beide ungeniert zeigten. Rowena lehnte sich an Seth' Schulter. Im Schein des Lagerfeuers leuchteten ihre grünen Katzenaugen.

Sie nahm einen weiteren Schluck aus der Rotweinflasche und fühlte, wie die Erregung in ihr wuchs. Sie sah Seth an, ihren Seth mit den dunklen Locken und den hohen Wangenknochen. Er hatte ein attraktives Gesicht und einen wunderbaren Körper, und er konnte eine Frau besser verwöhnen als jeder andere Mann, den sie bisher kennen gelernt hatte.

»Bist du deinem Ziel, diese feine Lady zu finden, schon ein Stück näher gekommen, Seth?«, fragte sie wie nebenbei.

Er zögerte kurz, bevor er antwortete. »Nein, noch nicht. Aber ich habe ein paar Leute auf dem Jahrmarkt belauscht. Sie sprachen von einer neuen Lady, die in diese Gegend gezogen ist. Niemand scheint zu wissen, woher sie stammt. Ich hörte nur, wie sie von ihrer Schönheit schwärmten. Ich werde mich weiter umhören, damit ich mehr über die neue Lady erfahre.«

Rowena fuhr mit einer Hand über seinen Arm. Das Gefühl der feinen Härchen auf der glatten braunen Haut ließ sie erschauern. »Bist du immer noch scharf auf sie, Seth?«, murmelte sie. »Du begehrst sie mehr als mich, nicht wahr?«

»Liebling«, antwortete Seth lachend und gab ihr einen Kuss auf die Stirn, »in diesem Moment begehre ich niemanden mehr als dich, das kannst du mir glauben.«

Rowena fuhr mit einer Hand über seinen Schoß und stellte fest, dass sein Penis schon steif war. Sie öffnete seine Hose mit fiebriger Hast und schnürte mit der anderen Hand ihr Mieder auf. Sein erigierter Penis schnellte ihr aus dem dunklen Nest seiner Haare entgegen, und mit einem gurrenden Stöhnen beugte sie sich über ihn und rieb den Schaft über ihre festen Brüste.

Die samtene Eichel stieß gegen die dunkelbraunen Nippel. In lüsterner Erwartung leckte sie sich die Lippen. In ihrem Schoß zuckten die Muskeln, und ihre Säfte rannen. Die gedämpften Schreie von Caleb und Matty ganz in der Nähe heizten Rowena noch mehr an.

Sie warf einen verstohlenen Blick hinüber und sah, dass Mattys Körper vom Orgasmus geschüttelt wurde, während Caleb noch ein und aus fuhr.

Mit einem leisen Juchzen warf Rowena ihren Geliebten auf den Rücken und grätschte geschwind über ihn, wobei sie ihren Rock bis zu den Hüften hochschob. Sie spreizte die Schenkel noch etwas weiter und strich mit den Fingern genüsslich über die geschwollenen Labien. Mit der Daumenkuppe rieb sie über den kleinen Hügel der Klitoris.

Seth lächelte sie träge an, er verschränkte die Hände hinter dem Kopf und hob die Hüften leicht an, wodurch sich der Schaft zwischen ihren Schenkeln erhob und neugierig an ihre Pforte klopfte. Rowena drückte die Eichel gegen ihren Kitzler und hob und senkte sich langsam. Sie neckte sich so lange, bis sie es nicht mehr aushielt.

Sie hob sich leicht an, fädelte den dicken Penis ein und schnurrte laut, als die pralle Spitze des Penis sie aufspießte und dann in ihre hungrige Vagina stieß und sie mit seiner imponierenden Manneskraft ausfüllte. Sie schwenkte die runden Hüften, nahm den ganzen Schaft in sich auf und quetschte ihn mit ihren inneren Muskeln.

Ah, er gehörte ihr. Sie begann schneller auf ihm zu reiten, spielte mit ihren Brüsten und zupfte an den braunen Warzen, während sein fleischiges Glied in das Zentrum ihrer Lust stieß. Bald fühlte sie sich dicht vorm Höhepunkt. Ihre inneren Muskeln verkrampften, sie verharrte still, den Kopf im Nacken, der Körper sanft bebend vor lustvoller Erwartung.

Seth langte mit einer Hand nach unten und koste die überschwemmte Klitoris, und im nächsten Moment wurde

Rowena in einen phantastischen Orgasmus geschüttelt, während Seth mit voller Wucht zustieß.

»Seth«, keuchte sie, »ja, weiter so, stoß zu, mein Liebster, ja, ja, bitte.«

Die pochende Lust wälzte sich durch ihren Körper. Sie bäumte sich auf ihm auf und spürte den herrlichen Fleischpfahl, der unermüdlich in sie eindrang. Sie bewegte sich kaum noch auf ihm und schlang die Hände um seinen Nacken, während der Schaft immer wilder zustieß.

Rowena hob sich kurz an, schlüpfte seufzend heraus und beugte den Kopf über seinen strotzenden Schaft. Sie nahm so viel in den Mund, wie sie konnte, hob und senkte den Kopf und schabte mit Lippen und Zähnen am bebenden Stab entlang. Ihr eigener Geschmack erregte sie.

Mit zarten Fingern tastete sie seine Hoden ab, bis er sich endlich ächzend in ihrer heißen Höhle ergoss und der Körper sich unter ihr aufbäumte.

Danach lag sie mit dem Kopf auf seiner Brust und streichelte sanft über den harten Brustkorb. Ihr Seth, der es ihr so wunderbar besorgte und der ganz allein ihr gehörte.

Sie hob sich auf einen Ellenbogen und schaute in sein schläfriges Gesicht. »Die feine Lady würde dir nicht besser gefallen haben, was?«

Er streckte müde einen Arm aus und streichelte über ihre Wangen. »Eifersüchtig, Rowena?«

»Du weißt genau, dass sie nicht gut ist für dich, Seth. Sie ist nicht wie wir. Sie ist gefährlich. Aber« – sie zögerte – »wenn ich dir sagen würde, wo sie ist, wärst du dann zufrieden mit mir?«

Plötzlich war er hellwach. Er richtete sich auf und starrte sie eindringlich an. »Du weißt, wo sie ist, Rowena?«

»Noch besser«, teilte sie ihm triumphierend mit. »Ich habe sie gesehen.«

Sie berichtete ihm von Marisas Besuch in Greenfallow

Park. »Ich will dich nur daran erinnern, dass sie eine bessere Dirne ist, Seth«, sagte sie warnend. »Sie ist um keinen Deut besser als Matty oder ich, verstehst du?«

Er küsste sie im ganzen Gesicht. »Niemand kann besser sein als du, meine Süße«, sagte er lachend. »Bleibst du die ganze Nacht bei uns?«

Bevor sie darauf antworten konnte, setzte sich Matty zu ihnen ans Feuer, während Caleb laut schnarchend neben dem Wohnwagen lag. »Nein, wir gehen zu unserem feinen Herrn zurück. Ich will, dass Matty morgen rechtzeitig zum Dienst da ist. Ich habe schon zwei Goldstücke erhalten, ohne viel gearbeitet zu haben.« Sie seufzte grinsend. »Außerdem ist es angenehm, auf einem Federbett zu schlafen und eine Weile gut zu essen und den besten Wein zu trinken.«

»Aber morgen Abend bist du wieder hier?«

»Natürlich. Wo denn sonst?«

Sechstes Kapitel

Ein paar Tage später erhielt Marisa ihre erste Einladung.

Ihre Augen verengten sich, als sie den Text Wort für Wort durchlas. Sie erinnerte sich an Lord Delsinghams spöttisches Lachen, als er gesagt hatte: ›Meine Liebe, irgendwie kann ich mir nicht vorstellen, dass die Gesellschaft hier schon für Sie bereit ist.‹ Nun, diese Einladung war der schriftliche Beweis dafür, das er sich geirrt hatte.

Absender waren Sir Andrew und Lady Blockley von Southland Grange, etwa fünf Meilen entfernt. Die Einladung war von einem reitenden Bediensteten zugestellt worden. Lucy stellte die goldgerahmte Karte stolz auf den Kaminsims in der Bibliothek.

»Deine erste Einladung in die feine Gesellschaft, Marisa«, jubilierte sie. »Wie aufregend!«

Marisa hob die Schultern. »Nicht weiter wichtig, Lucy. Ein paar Tänze, ein kaltes Essen, ein paar Ladys, die Karten spielen – Höchsteinsatz ein Penny. Es wird bestimmt ein langweiliger Abend werden.«

Trotzdem empfand sie eine heimliche Befriedigung. Es spielte keine Rolle, ob der Abend langweilig war wie Spülwasser, es zählte nur eins – sie gehörte dazu. Sie war ein paar Tage auf Melbray Manor geblieben, mal abgesehen von ein paar Einkäufen in Crayhampton. Edle Seife, Seidenballen, Weißwein vom Rhein – kurz, viele Luxusgüter, die sie immer schon haben wollte und sich jetzt erst leisten konnte.

Jetzt war sie bereit, ihre neuen Nachbarn kennen zu lernen. Grinsend fragte sie sich, ob die Nachbarn auch für Marisa Brooke bereit waren.

Früh am Abend nahm sie ein entspannendes Bad. Sie schäumte ihre blassgoldene Haut mit duftenden Ölen ein und genoss die herrlichen Düfte. Sie wusch sich die langen honigfarbenen Haare bei Kerzenschein, trocknete Haare und Körper und ging nach nebenan, um sich anzukleiden.

Nach langem Überlegen entschloss sie sich zu einem der Kleider, die sie bei Mme Thanier in der Bond Street erworben hatte. Eine Kreation aus elfeinfarbenem Musselin, hoch angesetzte Taille, kurze Puffärmel. Ärmel und das tiefe Dekolleté waren mit rosa Bändchen besetzt. Lucy, die ihr beim Ankleiden half und Marisa kritisch betrachtete, fand noch ein weiteres Bändchen, das sie um Marisas Taille schlang.

Marisa stieg in rosa Schuhe und streifte sich die langen weißen Handschuhe über, dann posierte sie lange vor dem Drehspiegel. Das weiße Musselin schmiegte sich verführerisch um ihre schlanke Figur. Sie sah jünger aus als ihre dreiundzwanzig Jahre. Lucy hatte die hellen Locken geschickt in die Länge gezogen.

Marisa fand, dass sie sich kaum von den schönen reichen Ladys unterschied, die sich in den Theatern um den Haymarket sehen ließen oder in Covent Garden flanierten, ehe es zu den Partys nach Mayfair ging.

Ihre neuen Nachbarn, dachte sie, während sie sich im Spiegel zulächelte, würden nie auf den Gedanken kommen, dass sie raffgierig und durchtrieben genug war, um in den Hinterzimmern des Blue Bell bestehen zu können.

Plötzlich, als sie sich vor dem Spiegel drehte, erinnerte sie sich wieder an Lord Delsinghams amüsierten Kommentar. ›Du, Marisa? Eine richtige Lady?‹ Sie ballte ihre zierlichen Fäuste. Sie würde es ihm zeigen. Sie fragte sich, ob er heute Abend auch da sein würde.

Das Haus der Blockleys war groß und gestreckt, die Mauern waren mit dichtem Efeu bewachsen. Ursprünglich hatte es sich um einen Bauernhof aus der Ära Elizabeth' gehandelt. Sir Andrew war ein wohlhabender Landwirt aus Leidenschaft, ein stämmiger Mann mit Wangen, die der Portwein gerötet hatte.

Er kam zur Tür und begrüßte Marisa herzlich, dann stellte er seine Ehefrau vor, ebenso stämmig gebaut. Ihre grauen Locken wurden von einem Turban aus purpurner Seide eingeschlossen, der zur Farbe ihres Kleids passte. Sir Andrew ließ es sich nicht nehmen, Marisa in die große Halle zu führen und sie dort den anderen Gästen vorzustellen.

Marisa sah, wie die Augen der männlichen Gäste aufleuchteten, als sie eintrat. Die Reaktion der Frauen bestand dagegen eher aus Argwohn.

»Die neue kleine Lady von Melbray Manor, Miss Marisa Brooke«, sagte Sir Andrew strahlend. » Ganz bezaubernd, nicht wahr? Ich weiß, dass ihr sie alle an diesem Abend herzlich willkommen heißt.«

Marisa hörte eine Frau direkt hinter ihr flüstern, aber die Stimme war klar und deutlich zu hören, als sie ihrer Nachbarin sagte: »Meine Liebe, sieh dir nur dieses spärliche Kleid an. Hast du schon mal so was Vulgäres gesehen?«

Sie spürte, wie ihr die Röte in die Wangen schoss, und drehte sich abrupt um. Sie sah den giftigen Blick einer großen, dürren brünetten Frau, etwa in ihrem Alter. Sie trug ein züchtiges, bis zum Hals geschlossenes Kleid aus dunkelblauer Seide mit langen Ärmeln und Manschetten aus Musselin. Sie musterte Marisa beinahe mitleidig.

Wut stieg in Marisa hoch, und sie hatte schon den Mund

zu einer scharfen Replik geöffnet, aber dann überlegte sie es sich anders, denn nachdem die meisten Frauen ihre Umhänge oder Mäntel abgelegt hatten, stellte Marisa tatsächlich fest, dass sie freizügiger gekleidet war als die anderen. Kein Wunder, dass die Männer so interessiert auf ihren tiefen Ausschnitt blickten. Hölle und Verdammnis, dachte Marisa, diese Frauen waren eher wie Nonnen gekleidet und nicht wie Frauen, die Tradition und Reichtum verkörperten.

Sie spürte ihr Herz wie wild klopfen, aber trotzig hielt sie den Kopf hoch, während sie allein dastand. Die Männer trauten sich nicht, sie anzusprechen, und die Frauen beäugten sie mit Misstrauen und flüsterten hinter der vorgehaltenen Hand über sie. Die brünette Giftspritze hatte die anderen zu verächtlichen Äußerungen ermuntert.

Dann stand plötzlich die freundliche Lady Blockley neben ihr, sie ignorierte das hässliche Geflüster und reichte Marisa ein Glas Ratafia.

»Nun, meine liebe Miss Brooke, ich hoffe, Sie finden Kartenspielen nicht langweilig, denn ich möchte Sie gern zu einer Runde Whist einladen. Ein Penny pro Punkt, meine Liebe. Glauben Sie, dass Sie das ertragen können?«

Marisa lachte und fühlte sich schon viel besser. Was ging sie das gemeine Flüstern an? »Mit dem größten Vergnügen, Lady Blockley.«

»Ich nehme an, Sie spielen Whist?«

»Ein wenig«, antwortete Marisa. Ihre blauen Augen strahlten. »Werden Sie meine Partnerin sein, Lady Blockley?«

»Oh, nein«, sagte die ältere Frau. »Wir haben jemand anders für Sie, jemanden, der Ihnen sehr gefallen wird.« Sie nahm Marisa an die Hand. »Kommen Sie.«

Marisas Laune fiel wieder in den Keller. Kein Zweifel, sie hatten irgendwelche langweiligen Partner für sie gefunden. Schon gut, dass sie nur um einen Penny pro Punkt spielten.

Lady Blockley plauderte munter weiter, während sie Marisa ins Kartenzimmer führte, wo die Gäste an grün bezogenen Tischen Casino spielten. Lady Blockley wand sich an den anderen vorbei und steuerte auf Sir Andrew zu, der sich angeregt mit einem großen dunkelhaarigen Mann unterhielt, der mit dem Rücken zu Marisa stand. Plötzlich begann ihr Herz wieder laut zu klopfen. O nein, das durfte nicht wahr sein …

Aber es war wahr. Sir Andrews Gesprächspartner drehte sich um, und Marisa sah in das Gesicht des verhassten Lord Delsingham. Ihr stockte für einen Moment der Atem. Natürlich würde auch er sich über ihr Kleid lustig machen, genau wie der Rest dieser widerlichen Leute. Sie wappnete sich gegen eine beleidigende Äußerung von ihm.

Er nahm ihre Hand, und seine grauen Augen tanzten lebhaft in seinem attraktiven Gesicht. »Mistress Brooke«, sagte er gedehnt und beugte sich über ihre Hand. Sie spürte den Hauch seines Atems auf dem Handrücken. Er grinste ihr heimlich zu, als er sich aufrichtete, wie ein Wolf, der seine hilflose Beute beäugt.

Trotzig erwiderte sie seinen Blick und wartete auf seine höhnische Bemerkung über ihr dummes, offenherziges Kleid. Aber er sagte nur: »Sie sehen göttlich aus, meine Liebe.«

Marisa lachte kurz und gewahrte, dass Sir Andrew und seine Lady am Nebentisch Platz nahmen, sodass sie mit dem Lord allein dastand.

»Ich weiß, dass ich schrecklich angezogen bin, ich passe nicht in diesen Zirkel. Sie wissen das auch, Mylord. Deshalb ist es völlig unnötig, an mir Ihren Sarkasmus zu wetzen.«

Es entstand eine kurze Pause, während der er sie anstarrte. Schließlich sagte er: »Ich meine, was ich sage, Marisa. Sie sind die wahrhaft schönste Frau in diesem Haus. Die anderen haben so viel Eleganz wie schnatternde Bäuerinnen auf dem Weg zum Markt.«

Das Kompliment erwischte sie völlig unerwartet, und ihr Herz pochte und flatterte. Sie wurde rot, warf den Kopf in den Nacken und fühlte sich unbehaglich. »Ich glaube, es ist mir lieber, Lord Delsingham, wenn Sie mir wieder Gemeinheiten an den Kopf werfen«, murmelte sie mit zitternder Stimme.

Grinsend antwortete er: »Oh, das kann ich auch, wenn es angebracht ist. Sie gesellen sich zu einem Spiel Whist zu uns? Wie entzückend. Ich fürchte, Sie werden uns eine Lektion erteilen, Miss Brooke.«

Er rückte einen Stuhl für sie zurecht, aber sie legte eine Hand auf seinen Arm und sagte gepresst: »Wenn Sie mich auffliegen lassen wollen, Lord Delsingham, dann erzählen Sie bitte allen sofort von meinem früheren Leben. Es wäre noch schrecklicher, wenn Sie die Scharade den ganzen Abend lang aufrechterhalten.«

»Auffliegen lassen?«, fragte er unschuldig. »Warum sollte ich das tun, Mistress Brooke? Sie und ich haben doch eine wunderbare Vereinbarung.«

Ihr Magen drehte sich fast um, als er sie daran erinnerte. Verdammt, in seinem grauen Jackett, den engen Hosen und dem exquisiten Halstuch sah er phantastisch aus. Ein Ass. Er wies auf den Stuhl, aber sie stand trotzig dahinter und verharrte dort.

»Himmel, Mylord, es wird nicht alles nach Ihrer Nase gehen. Ich habe diese Einladung erhalten, mein erster Auftritt in der feinen Gesellschaft – das haben Sie mir nicht zugetraut, was? Sie haben mir prophezeit, dass ich hier nie akzeptiert würde.«

Er lächelte freundlich. »Oh, ich bin sicher, dass Sie hier

akzeptiert werden, meine Liebe. Ich war es schließlich, der Sir Andrew empfohlen hat, Sie einzuladen.«

Marisa starrte ihn offenen Mundes an, sprachlos vor Wut. Die Freude, die sie empfunden hatte, seit die Einladung bei ihr eingetroffen war, verrauchte von einem Augenblick zum anderen.

»Ich glaube«, sagte er und deutete wieder auf den leeren Stuhl, »dass Sir Andrew und seine liebe Gattin zum Spiel bereit sind, meine liebe Mistress Brooke.«

»Ich auch«, sagte sie trotzig.

Sie spielte wie eine Anfängerin, warf absichtlich die höchsten Karten weg und verschwendete Punkt um Punkt. Delsingham hob einige Male die Augenbrauen, sagte aber nichts. Sein Münzstapel schwand rapide, genau wie ihr eigener. Sie wünschte, sie hätten um Guineas gespielt. Er würde sie für eine lange Zeit nicht mehr als Spielpartnerin haben wollen, da war sie sich ganz sicher.

Die Blockleys, die mehrere Spiele gewonnen hatten, erhoben sich entschuldigend. Sie mussten im Esszimmer nach dem Rechten sehen. Würden Lord Delsingham und Mistress Brooke was dagegen haben, wenn Mistress Caroline Henshawe und ihr Ehemann Richard ihre Plätze einnähmen?

Es war zu spät, um zu protestieren, denn das Paar stand schon am Tisch, und zu ihrem Entsetzen stellte Marisa fest, dass Caroline Henshawe die dürre Brünette war, die sich so verächtlich über ihr Kleid geäußert hatte. Mistress Henshawe setzte sich gleich neben Lord Delsingham, legte die Hand auf seinen Arm und lächelte ihn an. Erst danach wandte sie sich an Marisa und sagte mit honigsüßer Stimme: »Sie müssen mir gestatten, dass ich Sie mit meiner Schneiderin in Winchester bekannt mache, Miss Brooke. Ich nehme an, Sie sind erst kürzlich zu Geld gekommen. Es wird schwierig sein, sich an Reichtum zu gewöhnen. Falls

Sie den einen oder anderen Rat benötigen, werde ich ihn gerne geben.«

Marisa knirschte mit den Zähnen und wies auf das dunkle, bis zum Hals geschlossene Kleid ihrer Nachbarin. »Ich würde nicht im Traum daran denken, Sie um Rat zu fragen. Wissen Sie, meine liebe Mistress Henshawe, ich komme aus einer Gegend, wo man nicht in Nonnentracht zu einer Party geht.«

Caroline Henshawe sah ein bisschen blass aus, abgesehen von den roten Flecken auf den hohen Wangenknochen.

Bevor es zwischen ihnen peinlich werden konnte, sagte Lord Delsingham: »Also, ich schlage vor, dass wir den Einsatz ein wenig erhöhen. Was meinen Sie?«

Richard Henshawe, ein pummeliger, unauffälliger Mann, schon ziemlich betrunken, wachte bei diesem Vorschlag wieder auf. »He? Was sagen Sie da? Phantastische Idee, Delsingham. Fünf Schilling pro Punkt, einverstanden?«

Das Spiel begann. Marisa wollte unbedingt gewinnen. Sie wollte Caroline Henshawe erniedrigen. Marisa war jetzt noch wütender auf sie, weil sie dem Lord schöne Augen machte, weil sie ihn bei jeder Gelegenheit berührte und ihn mit verhasster Vertraulichkeit anlächelte. Marisa war so sehr in ihrer Verachtung für die Gegnerin verhaftet, dass sie erst später wahrnahm, wie Delsingham sie beobachtete.

Während er die Karten ordnete, sagte er: »Heute war es heiß. Ich würde gern wissen, ob der Sonnenschein anhält.«

Richard Henshawe murmelte etwas Banales zurück. Marisa, die das Aufspiel hatte, dachte angestrengt nach. Warum redete Delsingham plötzlich vom Wetter? Das konnte nur eins bedeuten ... Sie sah ihn an.

»Heiß«, wiederholte er dümmlich. »Es war doch ein heißer Tage heute, oder?«

H wie Herz.

Sie spielte eine kleine Herzkarte auf, und er gewann den Stich mit dem Ass und den nächsten mit Herz König. Ihr Puls beschleunigte sich. Irrte sie sich? War es nur Zufall? Er spielte geschickt und gewann einen Stich nach dem anderen.

Dann war Marisa wieder mit dem Aufspiel dran. Sie zögerte noch, als Delsingham sagte: »Pünktlich wird es das Abendessen geben, schätze ich.«

Marisa spielte Pik Sieben. Das Ass war schon weg, deshalb vermutete sie, dass ihr Mitspieler die höchste Pikkarte auf der Hand hatte. Tatsächlich gewann er den Stich mit dem König.

Es war einer der ältesten Tricks beim Whist – man ließ eine Bemerkung fallen, und das erste Wort begann mit dem Anfangsbuchstaben der Farbe, die man sehen wollte. Einfach, aber wirkungsvoll. Zusammen mit ihrem Geschick beim Kartenspiel waren sie ein unschlagbares Paar.

Marisa war glücklich. Sie sah ihn an und weidete sich an seinen leuchtenden Augen. Sie unterdrückte ein Lächeln, senkte den Blick auf ihre Karten und spielte weiter, sehr wohl der Verschwörung mit Lord Delsingham bewusst.

Caroline und ihr Mann verloren eine beträchtliche Summe vor dem Essen. Marisa spürte die vertraute Euphorie, die sie immer erfasste, wenn sie erfolgreich gespielt hatte. Der Lord war auch ein guter Spieler; vielleicht sollten sie es häufiger als Paar versuchen.

Endlich erhob sich Caroline Henshawe, das hübsche Gesicht frostig und angespannt. »Zeit zum Abendessen, glaube ich, Richard«, sagte sie zu ihrem betrunkenen Ehemann, ehe sie sich lächelnd an Marisa wandte.

»Nun, Miss Brooke, mit Karten kennen Sie sich aus, was? Ich wüsste gern, wo Sie das so perfekt gelernt haben. Beinahe könnte man annehmen, Sie versteckten die Karten irgendwo, aber Sie haben ja kaum genug an, um was verstecken zu können.« Dabei musterte sie wieder das freizügige Kleid, ehe sie sich umdrehte und das Zimmer verließ.

Marisa kochte und wollte ihr hinterherlaufen, die zierlichen Hände zu Fäusten geballt. Aber Lord Delsingham hielt sie am Arm zurück.

»Lassen Sie sie spotten«, riet er. »Ihr Mann ist ein Trunkenbold, ein impotenter Bauer. Ich glaube, Mistress Caroline tröstet sich mit ihrem Dienstpersonal. Irgendwann werden Sie eine Gelegenheit haben, sich zu rächen.«

Marisa biss die Zähne aufeinander. »Ich will meine Rache sofort«, zischte sie. »In dieser Minute.«

Glucksend fragte er: »Reicht es denn nicht, dass Sie ihr fünfzig Guineas abgenommen haben?«

»Nein«, gab sie zurück. »Selbst fünfhundert Guineas wären nicht genug. Stimmt das, was Sie eben gesagt haben? Sie lässt sich wirklich mit ihrem Personal ein?«

»Ja, das stimmt wohl.« Seine Brauen rückten zusammen. »Liebe Marisa, was planen Sie denn jetzt schon wieder?«

»Oh, ich bin sicher, mir wird etwas einfallen.«

»Das glaube ich auch. Aber deshalb bin ich ja so beunruhigt. Sie haben übrigens ganz ausgezeichnet gespielt.«

Sie grinste breit. »Sie auch, Mylord.« Sie lief schnell hinaus, ein kaltes entschlossenes Leuchten in den Augen. Sie musste unbedingt ihren Kutscher John finden.

Caroline Henshawe wanderte langsam durch die privaten, von hohen Mauern eingerahmten Gärten der Southland Grange. Sie brauchte Abstand von ihrem langweiligen Gatten, den sie vor einem gehäuften Teller im Esszimmer zurückgelassen hatte. Sie hatte ihr Weinglas mit hinaus genommen, randvoll gefüllt. Sie wusste, dass sie schon genug getrunken hatte, um ihr Blut, mit ihren dunklen Gedanken angereichert, schneller durch ihre Adern fließen zu lassen.

Aber das kümmerte sie nicht mehr. Sie war heiß und zugleich wütend auf die halb nackte blonde Schlange, die sie beim Kartenspiel irgendwie betrogen und sich über sie lustig gemacht hatte. Es hatte sie ungeheuer erregt, neben Delsingham zu sitzen, ihn so nah zu spüren, die Bewegungen seiner kräftigen, eleganten Finger zu sehen. Wenn sie daran dachte, wurden ihre Knie weich. Einige Male hatte sie den Schenkel gegen seinen gedrückt, aber er hatte vorgegeben, das gar nicht zu bemerken.

Dieser kleine blonde Neuankömmling mit den großen unschuldigen blauen Augen und dem geschmacklosen Kleid hatte es auf ihn abgesehen, darauf hätte sie wetten wollen. Vielleicht hatte die Schlampe schon mit ihm geschlafen.

Der laue Abendwind kühlte ihre heißen Wangen, als sie durch die Gartenanlage spazierte, zwischen den kunstvoll zu Figuren geschnittenen Eiben hindurch. Ihr Körper bebte bei dem Gedanken an diese Schlampe mit Lord Delsingham. Wie hatten die beiden in so kurzer Zeit so viele Spiele gewinnen können? Sie hatte die Blicke gesehen, die sie getauscht hatten; wissende, intime Blicke. In ihrem Kopf liefen Bilder ab, wie Delsingham das kleine Luder nahm, wie er von hinten in sie eindrang. In diesem Moment brauchte sie nichts so sehr wie einen kräftigen, potenten, gut bestückten Mann.

Sie trank ihren Wein aus und fühlte sich ein wenig unsicher auf den Beinen. Sie hatte bestimmt eine ganze Flasche geleert. Sie musste vorsichtig sein, sonst würde sie mit blutunterlaufenen Augen herumlaufen, und die Leute würden wissen, woher das rührte.

»Oh, hallo.« Sie hörte eine Männerstimme hinter sich in den Schatten, derb, unkultiviert. »Mistress Henshawe, suchen Sie vielleicht jemanden?«

Sie drehte sich um und schlug überrascht eine Hand vor den Mund. Ein Mann kam auf sie zu, vorbei an der halb hohen Eibenhecke. Er war stämmig gebaut, hatte braune Haare und trug die Kleidung eines Dieners, Lederwams und eine grobe Kniehose. Sein Leinenhemd stand am Hals offen, und sie konnte seinen gebräunten Brustkorb sehen. Er sah jung und muskulös aus, und als er nur noch ein paar Schritte von ihr entfernt war, sah sie das Grinsen auf seinem Gesicht. Er hatte die Daumen unter den Hosengürtel geschoben und blieb einen Schritt vor ihr stehen.

Erst aus dieser Nähe sah sie mit ungläubigem Erstaunen, dass der Mann von außen ungeniert über seinen Schritt rieb. Sie stieß einen kleinen entsetzten Laut aus und lehnte sich vor Schwäche gegen die Gartenmauer. Die Beule unter seiner dicken Hose war ihr nur zu bewusst, sie konnte genau die Umrisse sehen, die sich unter seinem langsamen Streicheln noch deutlicher abzeichneten. Er muss riesig sein, dachte sie.

Gerade wollte sie den Mund öffnen, um laut zu schreien, aber während ihr Blick atemlos und starr auf seine reibenden Finger gerichtet war, schob er die Breeches auseinander und holte den dicken erigierten Penis hervor. Er schien sie anzuspringen und zuckte, hungrig nach Leben.

Caroline schloss die Augen und öffnete sie wieder. Sie schaffte es nicht, irgendwo anders hinzusehen als auf seinen Schoß. Der Schaft war lang und dick und fleischig, von prallen Venen durchzogen, und der Kopf glänzte von Feuchtigkeit. Er rieb ihn wieder. Sie spürte das Kribbeln in ihren Brüsten und wusste, dass sich die Säfte in ihrem Schoß sammelten.

»Ist es das, was Sie suchen, schöne Lady?«, fragte der Mann grinsend.

Sie schluckte schwer, eine Hand gegen die Kehle gedrückt. »O ja«, raunte sie. »Ja, ja.«

Im Garten stand ein kleines Sommerhaus, etwa zwanzig Schritte von ihnen entfernt, inmitten eines duftenden Rosenbeets. Als Caroline auf den Mann zu ging, öffnete sich die Tür zum Sommerhaus, und eine schlanke Gestalt glitt hinein, aber Caroline Henshawe war von ihrem geheimnisvollen Liebhaber zu sehr abgelenkt, um das zu bemerken.

Die schlanke Gestalt gehörte Marisa Brooke. Sie kniete auf einem gepolsterten Fensterplatz des kleinen runden Sommerhauses, stützte die Arme auf die Fensterbank und blickte hinaus in den mondbeschienenen Garten. In der Luft lag der betörende Duft von Rosen, und sie atmete ihn tief ein. Sie hatte einen idealen Beobachterplatz. Bis jetzt war ihr Plan gelungen.

Nachdem sie Lord Delsingham im Kartenzimmer zurückgelassen hatte, war sie rasch zu John gegangen, den sie in der Küche gefunden hatte, wo er mit anderen Kutschern dem von Sir Andrew selbst gebrauten Ale zusprach. Sie hatte ihn zur Seite gezogen und ihn angewiesen, der arroganten Henshawe zu folgen, bis er eine Gelegenheit sah, sich ihr anzubieten.

Die Dinge hatten sich blendend entwickelt. Nicht nur war die Frau noch während des Essens in den Garten gegangen, sondern sie schien auch ganz schön betrunken zu sein. John hatte sich ihr mit bewundernswerter Selbstsicherheit genähert, und jetzt sah es so aus, als könnte die hochnäsige Mistress Henshawe mit ihren Fingern nicht schnell genug um den prallen Schaft greifen. Nicht, dass Marisa das nicht verstehen könnte. Er hatte ein stattliches Exemplar, und die Spitze glänzte im Mondlicht.

Sie spürte das vertraute Ziehen im Unterleib. Ihre Nippel zogen sich zusammen und begannen zu kribbeln. Sie rieben sich am dünnen Musselin des Mieders. John erledigte seinen Auftrag so gut, dass Marisa selbst gern das Objekt seiner Bemühungen gewesen wäre.

Sie sog die Luft tief ein und presste eine Wange gegen die kühle Scheibe, als sie sah, dass der immer noch grinsende John seine großen Pranken auf Carolines dürre aristokratische Schultern legte, und von dort wanderten die Finger abwärts und spielten durch die dünne Seide des hochgeschlossenen Kleids mit den kleinen Brüsten. Caroline packte seine Hände und mahlte die schwieligen Handflächen gegen die harten Nippel. Ihr Gesicht verzog sich vor lüsterner Gier.

»Nimm mich«, keuchte sie. »Nimm mich hier auf der Stelle, du starker derber Bauer.«

John presste sie an sich und küsste sie. Seine dicke Zunge drang in ihren Mund ein, und sie schmiegte sich voller Hingabe an ihn. Er schnürte ihr Mieder auf, zog es zu den Seiten weg, damit er an den entblößten Nippeln lutschen konnte. Ihre Brüste waren zwar klein, aber die Nippel waren lang und steif. Während er an ihnen saugte, packte er mit einer Hand ihre Hüfte und stieß seinen harten Schaft gegen sie.

Ihre Hände griffen nach unten, und mit zitternden Fingern umschloss sie den dicken Stab. »So groß, so schön«, flüsterte sie. »Ah, ich muss ihn schmecken, bitte, ich will ihn in den Mund nehmen.«

Vor Marisas weit aufgerissenen Augen fiel Caroline auf die Knie, hielt in einer Hand die schweren Hoden und führte mit der anderen Hand den wild zuckenden Schaft zwischen ihre Lippen.

Johns Augen waren auch weit aufgerissen, aber man sah ihm an, dass er nichts gegen eine solch unerwartete Behandlung einzuwenden hatte. Caroline versuchte verzweifelt, so viel wie möglich von ihm aufzunehmen. John packte ihre Schultern und begann rhythmisch in ihren Mund zu stoßen. Mit fiebrigen Augen sah er, wie sein vom Speichel glänzender Schaft ein und aus glitt. Er keuchte laut.

Heiser flüsterte er: »Sehr gut, Mylady. Wollen Sie ihn jetzt an einer anderen Stelle spüren? Ich werde es Mylady wirklich gut besorgen, darauf können Sie sich verlassen. Und ich kann auch lange durchhalten.«

Mistress Caroline Henshawe, deren kleine Brüste mit den scharlachroten Spitzen im Mondschein glänzten, nahm nur zögernd den Mund zurück und gurrte hastig: »Oh, ja, oh, ja.«

Mit einem tiefen Glucksen legte er sie behutsam auf den gepflegten Rasen. Sie spreizte voller Erwartung die Beine und zog seinen Kopf herunter. John grunzte zustimmend und tauchte zwischen ihre Schenkel ab, und als die Frau seine Zunge spürte, ließ sie das Becken rotieren und stöhnte wie in Ekstase.

Marisa seufzte leise und wünschte, sie wäre es, die Johns dicke kräftige Zunge spürte. Sie streichelte über die empfindliche Klitoris, und die andere Hand drückte die geschwollenen Brüste. Die Hand schlüpfte in den tiefen Ausschnitt und massierte die kribbelnden Nippel, was das Verlangen ihres Schoßes noch verstärkte.

Zu spät spürte sie den frischen Windhauch auf dem Gesicht, als sich die Tür des kleinen Sommerhauses öffnete. Eine kräftige Männerhand bedeckte ihren Mund und erstickte ihren instinktiven Aufschrei. Im gleichen Moment flüsterte eine vertraute Stimme in ihr Ohr: »Miss Brooke, Sie sind wirklich eine sehr unanständige Lady.«

Delsinghams Stimme, Delsinghams Hand. Hölle und Verdammnis. Aber ihre wütende Replik blieb ihr im Hals stecken, denn seine Hände schlüpften in ihr Mieder und streichelten die seidige Haut ihrer Brüste, ehe die Finger an den steifen Nippeln zupften. Lustpfeile schossen in ihren Schoß, und Marisa begann laut zu stöhnen. Sie klemmte die Schenkel zusammen und war sich bewusst, wie glitschig ihre Vagina war.

Er rieb seine Nase über ihren Nacken, während sie auf dem Sitz kniete und ihm den Rücken zuwandte. Jetzt wischte die Zungenspitze über den Nacken, und sie erschauerte hilflos und rieb den schlanken Rücken an seinem Bauch. Sie spürte die kühle Luft auf Schenkeln und Po und wusste, dass er ihr dünnes Kleid hob. Er spreizte ihre Schenkel und kniete sich hinter sie, während er weiter ihren Nacken küsste.

Sie hielt den Atem an und presste eine Wange wieder gegen die kühle Scheibe, und dann fühlte sie die schönste aller Sensationen – das feste, entschlossene Eindringen seines wunderbaren starken Penis in die saftigen Falten ihrer Vagina.

Sie mahlte die Hüften gegen ihn, schlang die Arme um ihn und wollte mehr von ihm haben. »Ja, ja«, ächzte sie und erschauerte unter seinem köstlichen Pfählen. Sie musste sich an der Fensterbank festhalten. Seine Hände langten um sie und zwirbelten ihre Nippel, und wieder zuckte es in ihrem ganzen Körper.

»Das hast du dir gewünscht?«, murmelte er an ihrem Ohr und stieß wieder genüsslich in sie hinein.

»Ja«, ächzte sie verzweifelt, »ja, ja. Aber warte einen Moment, ich will sie draußen im Garten sehen.«

»Ah, eine kleine Voyeurin«, murmelte er und zupfte wieder ihre Nippel. »Ja, gut. Ich kann warten, wenn du es kannst.«

Marisa war sich überhaupt nicht sicher, ob sie warten konnte, aber sie wollte zusehen, wie sich ihr Plan entwickelte. Während sie angestrengt in den Garten starrte, war ihr natürlich bewusst, dass Delsingham ihre Brüste drückte und fast gemächlich ein und aus fuhr. Am liebsten würde sie sich zurücklehnen, damit er sie auf seine köstliche Art zum Höhepunkt bringen konnte.

Plötzlich schob sie seine Hände von den Brüsten. »Sieh dir das an!«, rief sie aufgeregt.

Der gute John hatte Caroline Henshawe jetzt auf allen vieren, umgeben vom duftenden Lavendel. Er kniete hinter ihr, grinste von Ohr zu Ohr, packte ihre schlanken Hüften und verzauberte sie mit seinem stämmigen Schaft. Marisa hörte die Lustschreie der dürren Frau.

»Ja, gut, gut, hau ihn rein, mein starker Hengst. Du hast wirklich einen wunderbaren Penis. So einen Schwanz habe ich schon lange nicht mehr gespürt!«

Marisa fühlte ihre eigenen Säfte fließen, sie badeten Delsinghams Schaft, der in ihr verharrte. Ihre Muskeln umklammerten ihn, ohne dass sie das wollte, aber der lüsterne Anblick des Paares da draußen machte es ihr unmöglich, reglos zu bleiben. Sie hörte Delsingham leise glucksen.

»Du musst dich beherrschen, Marisa, sonst wird alles ganz schnell vorbei sein.«

Sie biss sich auf die Lippen und versuchte, den Strom ihrer Lust anzuhalten, der durch ihren Körper raste. Abgelenkt wurde sie von Leuten, die vom Haus in den Garten liefen. Lucy, die wunderbare Lucy, führte den Pulk an, und sie brachte ihn dicht vor das kopulierende Paar. Es handelte sich um sieben oder acht Leute, und an ihrer Kleidung machte Marisa sie alle als Dienstboten aus. Sie bildeten einen Kreis um das Paar auf dem Boden und verfolgten das obszöne Schauspiel.

John hatte ein paar Momente in der Henshawe verharrt, aber als sich die erste Aufregung um sie herum gelegt hatte, trieb er den Penis wieder tief in sie hinein. Zwei Frauen legten sich in einer Neunundsechzigerstellung daneben, und ein Mann begann ungeniert zu onanieren. John registrierte das alles nicht, er kannte nur ein Ziel – die Lady zu einem bombastischen Orgasmus zu bringen. Er knirschte mit den Zähnen, als er sich grinsend in Caroline Henshawe ergoss.

Nun gab es auch für Marisa kein Halten mehr. Delsingham stieß in sie hinein und drückte und quetschte ihre Brüste. »Ein wunderbarer Genuss, Marisa«, raunte er in ihr Ohr.

Ah, er war phantastisch. Sie schloss die Augen und wusste, dass sie nur noch durchhalten musste – er würde sie mit Sicherheit zum Orgasmus bringen. Das, dachte sie, war Glückseligkeit pur. Jeder Stoß raubte ihr den Atem, und ihr Körper wurde geschüttelt, als er seine Erlösung in sie hineinpumpte. Was für eine Lust!

Nach einer Weile raunte er ihr ins Ohr: »Ich glaube, die von dir arrangierte Schau ist beendet, Ganymed. Mistress Henshawe kommt gerade wieder zu sich.«

Marisa öffnete benommen die Augen und sah, dass Caroline schwankend auf den Füßen stand, ihr Kleid zerknautscht, die Frisur zerzaust, das Gesicht verschwitzt. Die Zuschauer umringten sie, Lucy und John standen Arm in Arm nebeneinander. Die Lady schien erst jetzt zu sich zu kommen, denn sie stieß einen Schrei aus und schlug die Hände vors Gesicht.

John trat grinsend auf sie zu. »War ich gut genug für Sie, Mistress Henshawe? Wann immer Sie einen kräftigen Mann brauchen, lassen Sie es mich wissen.«

Caroline sah verwirrt um sich, dann lief sie schluchzend ins Haus.

Marisa kicherte. Lord Delsingham, der ihr über die Locken strich, sagte: »Das war aber sehr böse, mein lieber Ganymed. Ich nehme an, Sie haben das alles arrangiert?«

»Ja.« Marisa lachte triumphierend. »Ich habe mit John und Lucy geredet, und Lucy hat wahrscheinlich den anderen Bescheid gesagt. Ich konnte es kaum glauben, als ich sie alle in den Garten laufen sah. Es war wirklich perfekt.«

Sie drehte sich zu ihm um. Er machte ein ernstes Gesicht. »Ja, das war's dann wohl.«

Marisa blieb stumm und sah, wie er sie prüfend anschaute. Sie schnürte verlegen ihr Mieder zu und spürte noch die Hitze in den Wangen. Delsingham erhob sich abrupt.

»Vielleicht sollten wir ins Haus zurückgehen, Miss Brooke. Ich habe es sehr genossen mit Ihnen. Aber drinnen reicht der Gastgeber jetzt noch einen Mitternachtshappen.«

»Mit dem größten Vergnügen, Mylord.« Langsam schritten sie durch den Garten, in dem wieder Ruhe eingekehrt war. Als sie die große, überfüllte Halle betraten, wo es eine Menge Köstlichkeiten gab, die auf langen Eichentischen dargeboten wurden, sah Marisa, dass auch Sir Julian Ormond anwesend war und sich mit Lady Blockley unterhielt.

Seine blassblauen Augen schienen ein wenig zu flattern, als er sie mit Delsingham eintreten sah. Einen Moment zögerte Marisa, dann lief sie auf die elegante Gestalt ihres Nachbarn zu, während Delsingham langsam folgte.

»Oh, Sir Julian!«, rief sie. »Ich wusste gar nicht, dass Sie auch hier sind.«

Er verbeugte sich und lächelte sie an. »Es ist mit ein Vergnügen, Sie zu sehen.« Dann nickte er Delsingham zu.

Die beiden Männer verneigten sich steif, und die frostige Atmosphäre zwischen ihnen war deutlich zu spüren. Delsingham sagte: »Zu Diensten, Ormond.« Dann wandte er sich an Marisa. »Ich bedaure, jetzt gehen zu müssen, Miss Brooke. Es ist später, als ich gedacht habe.«

Marisa starrte ihn verdutzt an und empfand tiefe Enttäuschung. Er beugte sich zu ihr und sagte so leise, dass nur sie es hören konnte: »Ich habe unseren Spaziergang im Mondschein sehr genossen.«

Bevor sie etwas sagen konnte, war er schon gegangen. Seine hohe Gestalt schlug eine Bresche in der überfüllten Halle. Marisa riss sich zusammen und wandte sich wieder Ormond zu.

Er verbeugte sich wieder. »Sie sehen bezaubernd aus, Miss Brooke.« Seine kühlen Augen betrachteten ihre Figur, was Marisa unbehaglich war. Sie meinte in seinen Augen lesen zu können, dass er ahnte, dass sie und Delsingham sich draußen näher gekommen waren. Aber er konnte es unmöglich wissen, oder? Sie plauderten eine Weile, und er empfahl ihr, wenn sie eine Kutsche erwerben wollte, sollte es eine geschlossene sein.

»Und denken Sie daran, falls Sie jemanden brauchen, der Sie in finanziellen Dingen berät, stehe ich Ihnen gern zur Verfügung, Miss Brooke.«

»Danke, Sie sind sehr freundlich.«

Er zögerte. »Wenn Sie mich als einen Freund sehen, dann hoffe ich, dass Sie verzeihen, wenn ich Ihnen etwas Persönliches sage. Es konnte mir nicht entgehen, dass Lord Delsingham Ihnen große Aufmerksamkeit zuteil werden lässt. Ich nehme an, Sie wissen, dass man ihm einen gewissen Ruf nachsagt?«

»Ich wäre enttäuscht, wenn er diesen Ruf nicht hätte«, sagte Marisa lachend.

Ormonds Augen verengten sich, als er Wein einschenkte

und ihr ein Glas reichte. Er sagte nichts mehr über Delsingham, und kurz darauf kam Sir Andrew Blockley und forderte sie für eine weitere Runde Whist an. Sie bemühte sich, nicht gut zu spielen, was dem Gastgeber, der ihr Partner war, Gelegenheit bot, ihr onkelhafte Ratschläge zu geben und ihre nackte Schulter zu berühren, um sie über den Verlust von Pennys hinweg zu trösten.

Kurz darauf wurde alles zum Tanzen vorbereitet, und Marisa, die beim Irish Reel mit den Besten mithalten konnte, wenn es im Old Cider Cellar an der Maiden Lane zur Sache ging, aber keinen der Schritte beim Menuett oder bei der Gavotte kannte, verabschiedete sich rasch.

John fuhr sie nach Hause, und die kühle Nachtluft blies über ihr erhitztes Gesicht. Lucy saß neben ihr in der offenen Kutsche und kicherte fröhlich vor sich hin, als sie an Caroline Henshawes Demütigung im Garten denken musste.

»Sie konnte in ihrer Geilheit kein Wort herausbringen, als wir plötzlich um sie herum standen«, sagte sie grinsend. »John, du warst wunderbar, dass du sie so lange hingehalten hast, dass wir auch noch was zu sehen und zu lachen hatten.«

John drehte kurz den Kopf. Stolz sagte er: »Ich tue nur meine Pflicht, hoffe ich.«

»Du hast dich großartig gehalten, John«, sagte Marisa, aber ihre Gedanken waren woanders. Viel öfter, als ihr lieb war, musste sie an Lord Delsingham denken.

Marisa hoffte insgeheim, Delsingham würde sich in den nächsten Tagen bei ihr melden, und eines Morgens hörte sie das Klappern von Pferdehufen auf dem Hof. Sie hastete die Treppe hinunter, aber dann hörte sie, wie John nicht Delsingham die Tür öffnete, sondern Sir Julian Ormond – ein nachbarlicher Besuch, sagte er.

Marisa, die zum Glück einen züchtigen Morgenmantel aus taubenblauer Seide trug, empfing ihn im sonnendurchfluteten Salon. Lucy servierte ihnen Kaffee und Plätzchen. Ormond hatte viele Papiere und Dokumente mitgebracht und begann über Investments zu reden.

»Sie haben gesagt«, erinnerte er sie, »dass Sie froh wären, wenn ich Sie in finanziellen Dingen berate, Miss Brooke.«

Marisa versteifte sich voller Argwohn. Ihr Geld gehörte ihr und nur ihr, und außerdem hoffte sie, dass er nicht erwartete, sie würde sich die ganzen Papiere durchlesen. Er sollte nicht feststellen, dass sie ihre liebe Mühe mit dem Lesen hatte, und Fremdwörter begriff sie oft nicht. Sie fühlte sich zunehmend nervöser, aber Ormond schien das nicht zu bemerken und redete weiter drauflos.

»Man sagt, dass Wolle und Eisen wieder anziehen, nachdem der Krieg in Europa vorbei ist«, sagte er. »Mein Berater in der Stadt, der ein Drei-Sterne-Mann bei der East India ist, hat gerade fünfzigtausend Pfund in Wolle investiert.«

Marisa hörte zu, aber sie verstand nicht viel und wurde von den schönen gelben Rosen abgelenkt, die mit der Sonne um die Wette strahlten. Ein Drei-Sterne-Mann der East India? Was, zum Teufel, meinte Ormond damit? Er redete von einer anderen Welt, in der sie sich nicht auskannte.

»Vielleicht«, sagte sie abwesend, »rede ich besser mit Mr Giles, meinem Anwalt, darüber, wenn ich das nächste Mal in London bin.«

Ormond lächelte überlegen, holte seine lackierte Schnupftabakdose heraus und nahm eine kleine Prise. »Meine liebe Miss Brooke, ich will nicht respektlos klingen, aber glauben Sie, dass irgendein kleiner Anwalt mehr von diesen Dingen versteht als meine Freunde in der City?«

Marisa sah ihn kühl an. Diese überlegene Art gefiel ihr überhaupt nicht. »Lord Delsingham hat auch seinen Rat angeboten. Ich glaube, ich werde Ihren Vorschlag mit ihm besprechen.«

Ormond hob überrascht eine Augenbraue, dann begann er die Papiere zu ordnen, die er auf dem Tisch ausgebreitet hatte. »Aber Lord Delsingham wird eine Weile nicht in der Gegend sein. Hat er Ihnen nicht gesagt, dass er verreist ist?«

Marisas Finger spannten sich um die Stuhllehnen. »Nein, ich glaube nicht, aber genau erinnere ich mich nicht.«

»Er ist nach Bath gefahren«, fuhr Ormond fort. »Er besucht dort Lady Henrietta. Ich nehme an, Sie wissen, dass Delsingham sie heiraten wird?«

Es war Marisa wie damals an einem dunklen Abend in der Drury Lane, als sie Schritte hinter sich gehört hatte, und noch bevor sie sich hatte umdrehen können, hatte der Kerl ihr schon mit einem Knüppel auf den Kopf geschlagen und war mit ihrer Geldbörse abgehauen. Es kostete sie Mühe, am Kaffee zu nippen. Er schmeckte sauer auf ihrer Zunge.

»Natürlich weiß ich davon«, log sie ruhig. »Er hat mir alles über sie erzählt. Sie muss sehr charmant sein.«

»Ich bin froh, dass er Ihnen von ihr erzählt hat«, sagte Ormond rasch, die Stirn in sorgenvollen Falten. »Lady Henrietta hält sich zur Kur in Bath auf. Sie stammt aus einer angesehenen Familie und hat Verbindungen in die höchsten Kreise. Ich habe gehört, dass sie sehr gut aussieht und vielseitig gebildet ist.«

Vielseitig gebildet? Sex, Degenfechten, Schummeln beim Kartenspiel? Nein, nein, Lady Henrietta war wahrscheinlich eine Meisterin des Klavierspiels, sie hatte gelernt, perfekt Menuett zu tanzen und wunderschön mit Wasserfarben zu malen, alle diese Fähigkeiten, die für eine zukünftige Braut so wichtig gehalten wurden.

Nun denn. Sie nahm einen tiefen Atemzug und lächelte in Ormonds besorgtes Gesicht. Natürlich war ein Mann wie

Delsingham verlobt. Er war wohlhabend, hatte einen Adelstitel, er sah gut aus und wurde wahrscheinlich schon lange von allen Damen im heiratsfähigen Alter umworben. Und sie, Marisa, hatte sowieso nicht die Absicht, überhaupt zu heiraten – warum hatte die Nachricht sie also derart erschüttert? Es kostete Mühe, aber sie riss sich zusammen. Ormond redete wieder über die besten Investments und spielte mit einem Federkiel, den er von ihrem Schreibtisch genommen hatte.

»Ich glaube, Delsingham ist nach Bath gefahren, um über die bevorstehende Hochzeit zu reden«, sagte er dann. »Es ist anzunehmen, dass ihre Eltern drängen, denn Delsingham ist eine gute Partie, auch wenn er« – er hüstelte vornehm – »diesen Ruf hat, dass er nichts anbrennen lässt.« Er beugte sich vor. »Miss Brooke, ich rate Ihnen dringend, diese Gelegenheit zu nutzen. Mein Freund in der City meint, dass innerhalb einer Woche alle Optionen vergeben sein werden. So eine Chance wird es so schnell nicht wieder geben.«

Marisa hörte kaum hin. Sie fühlte sich benommen. Der verdammte Delsingham. Und er hatte die Unverschämtheit, sie vor Ormond zu warnen, wo er doch selbst das heimtückischste Doppelspiel betrieb.

»Entschuldigen Sie?«, fragte sie plötzlich. »Was haben Sie gesagt, was ich tun soll?«

Ormond schob den Federkiel und ein Tintenfass zu ihr. »Wenn Sie hier unterschreiben, meine liebe Miss Brooke«, sagte er leise. »Es sei denn, Sie wollen sich die Einzelheiten erst durchlesen.«

Sie schüttelte rasch den Kopf. »Nein, nein, das wird nicht nötig sein.«

»Dann unterschreiben Sie einfach. Und später müssen Sie Ihre Bank natürlich anweisen. Dabei helfe ich Ihnen auch gern, wenn Sie möchten.«

Marisa griff entschlossen zum Federkiel. Sie wollte nicht mehr an Aktien und Anleihen denken müssen. In ihrem Kopf schwirrte nichts als Delsingham herum und wie töricht es von ihr gewesen war, sich ihm im kleinen Sommerhaus der Blockleys hingegeben zu haben.

Nun, es war das letzte Mal, denn niemand hielt sie ungestraft zum Narren. Sie kritzelte rasch ihren Namen und nahm auch den erleichterten Seufzer von Sir Julian nicht wahr, als er die Papiere wieder an sich zog.

Siebtes Kapitel

Die folgenden Tage schleppten sich träge dahin. Das Wetter war umgeschlagen, und an jedem Morgen wachte Marisa auf und sah den grauen Vorhang aus triefendem Regen vor ihrem Fenster. Garten und Park waren kaum noch zu sehen und hatten sich in ein monotones, feuchtes Gefängnis aus tropfendem Grünzeug verwandelt. Das Haus selbst schien leer, kalt und klamm zu sein, und obwohl sie John angewiesen hatte, alle Kaminfeuer anzufachen, blieb es düster und unheimlich.

Marisa wanderte ruhelos durch ihr Landhaus und konnte sich zu nichts aufraffen. Die Möbel wirkten schwer und dunkel. Die Eichenpaneele, die sie am ersten Abend im Licht der untergehenden Sonne als so freundlich und edel empfunden hatte, kamen ihr nun altmodisch und niederdrückend vor.

Sehnsüchtig dachte sie an London. Sie vermisste den Lärm, die Menschenmengen, den Dreck, sie vermisste die heiseren Schreie der Hausierer und Straßenfeger, und natürlich vermisste sie ihre zügellosen Freunde aus dem Blue Bell.

Dann hörte der Regen endlich auf, die Sonne brach durch, die Blätter der Bäume und die Gräser glitzerten, und das alte Haus erwachte wieder zum Leben. Einige Ballen mit aufregenden neuen Stoffen, die Marisa bestellt hatte, trafen ein. Marisa war es satt, Trübsal zu blasen. Sie beschloss, Lord James Delsingham für einen miesen Betrüger zu halten, der es nicht wert war, dass sie auch nur noch einen Gedanken an ihn verschwendete. Lucy half ihr, zu besserer Stimmung zu finden, indem sie Geschichten erzählte, die sie am Abend bei den Blockleys von anderen Dienstboten gehört hatte.

Marisa amüsierte sich am meisten über Lucys Geschichte von einem bekannten Tanzlehrer in Crayhampton, der sich bei den Nobelfrauen der Umgebung größter Popularität erfreute, obwohl er von kleinem Wuchs war.

»Höchstens eins fünfzig«, kicherte Lucy. »Er heißt Monsieur Gaston, er behauptet nämlich, Franzose zu sein. Sein Lieblingsspruch lautet: ›Kleine Hunde haben lange Schwänze.‹«

Marisa grinste. »Ich glaube, ich muss rasch ein paar Tanzstunden nehmen, Lucy. Wo können wir deinen Freund denn finden?« Sie sah Lucy erröten und fragte scharf: »Lucy, ich habe den starken Verdacht, dass du Monsieur Gaston schon kennen gelernt hast. Und? Stimmt es? Ist der Ruf des kleinen französischen Herrn gerechtfertigt?«

Lucy kicherte wieder. »Ja, ganz bestimmt. Ich habe ihn tatsächlich neulich in Crayhampton kennen gelernt, als ich Jenny über den Weg lief, Lady Blockleys Zofe, die ihren freien Nachmittag in der Stadt verbrachte. Wir sind zu Monsieur Gaston gegangen – Himmel, so einen kleinen Mann habe ich noch nie gesehen – und dabei so gut bestückt. Als Jenny ihn nach seiner Männlichkeit fragte, hat er sie uns bereitwillig gezeigt. Ehrlich, Marisa, der Anblick des langen Schafts und der schweren Bälle ließ mich fast ohnmächtig werden.«

»Und?«

»Nun ja«, fuhr Lucy ein wenig außer Atem fort, »Jenny kreischte und sagte, eine Frau könnte eine solche Waffe niemals in sich aufnehmen. Aber Monsieur Gaston zeigte uns eine raffinierte Vorrichtung eines listig geformten Holzstuhls, dessen Sitz hohl war. Eine Frau kann darauf Platz nehmen, wenn sie sich amüsieren will. Jenny setzte sich, die

Beine über die gepolsterten Seitenlehnen gestreckt. Monsieur Gaston rutschte unter sie. Zuerst erforschte er ihre geheime Stelle mit der Zunge, bis die arme Jenny vor Wonne ganz rot im Gesicht wurde. Ich sah, wie er sein Gemächt in die Hand nahm und durch die Öffnung im Stuhl schob. Jenny spürte den harten Fleischstab, der zwischen ihre lechzenden Labien drang, und sie wurde plötzlich ganz still.«

Lucy schluckte, ihre Augen glänzten vor Lust. »Jenny bewegte sich zunächst ganz langsam, aber bald hüpfte sie immer ausgelassener auf und ab, bis sie sich in einen wahren Rausch geritten hatte. Es war phantastisch.« Sie senkte verlegen den Blick.

Marisa fragte trocken: »Und du bist danach, als Jenny fertig war, ganz brav mit ihr nach Hause gegangen?«

Lucy grinste verrucht. »Oh, nein, Marisa. Wenn man ein so leidenschaftliches Schauspiel erlebt hat, kannst du dir denken, dass ich auch auf dem Stuhl Platz nehmen wollte. Er hat in mich hinein gepumpt, bis ich vor Lust fast umfiel. Wir haben einen wilden Galopp hingelegt, das kannst du mir glauben.«

Marisa lachte, und weil ihre Laune wiederhergestellt war, beschloss sie, auch nach Crayhampton zu fahren – nicht, wie Lucy grinsend vorschlug, um Monsieur Gaston zu treffen, sondern um eine neue Schneiderin kennen zu lernen. Sie fand eine in der High Street und ließ ihre Maße nehmen. Sie gab ein kleines Vermögen für Seidenschals, Fächer und zierliche Tanzschuhe aus, dann kaufte sie noch Strümpfe, Spitze und anderen Kleinkram. Zum Schluss besuchte sie den Kutschenbauer, den Sir Julian ihr empfohlen hatte.

Sie kaufte eine feine Reisekutsche in marineblauem Lack und mit dick gepolsterten Sitzbänken. Die Kutsche war erst kürzlich für einen Gentleman des höchsten Standes gebaut worden, der dann aber unglücklicherweise sein Vermögen beim Kartenspiel verloren hatte, verriet der Kutschenbauer.

»Karten«, vertraute er ihr an, »sie sind der Fluch des braven Mannes, Miss Brooke.«

»Ja, dem kann ich nur beipflichten«, bestätigte sie und fuhr mit einer Hand sinnlich über das Messing des edlen Zubehörs ihrer neuen Kutsche. Sie brauchte noch ein Kostüm, das farblich auf die Kutsche abgestimmt war. Marineblauer Samt würde gut zu ihren blonden Haaren passen.

Nachdem sie sich für ein Kostüm entschieden hatte, das genau ihren Vorstellungen entsprach, kehrte sie im Bull and Crown ein, wo sie ein kleines abgetrenntes Zimmer beanspruchte, um mit Lucy das Essen in aller Ruhe genießen zu können. Sie aßen Fasan, labten sich an Erdbeeren mit Sahne und tranken einen teuren Claret, der wie Samt auf ihrer Zunge lag. Als John sie in der neuen Kutsche nach Hause fuhr, war es früher Abend, und die Sonne fiel schräg über die sanften grünen Hügel.

Marisa und Lucy legten sich zurück in die Polster, umgeben von Päckchen und Paketen und Hutschachteln. Marisa war sicher, Lord Delsingham überwunden zu haben. Er hatte also eine Verlobte. Eigene Dummheit. Lady Henrietta war wahrscheinlich prüde, spröde und jungfräulich, insgesamt also höchst langweilig, selbst wenn sie einer der besten Familien des Landes angehörte. Ha, falls Delsingham noch einmal zu ihr kommen würde, gab es nichts als Verachtung für ihn – was anderes hatte er nicht verdient.

Die Sonne senkte sich hinter den Hügeln, als sie sich Melbray Manor näherten. Marisa und Lucy öffneten eine Flasche Wein und machten es sich im Salon gemütlich, während sie, aufgeregt wie kleine Kinder, die Pakete und Päckchen öffneten. Marisa probierte ein Kleid aus weißem Musselin mit engen Ärmeln an und dazu eine narzissengelbe Tunika, während Lucy eine Pirouette drehte, um ihr fast durchsichtiges Kleid zu präsentieren.

»Glaubst du, Monsieur Gaston würde dieses Kleid gefallen?«, fragte Lucy grinsend.

»Ich glaube, es wird ihm am besten gefallen, wenn du es ausgezogen hast«, gab Marisa zurück und füllte die Gläser nach.

John zündete die Kerzen an und baute ein Feuer im Kamin, damit sie gegen die Kühle des Abends geschützt waren. Immer öfter schielte er hinüber zu den Frauen, die ihre neuen Kleider vorführten. Dann klopfte es laut gegen das Portal, und sie sahen sich entsetzt an.

John, dem Marisa eine schicke Uniform gekauft hatte, die seinen Status als Butler unterstrich, ging zur Tür, während Marisa und Lucy, inzwischen mehr als nur ein wenig angeheitert, die dünnen Kleider und Schals und Unterwäsche einsammelten, die überall verstreut lagen. Aber sie waren zu langsam, denn da traten schon drei Frauen ein, alle züchtig gekleidet, graue Kleider, graue Schals, graue Hüte. Die Gesichter blickten ernst. Um der Wahrheit die Ehre zu geben – sie zuckten nur leicht zusammen, als sie die leeren Weinflaschen und die Gläser sahen. Dann trat eine der Frauen vor, groß, stark gebaut, graues Reitkostüm. Sie streckte ihre Hand aus.

»Meine liebe Miss Brooke. Ich hoffe, wir kommen nicht ungelegen. Dies soll nur ein kurzer nachbarschaftlicher Besuch sein. Meine Freundinnen und ich organisieren kleine Veranstaltungen in unserer Kirchengemeinde. Cynthia ist die Gattin des Kirchenvorstehers. Wir haben einen Nähkreis, es gibt einen Musikabend und andere karitative Veranstaltungen, und wir würden es gern sehen, wenn Sie sich uns anschließen könnten.«

Marisa schaute Hilfe suchend zu Lucy, die in ihrem

durchsichtigen Tüllkleid dastand und kicherte. Sie trat aus den Schatten und begrüßte die Frauen mit Handschlag.

»Wie nett von Ihnen, zu uns zu kommen«, sagte Marisa. »Bitte, nehmen Sie doch Platz. Darf ich Ihnen eine Erfrischung anbieten? Tee vielleicht?«

»Wir haben keinen Tee mehr«, raunte Lucy ihr zu.

Marisa wies verlegen auf die Weinflaschen. »Einen Wein für die Damen?«

Es entstand ein unbehagliches Schweigen. Eine der Frauen, hager, braune Haare und mit Brille, sagte atemlos: »Wein wäre großartig. Sonst kann ich nur zu Weihnachten ein Glas Wein trinken, wenn wir bei meinem Bruder sind. Dann gibt es ein Glas Wein zum Gänsebraten.«

»Vergiss nicht den Wein, den es zur Kommunion gibt«, sagte Cynthia, die Frau des Kirchenvorstehers. Sie war füllig und hatte ein hübsches Gesicht. Helle Haare lugten unter dem kleinen Hut hervor. »Mein Mann schließt ihn immer weg. Er sagt, er will die Dienerschaft nicht zum Saufen verführen, aber ich weiß, dass er mir den Wein nicht gönnt.«

Lucy füllte die Gläser mit dem trockenen Weißwein, von dem sie und Marisa auch getrunken hatten. Den Frauen schmeckte er, und ihre Gesichter blühten auf. Die große Frau im Reitdress trank ihr Glas in einem Zug aus und wandte sich in verschwörerischem Tonfall an Marisa.

»Wir haben Sie letzte Woche bei Sir Andrew Blockley gesehen«, begann sie. »Wir haben bemerkt, dass einige Frauen Sie geschnitten haben. Manche von uns zeigen den Neuen in dieser Gegend zuerst einmal die kalte Schulter. Aber wir haben gleich gedacht: Das ist eine, die frischen Wind bringen könnte.«

Die hagere, scheue Frau mit den braunen Haaren, die sie am Hinterkopf zu einem Knoten zusammengefasst hatte, trank auch zügig. »Oh, ja, das hoffe ich«, flüsterte sie und sah Marisa erwartungsvoll an.

Marisa wandte sich an John. »Wir haben doch heute Champagner mitgebracht, nicht wahr? Bringst du ihn herein, bitte?« Dann sah sie ihre Besucherinnen mit einem offenen Strahlen an. »Ich finde, wir sollten unsere Bekanntschaft stilgerecht feiern.«

John verbeugte sich und ging hinaus. Marisa hatte ihn mit einer kurzen, engen beigefarbenen Jacke ausgestattet, und die eng geschnittene Hose betonte seine muskulösen Backen und die festen Oberschenkel. Während er hinausging, sah Marisa, wie ihm drei Augenpaare andächtig folgten. In ihrem Kopf brauten sich alle möglichen Ideen zusammen.

Die Champagnerflasche wurde geöffnet, dann noch eine, und bald waren die Besucherinnen wunderbar angeheitert. Marisa beobachtete sie und glaubte, dass sie sich lange nicht mehr so gut amüsiert hatten. Sie erzählten ihr den neuesten Dorfklatsch, von Problemen mit den Dienstboten und vom gescheiterten Versuch im vergangenen Winter, eine Laienspielschar zu etablieren. Das Ende vom Lied war, dass der Hilfsgeistliche mit der leichtlebigen Tochter des Friedensrichters durchgebrannt war.

Hannah, die füllige Frau im Reitdress, die sich zuerst vorgestellt hatte, war eine passionierte Jägerin. Sie war mit dem hiesigen Magistrat verheiratet, einem Sir Henry Davenport, von dem sie mit zorniger Verachtung sprach.

Als John noch ein paar Scheite ins Feuer legte und die Vorhänge vorzog, wurde es warm und gemütlich im Schein der flackernden Kerzen. Die Frauen kicherten wie junge Mädchen, während sie weiter eifrig dem Champagner zusprachen. Die mit dem Dutt hieß Emily, sie war hübsch und noch ziemlich jung, was man aber erst sah, als sich der Dutt auflöste.

Marisa bedauerte das langweilige Leben der Frauen, in dem der Genuss von Wein oder Champagner zu den Höhepunkten des Jahres gehörte. Irgendwie musste sie den Frauen an diesem Abend noch etwas Besonderes bieten. Dann bemerkte sie, wie Cynthia und Emily neidvoll die neuen Kleider befingerten, die Lucy und sie kurz vorher ausgepackt und anprobiert hatten.

»Sie können sie gern anprobieren«, sagte sie lachend. »Suchen Sie sich aus, was Ihnen gefällt, und probieren Sie alles an.«

Rücksichtsvoll zog sich John in die Halle zurück, und in Windeseile paradierten sie in Wolken aus Musselin und Tüll herum, während Lucy und Marisa ihnen Mut zusprachen. Cynthia, die Frau des Kirchenvorstehers, sichtlich betrunken, die zerzausten Locken auf den Schultern, schritt in einem Seidenhemd herum, das bis zu den Waden reichte, und die schlanke Emily, die Marisa für eine Jungfer hielt, zog sich rasch aus und probierte einen Morgenmantel mit eingestickten chinesischen Motiven an, während Hannah, die Frau des Magistrats, die für die meisten Sachen zu korpulent war, ein Wickelkleid aus Tüll über dem eigenen Korsett trug.

Als die Frauen anfingen, sich über Männer zu unterhalten, trafen sich Lucys und Marisas Blicke, und beide hoben amüsiert die Augenbrauen. Cynthia hatte sich auf einem Samtsofa ausgestreckt und trank den Champagner nun aus der Flasche, und zwischendurch beklagte sie sich in einer schlurfenden Stimme über ihren einfallslosen Gatten.

»Er betrachtet Sex als eheliche Pflicht, wisst ihr? Er mag nicht, wenn ich mich bewege, und es gefällt ihm auch nicht, wenn ich ihn nackt sehe. Stellt euch vor, Mädchen, ich habe in einem ganzen Leben noch keinen erigierten Penis gesehen.«

Hanna die Jägerin lag in ihrem breiten Sessel, das Wickelkleid fiel auseinander, so dass ihre schweren Brüste über dem steifen Rand des Korsetts zu sehen waren. Schnaufend fragte sie: »Willst du den meines Mannes sehen? Wenn du einmal zwinkerst, hast du ihn schon verpasst. Und es ist so schnell vorbei bei ihm, er schiebt ihn rein, grunzt einige Male, und das war's dann, Mädchen. Ich würde gern mal eine Nacht mit einem richtigen Mann verleben.«

Sie schaute sehnsüchtig zu John, der wieder in den Salon getreten war, um Champagner nachzuschenken, wenn es erforderlich war. Marisa und Lucy fingen diesen Blick auf, und dann trafen sich ihre Blicke wieder.

Emily, der schlanken Jungfer, war der Champagner zu Gesicht gestiegen, ihre rosa Wangen leuchteten. Die braunen Haare hatten sich aus dem Dutt gelöst und lagen auf ihren Schultern. Sie lag auf dem Teppich vor dem Kamin und streichelte über den Brokatmantel. Ihre zarte Stimme zitterte ein wenig, als sie sagte: »Es heißt, dass Lord James Delsingham ein wunderbarer Liebhaber ist. Man sagt, wenn man eine Nacht in seinen Armen liegt, hat man die absolute Glückseligkeit erlebt.«

Marisa versteifte sich, aber Hannah lachte laut. »Arme Emily. Du steckst deine Ansprüche sehr hoch, wenn man bedenkt, dass noch kein Mann dich geritten hat. Delsingham spielt in einer anderen Liga, Emily, obwohl ich zugeben muss, dass ich selbst ähnliche Geschichten über ihn gehört habe.«

»Man darf doch träumen, Hannah«, sagte die rotwangige Emily, worauf die anderen lachten. Sie unterhielten sich prächtig, und so verwunderte es nicht, dass sie das Klopfen gegen das Portal nicht hörten – nur John hatte aufgepasst.

Er ging zur Tür und kam verwirrt zurück. »Da sind ein paar Männer, die Sie sehen wollen, Mylady«, raunte er in Marisas Ohr. »Sie sagen, dass Sie sie kennen.«

Marisa, froh darüber, dem Gespräch über Delsinghams Vorzüge entfliehen zu können, lief beschwingt durch die Halle und blieb dann wie angewurzelt stehen. »Seth!«, rief sie freudig erregt.

Es war tatsächlich Seth, der Zigeuner aus den Vauxhall Gardens, der dort in der Tür stand, Seth mit den dunklen Locken, dem goldenen Ohrring und den warmen braunen Augen. Hinter ihm erkannte sie den stämmigen bärtigen Caleb und daneben den schüchternen Tom, der sie scheu anlachte.

»Ich habe dir diesen Schmuck gebracht«, sagte er und hielt ihren kleinen kostbaren Ring zwischen Daumen und Zeigefinger.

»Danke, das ist aber lieb von dir«, hauchte Marisa und nahm den Ring an sich. »Aber wie hast du mich gefunden, Seth?«

»Wir Roma haben so unsere Beziehungen«, antwortete er, verschränkte die Arme vor der Brust und sah sie bewundernd an. Er trug ein weites, weißes Baumwollhemd, das in seinen engen Kordbreeches steckte, und dazu ein kurzes ärmelloses Wams. Unter dem locker gebundenen roten Halstuch stand sein Hemd offen, und Marisa konnte ein Dreieck seiner braunen Haut sehen, was sie schneller atmen ließ.

Sie erinnerte sich noch gut daran, wie geschmeidig sich sein Körper angefühlt hatte, welcher Genuss es war, seinen Penis zwischen den Brüsten zu fühlen. Der Champagner sang in ihrem Blut. Sie begehrte ihn genau wie damals.

»Ich habe auch gehört«, fuhr er fort, »dass die schöne neue Herrin von Melbray Manor die Hilfe von verlässlichen Dienern braucht. Nun, hier sind wir. Ich, dann Caleb, der stark wie ein Ochse ist, und der junge Tom, noch unerfahren, aber er lernt schnell.« Seine Augen zwinkerten. »Wir können im Haus arbeiten, in den Ställen oder draußen auf dem Besitz – überall, wo Sie Hilfe benötigen, Herrin.« Sein Blick blieb an ihrem schönen Kleid hängen.

Marisa war sich der gespannten Stille im Salon bewusst. Sie drehte sich um und sah, dass Lucy und die drei Besucherinnen leise in die Halle getreten waren und nun gebannt auf die gut aussehenden, robusten Zigeuner starrten. Maria wies zum Salon. »Kommt herein, Seth, Caleb und Tom. Ich glaube, ich habe jetzt schon Arbeit für euch.«

Die Frauen gaben sich plötzlich schüchtern, sie versuchten verzweifelt, ihre Kleider zu ordnen, aber gleichzeitig bemerkte Marisa auch, dass sie mit fiebrigen Blicken auf die jungen Kerle starrten. Marisa ging an ihnen vorbei in den Salon und blies die Kerzen aus; nur zwei ließ sie brennen. Dunkelheit, wusste sie, war ein Freund der Sinnlichkeit.

»Ladys«, sagte sie in das atemlose Schweigen hinein, »ich möchte ein Spiel vorschlagen.« Aus den Augenwinkeln sah sie Seth' spöttisches Grinsen. Sie wandte sich ihm zu und murmelte: »Diesmal ohne Tricks, das verspreche ich.« Er nickte.

Keine Tricks, dachte sie schmunzelnd, aber ich werde es so deichseln, dass ich dich heute Abend noch haben werde.

Sie ging zu ihrem kleinen Walnusssekretär und holte einen Würfel heraus. Die Frauen verfolgten sie auf Schritt und Tritt mit ihren neugierigen Blicken, atemlos vor Erwartung.

»Wir veranstalten eine Versteigerung«, verkündete Marisa. »Hier haben wir vier stattliche Männer: Seth, Caleb, Tom und natürlich John. Sie sind alle meine Diener und werden meine Anweisungen aufs Wort befolgen.« Sie legte eine kurze Pause ein, weil sie wollte, dass die Frauen sich an den Gedanken gewöhnten. »Ja, eine Versteigerung, Ladys. Aber statt für die strammen Männer zu zahlen, werden wir um sie würfeln.«

»Vier Männer, fünf Frauen«, sagte Seth leise.

Sie lächelte ihn an. »Ich kann warten. Eine kleine Weile jedenfalls.«

Jemand hustete nervös, und Emily, die schüchterne Jungfer, sah so aus, als wäre sie einer Ohnmacht nahe. Aber dann trat die unnachahmliche Lucy vor und nahm den Elfenbeinwürfel in die Hand, und John füllte die Gläser nach und holte neue für die Männer, die sich im Salon auf den Boden setzten.

Marisa kuschelte sich auf das Samtsofa neben dem Kamin, strich das eng anliegende Kleid glatt und betrachtete die Gäste höchst zufrieden. Sie nippte am Champagner und fühlte sich ganz entspannt.

Lucy, die wunderbare, übermütige Lucy, deren volle Brüste fast aus dem Mieder fielen, ließ Tom zuerst aufstehen. Er grinste die Frauen verlegen an, die ihn stumm und erregt musterten. Er sah verlockend süß aus. Weiche braune Haare, schlanker, drahtiger Körper.

Sie alle würfelten, und Emily warf die höchste Zahl. Sie war vom ungewohnten Genuss des Alkohols so trunken, dass sie vor Aufregung bald gestolpert wäre. Sie hatte absolut keine Ahnung, was sie tun sollte. Tom nahm ihr behutsam die Brille ab, öffnete die letzten Haarsträhnen, die noch von Nadeln im Dutt festgehalten wurden, und küsste Emily zärtlich auf den Mund. Der lange Brokatmantel fiel auseinander und enthüllte ihren schlanken, mädchenhaften Körper mit den kleinen, festen Brüsten.

Emily wollte nur, dass er sie küsste, das war Aufregung genug für sie. Aber Tom, der sie offenbar sehr mochte, hatte andere Vorstellungen. Er neigte den Kopf und küsste ihren Busen. Die Zunge strich über die sanften rosa Nippel, bis sie sich hart versteiften. Zuerst stand sie fast bewegungslos da, aber dann drückte sie sein Gesicht gegen ihre Brüste.

»Oh«, keuchte Emily, »das hat noch niemand mit mir gemacht. Wie lüstern, wie sündhaft. Bitte, hör nicht auf.«

Tom koste sie noch eine Weile, leckte und saugte ihre Brüste, und sie erschauerte und stieß hechelnd den Atem aus. Dann nahm er ihre Hand und presste sie gegen seinen Schoß, damit sie die harte Beule in seiner Hose fühlen konnte. Errötend nestelte sie an den Knöpfen.

Cynthia, die Frau des Kirchenvorstehers, gewann John, worüber sie begeistert war. Sie wies ihn an, sich langsam seiner Kleider zu entledigen, was auch für die anderen Frauen zu einem köstlichen erotischen Spektakel wurde. John strippte mit gelassener Selbstsicherheit. Als er seine Breeches öffnete und hinunterschob, beugte Cynthia sich neugierig vor und richtete den Blick auf seinen dicken, langen Penis. Sie drückte die Handfläche gegen ihr glühendes Gesicht.

»Ein Mann«, ächzte sie, »ein echter Mann. Ah, ich muss dich mit den Händen spüren, ich will dich schmecken, du schöner Mann.« Sie ließ sich auf die Knie nieder, streichelte mit zitternden Fingern über den Penis, und als Johns beeindruckender Stab voll ausgefahren war, stieß sie einen Freudenlaut aus und hauchte einen Kuss auf die pralle Spitze, bevor sie mit der Zunge am dicken Schaft entlang fuhr.

Cynthia gluckste froh und stülpte den Mund über die Eichel, während sie mit fliegenden Fingern ihr dünnes Hemd abstreifte. Darunter trug sie nur noch die blassen Seidenstrümpfe, die sie eben erst anprobiert hatte. Sie richtete sich ein wenig auf, hielt die Stange in der Hand und rieb sie über ihre wogenden Brüste. John rang um Fassung.

»Oh, du wunderbarer Mann. Was für ein pralles Stück! Was für eine Wonne, damit zu spielen.«

Caleb und Seth mussten noch ausgewürfelt werden. Marisa blieb auf dem Sofa und zwang sich dazu, ruhig zu bleiben und nicht mitzumachen, obwohl ihre Erregung immer stärker wurde. Tom hatte Emily in eine dunkle Ecke des Zimmers geführt, er legte sie behutsam auf den Boden , spielte ausgiebig mit ihr, bis ihr Körper unkontrolliert zu zucken begann. Er legte sich auf sie, stützte sich mit einer Hand ab, damit sein Gewicht sie nicht belastete, und führte den Schaft langsam zwischen ihre Schenkel Sie stieß leise wimmernde Laute aus und fuhr mit den Händen über seinen nackten Rücken.

John, weniger rücksichtsvoll, hatte Cynthia angewiesen, sich auf alle viere niederzulassen, und besorgte es ihr von hinten.

Lucy würfelte um Caleb und erzielte eine Fünf. Hannah zog gleich. Lucy blickte mit glühenden Augen auf die kräftige Gestalt Calebs und meinte zu Hannah: »Glaubst du nicht auch, dass er mit uns beiden fertig wird?«

Lachend und glucksend legten die Frauen ihre restlichen Kleider ab, dann griffen sie Caleb an, sie rangen mit ihm und schafften es, ihn auf den Boden zu werfen. Gemeinsam zogen sie ihn aus. Hannah juchzte vor Lust, als sie seinen gewaltigen Schaft sah, der sich aus einem Nest dunkler krauser Haare erhob, während Lucy rief: »Ah, ich liebe Männer mit Bart. Verwöhne mich mit deiner Zunge, großer starker Mann.« Im nächsten Moment saß sie auf seinem Gesicht, und als er zu lecken begann und den heißen Lustknopf fand, warf sie den Kopf in den Nacken und spielte mit ihren vollen Brüsten. Sie zupfte an den harten Nippeln und hörte Caleb begeistert grunzen.

Hannah die Reiterin grätschte über ihn und pfählte sich auf dem zuckenden Schaft. Sie rief laut ihre Lust hinaus, als sie sich Stück für Stück sinken ließ und so gefüllt wurde wie noch nie in ihrem Leben. Zuerst bewegte sie sich vorsichtig auf ihm, aber dann wurde sie mutiger und hüpfte immer schneller auf und ab.

»Das nenne ich einen richtigen Mann«, rief sie. »Stoß tief

in mich hinein, du guter Junge, ja, komm, härter. Ja, ja, ja.« Wie im Fieberwahn ruckte sie auf und ab, und ihr Körper wurde von einer Lustwelle nach der anderen geschüttelt.

Marisa biss sich auf die Unterlippe, als sie die beiden Frauen bei Caleb beobachtete; ihr Verlangen löste Fieber in ihrem Körper aus. Emily war keine Jungfer mehr und wollte jetzt lernen, wie man den Mann mit dem Mund verwöhnte, während John die Frau des Kirchenvorstehers anfeuerte.

Plötzlich sah Marisa, dass Seth sich näherte. Er schenkte Champagner in ihr Glas und reichte es ihr, dann schenkte er sich selbst nach und setzte sich neben sie auf das samtene Sofa.

Sie lächelte ihn an. »Du warst mir nicht böse an diesem Abend in Vauxhall Gardens, Seth?«, fragte sie. »Ich meine, weil ich weggerannt bin.«

»Nein, ich war dir nicht böse«, sagte er leise. »Im Gegenteil, ich halte dich für eine wunderbare Frau. Deshalb wollte ich dich finden.« Sanft legte er einen Arm um sie und schlüpfte mit der Hand unter das Mieder, und Marisa stockte der Atem, als sie seine kräftigen Finger auf ihren geschwollenen Brüsten spürte. Behutsam hob er die Halbkugeln aus dem Mieder, und dann nahm er beide Brüste in seine Hände. Mit den Daumenballen fuhr er leicht über die steifen rosa Nippel.

»Ich bin froh, dass du mich gefunden hast«, flüsterte sie, die blauen Augen verhangen vor Begierde. »Es hat mir Leid getan, dich austricksen zu müssen.«

Er nahm die Nippel zwischen zwei Finger und drückte sie. »Du und ich, wir müssen noch eine Sache zu einem richtigen Ende bringen«, raunte er.

Sie lehnte sich zurück, die Augen halb geschlossen, um ihre Lust besser genießen zu können, und ließ sich von ihm streicheln und küssen, während er sie genüsslich aus ihren

Kleidern schälte. Sich selbst zog er auch aus, und Marisa riss die Augen weit auf, als sie seinen schönen gebräunten Körper sah. Sie zog ihn an sich und rieb die Brüste über seinen muskulösen Brustkorb.

Er legte sie auf den Rücken und hob ihre Knie an, dann duckte er sich zwischen die gespreizten Schenkel und strich mit der Zunge über die geschwollenen Labien, auf und ab, erst die eine, dann die andere. Erst als sie schon glaubte, es nicht länger ertragen zu können, strich die Zungenspitze leicht über die pochende Klitoris.

Sie sah den langen Penis, der ungeduldig zuckte. Sie stöhnte laut und grub ihre Fingernägel in die Haut seines Nackens und konnte ihr fiebriges Verlangen nicht länger verheimlichen. Er ahnte ihre Not und rutschte zu ihr hoch, um sie zu küssen. Sein dunkles Gesicht glänzte von ihrem Saft. Er flüsterte ihr geheimnisvolle Worte in der Sprache der Roma zu, die sie nicht verstand, deren Bedeutung sie aber ahnte, und dann zitterte sie vor Entzücken, als sie den langen heißen Stab in sich spürte.

Sein Phallus war kräftig und seiden, und er fühlte sich so gut an, wie sie es gewusst hatte – nein, noch besser. Sie schlang die Beine um seinen Rücken und spannte ihre inneren Muskeln an. Er drang jetzt noch tiefer in sie ein, und sie spürte die süße Lust, die sich in ihrem Unterleib entfaltete. Bei jedem Stoß reizte er ihre Klitoris, und sie krümmte sich immer mehr, sie keuchte und stöhnte und ließ den Körper in ihrer Ekstase tanzen, und dann spürte sie das konvulsivische Zucken seines Penis tief in ihr – oh, Himmel, war das gut, so gut.

Sie blieben lange aufeinander liegen, bis sich ihr Atem wieder erholt hatte. Sein Körper klebte auf ihrem, verbunden von ihrem gemeinsamen Schweiß. Sie streichelte die dunklen Locken in seinem Nacken und gab einen Laut der absoluten Befriedigung von sich.

Amüsiert stellte sie fest, dass die anderen nicht genug bekommen konnten. Es hatten sich neue Gruppen gebildet, aber Marisa war zu glücklich, um sich jetzt noch daran erregen zu können.

Seth hob den Kopf und schaute dem Treiben der anderen kurz zu. »Das sind deine neuen Nachbarn?«, fragte er.

»Ja, meine neuen Nachbarn. Sie sind gekommen, um mich zu ihrem kirchlichen Nähkreis einzuladen. Auf dem Land gibt es immer wieder Überraschungen.« Sie streichelte zärtlich über seinen Rücken. »Wirst du bleiben?«

»Gern«, sagte er. »Aber nur für eine Weile. Zigeuner halten sich nie lange an einem Ort auf.«

»Ich weiß«, meinte Marisa lächelnd. »Ich auch nicht.« Dann fiel ihr etwas anderes ein. »In Vauxhall waren zwei Frauen bei euch, Seth. Wo sind sie jetzt?«

»Sie sind in der Nähe.« Er streckte sich nach seinen Kleidern und zog langsam sein Hemd und die Breeches an. »Sie arbeiten für einen noblen Gentleman auf der anderen Seite des Tals. Er hört sich ziemlich verdreht und verbogen an, wenn du mich fragst, aber er zahlt gut, deshalb sind die Mädchen zufrieden.«

Marisa hob die schönen Bogen der Brauen. »Oh? Wie ungeheuer spannend. Ich hätte nie vermutet, dass es in unserer Gegend verbogene Gentlemen gibt.« Ihr Blick schweifte durch den Salon. »Offenbar habe ich mich geirrt.«

Seth lachte. »Wie du schon gesagt hast, auf dem Land erlebst du immer wieder neue Überraschungen.« Er schenkte ihnen Wein ein, und Marisa kuschelte sich gegen seinen Arm. Sie fühlte sich entspannt und glücklich.

Irgendwann verabschiedeten sich die drei Besucherinnen, nachdem sie der neuen Nachbarin Marisa ewige Freundschaft geschworen hatten. John bot ihnen an, sie nach Hause zu fahren.

Hinter dem Haus gab es geräumige Quartiere fürs Personal, die Lucy ihnen bereitwillig zeigte. Marisa grinste. Lucy versprach sich bestimmt etwas davon, Caleb zu Bett zu bringen. Marisa selbst überlegte sich einen kurzen Moment, ob sie Seth mit zu sich ins Bett nehmen sollte, sie war schon lange nicht mehr morgens neben einem Mann aufgewacht, aber dann entschied sie sich doch dagegen. Erstens wollte sie Zeit zum Nachdenken haben, und zweitens gehörte es zu ihren wichtigsten Regeln, keine ernsthafte Beziehung aufzubauen. Sie führte meist zu Komplikationen.

So ging sie allein zu ihrem nach Rosen duftenden Gemach und wusch sich mit dem warmen Wasser, das Lucy ihr bereitgestellt hatte. Sie schlüpfte in ihr Batistnachthemd, setzte sich auf die Bank unterm Fenster, zog die schweren Vorhänge zurück und schaute hinaus auf die mondbeschienenen Gärten.

Das war ein lustiger Abend gewesen. Wenigstens drei ihrer neuen Nachbarn waren froh, dass sie jetzt hier war, und sie wusste, dass sie kein Wort von den Geschehnissen erzählen würden. Eher war anzunehmen, dass sie bald zurückkommen würden.

Irgendwo in der Dunkelheit schrie eine Eule, und ein Schauer lief ihr bei dem melancholischen Laut über den Rücken. Seth war ein guter Liebhaber, besser als das Minimum, das sie sich gesetzt hatte – eine Zehn. Vielleicht war er sogar ein König. Aber eben nicht ein Ass wie Delsingham.

Sie runzelte die Stirn. Schade. Wenn er zurückkam – falls er zurückkam –, nachdem er seine aristokratische Verlobte besucht hatte, würde sie ihn nicht einmal empfangen, von irgendwelchen Vertraulichkeiten ganz zu schweigen.

Draußen in den Gärten glaubte sie hinter einigen Büschen eine Bewegung bemerkt zu haben. Vielleicht ein

Tier, beruhigte sie sich. Aber plötzlich war ihr kalt, und sie drehte sich um, stieg in ihr Himmelbett und fiel in einen tiefen entspannenden Schlaf.

Seit Seth, Tom und Caleb den Haushalt von Melbray Manor ergänzten, fühlte sich Marisa noch glücklicher mit ihrem wunderschönen Erbe. Während der langen Sommertage waren die Männer draußen beschäftigt, sie schnitten Bäume und Sträucher zurück, fällten Bäume, die durch Sturmschäden gelitten hatten, und reparierten Zäune. Ihre Körper nahmen unter der Sonne eine immer dunklere Farbe an.

Lucy war hingerissen von den Zigeunern, deshalb besänftigte Marisa ihren enttäuschten Butler John, indem sie ihn auch zum Verantwortlichen für die Ställe ernannte, in denen jetzt zwei sehr schöne rötlichbraune Pferde für die Kutsche standen, ein Jagdpferd für John sowie die Stute, die Ormond ihr aufgedrängt hatte. Lucy hatte ein paar Mädchen aus dem Dorf eingestellt, die jeden Tag zu Fuß kamen und für ein paar Stunden mit Waschen und der Hausreinigung beschäftigt waren, und wenn sie das erledigt hatten, mussten sie in der Küche aushelfen.

Marisa kleidete sich stets als feine Lady. Sie erwiderte die Besuche ihrer neuen Freundinnen Hannah, Cynthia und Emily, und sie empfing auch einige Besucher. Ab und an stellte sich Sir Julian Ormond ein, erkundigte sich nach ihrem Wohlbefinden und gab Ratschläge zur Bewirtschaftung ihres Landbesitzes. Sie transferierte einen Teil ihres Geldes, das er für sie investieren wollte, und er versprach, sie bald über weitere profitable Geschäfte zu informieren, sobald er die geeigneten Tipps von seinem Freund in der City erhalten hatte.

Ormond war stets höflich und freundlich, aber als er

eines Tages gegangen war, meinte Lucy düster: »Dem da traue ich nicht über den Weg. Er strahlt was Dunkles aus, was Unheimliches. Er ist mir viel zu glatt, dieser Typ.«

Marisa lachte und verdrängte ihre eigenen Bedenken in die unterste Schublade ihres Bewusstseins, denn wenn sie Ormonds Hilfe in Anspruch nahm, konnte sie Delsingham ärgern, und das war ihr wichtig. »Liebe Lucy, deine Phantasie geht mit dir durch. Dich langweilt wohl das Leben auf dem Lande.«

Lucy grinste, und die braunen Augen leuchteten. »Ich und gelangweilt? Oh, nein, Miss Marisa, ich habe mich noch nie so wenig gelangweilt wie gerade jetzt.«

Lucy und Caleb waren ineinander verknallt. Lucy konnte von dem starken bärtigen Zigeuner nicht genug bekommen. John entschädigte sich mit den beiden Mädchen aus dem Dorf, wie Marisa zufällig entdeckt hatte. Seither sorgte sie sich nicht mehr um ihn, und außerdem hatte sie ihren Seth.

Oft saßen sie abends vor dem Kaminfeuer, tranken Wein, erzählten sich Geschichten oder spielten Karten. Marisa zeigte ihm, wie der Trick mit dem kleinen goldenen Ring funktionierte. Seth revanchierte sich, indem er ihr Grundbegriffe des Kartenlesens beibrachte.

Eines Abends lagen sie auf dem dicken Teppich vorm Kamin, und er mischte die Karten und drehte die drei Karten, von denen er sagte, dass sie ihre Zukunft enthielten.

»Das ist deine erste Karte, Marisa«, sagte er. »Herz Ass, das Symbol für Wohlhabenheit und Liebe.«

Sie lachte, und die blauen Augen glänzten im Schein des Feuers. »Ja, stimmt. Dreh die nächste Karte um, Seth.«

Sein Gesicht verdunkelte sich ein wenig. Er zögerte. Marisa schob seine Hand von der Karte und sah Karo König. »Was bedeutet er?«

»Diese Karte bedeutet, dass du einen heimlichen Feind hast, Marisa.«

»Was für ein Quatsch«, sagte sie lachend.

Er sah sie nachdenklich an und drehte langsam die dritte und letzte Karte um.

Pik Ass. Sie spürte, wie ihr die Farbe in die Wangen stieg. »Die dritte Karte steht für den Mann in deinem Leben, Marisa«, erklärte Seth. »Kennst du ihn?«

»Natürlich nicht«, sagte sie und hörte, wie ihre Stimme zitterte. »Ich meine, das ist doch sowieso nur Unsinn, oder, Seth?«

Er küsste sie zärtlich, und dann liebten sie sich vor dem Kamin, aber die drei Karten gingen ihr nicht aus dem Kopf. Sie schienen sie höhnisch anzugrinsen.

Achtes Kapitel

Als Rowena hörte, dass die Zigeuner in Melbray Manor eine neue Bleibe gefunden hatten, wurde sie fuchsteufelswild. An einem Abend schlich sie aus Ormonds Haus und lief zum Lager. Sie hoffte, dort zu hören, dass die Gerüchte nicht stimmten, dann könnte sie eine halbe Nacht mit Seth verbringen. Aber als die anderen ihr sagten, Seth, Caleb und Tom hätten sich tatsächlich in Melbray Manor eingenistet, kochte ihr Blut, und sie stellte sich vor, wie die listige blonde Schlampe sich mit ihrem Seth vergnügte.

Benommen schlich sie sich nach Greenfallow Park zurück, und wie üblich benutzte sie die Hintertreppe, aber sie musste leichtsinnig gewesen sein, denn auf der Hälfte der Stufen sah sie schon, wie Ormond ihr den Weg versperrte. Er starrte sie strafend an, so kalt und bedrohlich, dass ihr Magen sich vor Furcht drehte.

»Wo bist du gewesen?«, fragte er streng.

»Draußen«, antwortete Rowena trotzig, warf die roten Locken über die Schultern und sah, dass er mit den Augen gierig ihren Körper abtastete. »Ich konnte nicht schlafen, verstehen Sie? Da bin ich an die frische Luft gegangen. Für uns Roma ist es ungewohnt, die ganze Zeit ein Dach überm Kopf zu haben.«

Er packte ihren Arm, er tat ihr nicht weh, aber sie spürte die Drohung seiner Fingerspitzen. »Ich hoffe, du willst hier nichts stehlen, denn ich hasse Menschen, die mir nehmen wollen, was mir gehört.«

»Natürlich nicht«, sagte sie empört. Ihr Herz pochte heftig, denn sie und Matty hatten unter ihren Matratzen einen hübschen Vorrat an Kleinkram und Silber gehortet. »Uns Zigeunern können Sie trauen, Mylord.«

»Wirklich?«

»Warum denn nicht, Mylord?«, entgegnete sie hitzig. »Die Lady von Melbray Manor vertraut einer ganzen Sippe von Zigeunern. Sie nimmt sie sogar mit ins Bett.«

Es entstand ein kurzes Schweigen, dann sah sie einen Ausdruck auf seinem Gesicht, der sie erschauern ließ. »Was sagst du da?« Seine Hände packten sie noch fester.

Rowena hob den Kopf. »Wissen Sie das denn nicht? Diese feine Marisa Brooke verlustiert sich mit Zigeunern.«

Er packte ihre Handgelenke und zerrte sie in seine Privatgemächer. Rowena stolperte hinter ihm her. Wieso war er so wütend? Sie ahnte plötzlich, dass dies eine gute Gelegenheit war, Rache zu nehmen. In seinem Schlafzimmer ließ er sie los, und sie sank auf den Boden, den Rücken ans Bett gelehnt. Er stand vor ihr, der Atem gehetzt. »Wenn du mich anlügst ...«

Sie leckte sich die Lippen. »Oh, nein, Mylord, ich lüge nicht. Sie können jeden anderen fragen.« Ihr fiel auf, dass seine blassen Augen starr auf ihre Brüste gerichtet waren, noch hinter dem einschnürenden Mieder verborgen. Unauffällig zog sie den Ausschnitt der Bluse ein wenig nach unten. »Es sieht so aus, dass Miss Brooke sich gern von Zigeunern bedienen lässt. Sie sind gut bestückt, und sie kennen viele geheimnisvolle Tricks, und während sie im Bett liegen, raunen sie ihr verbotene Worte aus der Romasprache ins Ohr.«

Wie selbstvergessen streichelte sie ihre Brüste und zog an den langen braunen Nippeln. Ormonds Gesicht war fahl geworden. Sie hob einen Arm und überlegte, ob sie über die dicke Beule in seiner Hose streicheln sollte.

»Diese Schlampe, die Herrin von Melbray Manor«, flüsterte sie, »bettelt die Zigeuner sogar an, dass sie es ihr ordentlich besorgen. Sie gibt sich zwar als feine Lady aus, aber sie ist nichts anderes als eine hochklassige Hure.«

Ormond schüttelte sich. »Nein, das kann nicht stimmen.«

Rowena blickte hoch und öffnete seine Breeches. Er stöhnte laut, als sie seinen zuckenden Penis freilegte und ihn geschickt zu reiben begann.

»Doch, doch, es stimmt«, seufzte Rowena. »Matty und ich haben die Zigeuner in ihrem Lager in Aktion gesehen. Wirklich schmutzig, diese Typen. Mylord, Sie würden gern zusehen, wenn sie mit der Schlampe von Melbray Manor zugange sind, nicht wahr?« Sie reckte sich hoch und rieb seinen zuckenden Schaft über ihre Brüste. »Stellen Sie sich vor, alle drei nimmt sie mit in ihr Bett. Das muss eine Wonne sein, ihnen dabei zuzusehen. Mylord, wenn Sie den Zigeunern genug zahlen, werden sie es Ihnen ermöglichen, da bin ich mir sicher.«

Sie stülpte den Mund über Ormonds pochendes Organ, und während sie mit dem Kopf auf und ab fuhr, spürte sie, wie er ihre Schultern packte und erschauerte. Sie musste angestrengt nachdenken. Geld – hinter allem steckte Geld. Die blonde Schlampe zahlte die Zigeuner gut, sonst wäre Seth niemals auf sie hereingefallen. Sie musste ihm viel Geld angeboten haben, sonst hätte er sich nicht mit ihr eingelassen. Was für ein verdammtes Luder.

»Sie ist eine Schlange«, stöhnte Rowena, zog sich von Ormonds erregtem Schaft zurück und streichelte seine Hoden. »Eine dreckige Schlampe, die sich auf dem Schwanz eines Zigeuners windet – stellen Sie sich das mal vor, Mylord! Oh ...«

Sie brach ihre Manipulationen ab, denn Ormond war am Ziel, viel schneller als sonst. Keuchend und ächzend rief er ihren Namen, und als er sich wieder gefangen hatte, sah er sie kalt an und fragte: »Weißt du sicher, dass das stimmt?«

»Was Miss Brooke und die Zigeuner angeht? Ja, natürlich«, antwortete sie verbittert und erwiderte seinen kalten Blick. »Es ist hundertprozentig wahr.«

»Das ist zuviel, das muss ein Ende finden.« Einen Moment lang schien er vergessen zu haben, dass Rowena noch bei ihm war. Sie ließ sich wieder zu seinen Füßen nieder, aber dann sagte er: »Genug. Hau jetzt ab.«

Sie hastete zurück auf ihr Zimmer, das sie mit Matty teilte, und legte sich, halb triumphierend und halb verängstigt ins Bett.

Ein paar Tage, nachdem Seth ihr die Karten gelegt hatte, erlebte Marisa einen gehörigen Schock.

Sie ritt über ihren Besitz, war einige Meilen vom Haus entfernt und wusste, dass sie sich dem Besitz von Lord Delsingham näherte. Sie ritt durch den Bach, als die Stille des heißen Augustnachmittags von der Explosion eines Gewehrschusses zerschmettert wurde.

Die Krähen stoben aus den Bäumen auf, Marisas Pferd stellte sich auf die Hinterbeine, und sie wäre fast gestürzt, wenn sie sich nicht verbissen an der Mähne festgehalten hätte. Im nächsten Moment hörte sie Pferdehufe hinter sich.

Seth glitt aus dem Sattel und rief: »Wirf dich zu Boden, Marisa! Verdammt, auf den Boden!«

Er zog sie so heftig vom Pferd, dass ihr keine andere Wahl blieb. Seth' Pferd schnaubte, und dann streifte eine zweite Kugel dicht über ihren Kopf hinweg.

Danach folgte absolute Stille. Stumm und zitternd lag Marisa im Gras.

»Alles in Ordnung«, raunte Seth. »Alles ist gut.«

Sie richtete sich auf, die blauen Augen weit geöffnet und verwirrt. »Jemand hat versucht, mich zu erschießen, Seth.«

Er runzelte die Stirn, aber dann sagte er rasch: »Ach,

Unsinn. Das wird irgendein verrückter Wilderer gewesen sein. Ich werde Caleb und Tom in den Wald schicken, um ihn aufzustöbern, aber zuerst werde ich dich nach Hause bringen. Du zitterst am ganzen Körper. Du musst mir versprechen, Marisa, dass du nicht mehr allein reitest. Gibst du mir dein Wort?«

»Ja«, flüsterte sie. Seth pfiff ihrem verstörten Pferd und beruhigte es mit leiser Stimme und streichelnden Händen. Er half ihr in den Sattel, und in diesem Moment musste sich Marisa an den anderen Zwischenfall erinnern, als sie vom Pferd geflogen war. Delsingham hatte gesagt, dass jemand den Sattelgurt präpariert hatte. Sie hatte ihn ausgelacht, aber heute war ihr nicht nach Lachen zumute. Ihr fielen die Karten ein, die Seth ihr gelegt hatte. Karo Bauer. Ein heimlicher Feind.

Gott im Himmel, dachte sie verwirrt, ich habe die Spielhöllen und Bordelle in den Elendsvierteln von London überlebt, habe Räuberbanden im Covent Garden ausgetrickst – aber noch nie war ich so in Angst wie jetzt.

Sie nahm Seth' Warnung ernst, und zwei Tage später ritt sie in seiner Begleitung zu einer nahen Farm, um einen Vorrat an Mais einzukaufen. Der Farmer versprach, die Ladung zu einem guten Preis in ein paar Tagen zu liefern, und nachdem sie gemeinsam mit der Farmersfrau ein Glas des selbstgebrauten Ale getrunken hatten, begaben sich Marisa und Seth in der Nachmittagssonne auf den Heimweg. Die Bäume standen in vollem Laub, und die Luft roch nach Heckenrosen. In der Ferne sahen sie Vieh träge auf den Weiden stehen, die Schwalben flogen über den kleinen Bach und jagten die Wolken von tanzenden Mücken.

Seth sang melancholische Zigeunerlieder. Er hatte eine sanfte Stimme, und Marisa hörte verzaubert zu. Als er aufhörte, sang sie eine Ballade über eine junge Frau, die regelmäßig bestimmte Bordelle in Leicester Fields besuchte. Sie lachten, und dann wechselten sie sich ab und ersannen immer unanständigere Strophen, während ihre Pferde durch den Staub des Pfads nach Melbray Manor trabten.

Ihr Gesang wurde abrupt unterbrochen, als sie Pferde hörten, die durch das dichte Unterholz entlang des Pfads preschten. Seth' Hand lag schon auf seiner Pistole. Er zischte laut: »Marisa, reite um dein Leben!«

Es war zu spät, denn im nächsten Augenblick wurden sie von vier großen Kerlen mit ihren Pferden eingekesselt. Ihre Waffen waren auf Seth und Marisa gerichtet. Der eine von ihnen, ein rothaariger Mann mit einem brutalen Gesicht, sagte zu Seth: »Lass die Pistole fallen, Zigeuner. Versuch keine Tricks, sonst bist du tot, und deine feine Hure auch.«

Seth stieß einen wütenden Laut aus und trieb sein Pferd auf den Mann zu, der gesprochen hatte, aber ein anderer der Raufbolde schlug ihm seinen Gewehrschaft gegen den Hinterkopf, und Seth stürzte schwer von seinem Pferd.

Marisa schrie entsetzt auf und hatte Mühe, ihre aufgeregte Stute zu beruhigen. Die Kerle sahen verwahrlost und brutal aus, sie trugen verdreckte, zerrissene Kleidung, und die Hüte hatten sie tief in die Stirn gezogen. Zwei von ihnen stiegen rasch ab und knieten neben Seth nieder, der stöhnend auf dem Boden lag, während die beiden anderen sich um Marisa kümmerten und sie gewaltsam aus dem Sattel holten. Sie beschimpfte sie mit allen wüsten Worten, die ihr einfielen, und wollte mit der Peitsche nach ihnen schlagen, aber einer entwand ihr lachend die Peitsche.

»Hätte nicht gedacht, dass du überhaupt solche verruchten Wörter kennst, dabei siehst du so unschuldig aus, Darling. Sei jetzt still und verhalte dich ruhig, dann passiert dir nichts.«

»Dann lasst mich gehen, ihr Bastarde«, zischte Marisa

wütend, während die beiden ihr die Handgelenke fesselten. »Was wollt ihr? Schmuck? Geld? Ich habe nicht viel bei mir, aber was ich habe, kann ich euch gern geben. Doch lasst meinen Diener und mich weiter reiten.«

Ihr Hut war vom Kopf gerutscht, und die langen blonden Locken ergossen sich über ihre Schultern. Sie starrten sie an, die heißen Blicke auf ihre Brüste gerichtet, die man unter dem engen Reitrock gut erkennen konnte. Einer von ihnen sagte: »Wir wollen nicht dein Geld oder deinen Schmuck, Miss Brooke. Hast du den Zigeuner im Griff, Varley?«

Das waren keine gewöhnlichen Wegelagerer. Sie kannten ihren Namen, und sie wollten etwas anderes. Marisas Angst wurde noch größer.

Seth wehrte sich, aber er hatte keine Chance. Der Mann mit den roten Haaren, der als Varley angesprochen worden war, band ihm die Arme auf dem Rücken fest und sagte lachend zu Marisa: »Das ist dein Diener, Lady? Ich denke eher, er ist dein dreckiger Bettzigeuner. Hat er genug Ausdauer? Ich habe gehört, diese Roma haben eine Menge Tricks drauf, um euch Ladys bei Laune zu halten. Hat er sie dir schon gezeigt?«

Marisa war bleich geworden, als sie mit ansehen musste, wie sie Seth fesselten und ihn auf alle viere auf den Boden zwangen. Seth' Gesicht war schmerzverzerrt.

»Lasst ihn gehen, ihr dreckigen Feiglinge«, schimpfte sie. »Er ist ein besserer Mensch als jeder von euch.«

Varley, offenbar der Anführer der Bande, lachte gemein. »Glaubst du? Vielleicht werden wir das noch herausfinden. Und wenn wir mit ihm fertig sind, bist du vielleicht nicht mehr so heiß auf ihn. Er ist ein Pferdedieb, nicht wahr, mein schöner Junge? Leute sind schon für geringere Verbrechen gehängt worden. Ein gemeiner Pferdedieb, der wahllos sein Vergnügen sucht. Wir haben den Auftrag, ihn zu strafen, damit er sein Zigeunergesicht in dieser Gegend nicht mehr sehen lässt.«

»Von wem habt ihr den Auftrag?«, rief Marisa empört, aber der Kerl lachte nur höhnisch. Seth' Gesicht war bleich, als sie ihn zum Stumpf einer gefällten Eiche schleppten. Sie banden ihn mit einem Strick an diesen Stumpf fest, nachdem sie ihn so postiert hatten, dass er mit einer Gesichtshälfte auf dem Stumpf lag.

Marisa startete einen Befreiungsversuch, aber die Kerle hatten sie im Griff. Ihr wurde übel vor Angst um den unglücklichen Seth. Sie wusste, dass sie ihm was Schreckliches antun würden. »Wenn ihr ihn in Ruhe lasst, werde ich euch viel Geld geben, das verspreche ich euch. Ich bezahle euch in Gold.«

Sie lachten. Varlay spottete: »Hört, hört, er bedeutet dir aber eine Menge, was? Aber man hat uns schon gut bezahlt, trotzdem vielen Dank, Lady. Wir haben mehr als genug Lohn erhalten, stimmt's, meine Freunde?«

Marisa leckte sich über die trockenen Lippen. »Man hat euch bezahlt, was zu tun?«

Varley lachte wieder. »Schau zu, dann wirst du es erleben. Unser Auftrag war klar genug, Lady. Wer weiß, vielleicht hast du ja deinen Spaß daran.«

Marisa war, als müsste sie sich übergeben. Die warme Tiefe des Waldes war ihr immer ein Quell der Ruhe und des Friedens gewesen, und jetzt wurde er zum Schauplatz dieses hässlichen Geschehens. Die leichte Brise hatte sich gelegt, die Luft war stickig geworden, und die Vögel hatten aufgehört zu singen. Varley riss Seth die Kleider vom gefesselten Körper.

Als Varley ein Messer zog, wich alle Farbe aus Marisas Gesicht, aber dann begriff sie, dass er das Messer nur benutzte, um den Gürtel von Seth' Kordhose zu durchtrennen. Er riss Seth' Hose nach unten und entblößte die glatten

Hinterbacken seines Gefangenen. Einer der Kerle lachte und redete leise mit Varley, der daraufhin nickte. Er öffnete den eigenen Gürtel und ließ ihn bedrohlich durch die Hände gleiten.

»Du weißt, was wir in dieser Gegend mit klauenden Zigeunern anstellen, mein schöner Junge«, sagte er. »Wir ledern ihre Ärsche, verstehst du? Als Warnung, als allerletzte Warnung.«

Sein Gesicht zeigte grimmige Entschlossenheit, dann holte er mit dem Ledergürtel aus und ließ ihn aufs Seth' nackten Hintern klatschen. Marisa schrie auf, als das Leder auf Seth' fester Haut landete, ihr wurde übel, als sie die roten Striemen sah, die auf dem schönen Gesäß sofort aufblühten.

Seth zerrte an seinen Fesseln, nicht, weil sie ihn schmerzten, sondern weil er die Erniedrigung nicht mehr ertragen konnte. Er hatte die Augen geschlossen und wartete auf den nächsten Schlag. Die Backen leuchteten feuerrot, aber Varley war noch lange nicht fertig. Er tobte sich an Seth aus, und Marisa spürte, wie ihr die Tränen über die Wangen rannen.

Sie hätte später nicht sagen können, wie lange die Tortur dauerte. Ihr Gedächtnis setzte erst wieder ein, als Varley seinen Gürtel umschnallte, sein Gesicht stark gerötet.

»Gehen wir«, sagte er seinen Leuten. »Ich glaube, wir haben dem Zigeuner eine Lektion erteilt, die er so schnell nicht vergessen wird. Und noch ein Wort zu dir, Lady. Die Leute hier mögen keine Ladys, die sich von Zigeunern durchziehen lasen. Finde jemanden deinesgleichen, der es dir in Zukunft besorgt.«

»Zum Beispiel so ein Dreckskerl wie du, was?«, höhnte Marisa mit blitzenden Augen.

»Oh, Lady«, sagte Varley und griff sich an die Schwellung in seiner Hose. »Ich wünschte, ich könnte dir auch eine

Lektion erteilen.« Er starrte auf ihre Brüste. »Aber das war nicht der Auftrag, doch ich bin sicher, es hätte dir gefallen.« Er grinste. »Gehen wir.«

Sie liefen zu ihren Pferden und saßen auf, und nach wenigen Sekunden waren sie im Wald verschwunden. Als das Trappeln der Hufe verklungen war, lief Marisa zu Seth und löste die Fesseln.

Seth richtete sich auf, das Gesicht angespannt, die Augen stumpf. »Geht es dir gut, Marisa? Haben sie dich verletzt?«

»Nein, nein, sie haben mich nicht angerührt. Oh, Seth, es war schrecklich, wie sie dich zugerichtet haben. Wir müssen das melden.«

Er lachte verbittert. »Glaubst du, der Magistrat interessiert sich dafür? Nein, niemals, Marisa. Ich habe noch Glück gehabt, so glimpflich davongekommen zu sein. Zigeuner müssen alles aushalten und alles erdulden. Und willst du, dass sich der Magistrat mit deiner Vergangenheit beschäftigt?«

Sie schwieg und wusste, dass er Recht hatte.

»Aber hast du gehört, was sie gesagt haben? Jemand hat sie für das bezahlt, was sie getan haben.«

»Wer kann dich so sehr hassen, Seth?«, fragte sie und erschauerte. Sie streichelte über seine Wange.

Er nahm ihre Hand und erwiderte grimmig: »Nein, du verstehst es nicht, Marisa. Sie hassen nicht mich, sondern dich.«

Gemeinsam ritten sie schweigend zurück. Es war so schwül, dass nur ein Gewitter eine Abkühlung bringen konnte. Als sie vor den Ställen abstiegen, kam Lucy aus dem Haus gelaufen. Sie brachte ihnen die Nachricht, dass der Magistrat Sir Henry Davenport da gewesen war, Hannahs Ehemann, und er hatte Lucy gefragt, ob sich Zigeuner auf dem Besitz aufhielten.

»Ich habe das bejaht, Marisa«, gestand Lucy aufgeregt und sah Seth entschuldigend an. »Ich hatte nämlich den Eindruck, als wüsste Sir Henry ohnehin schon alles. Ich sagte, sie hielten sich rechtmäßig hier auf, weil die Herrin sie als Dienstpersonal eingestellt hätte.«

»Das war gut so, Lucy«, sagte Marisa, aber ihr Herz raste vor Sorge. »Was hat er sonst noch gesagt?«

»Er hat gesagt, im Bezirk wäre es zu verschiedenen Pferdediebstählen gekommen, und die Landbesitzer klagten darüber, dass die Kühe keine Milch mehr gäben. Gestern Nacht hat eine Stute bei den Blockleys ein totes Fohlen zur Welt gebracht, und die Leute sagten, die Zigeuner hätten den ganzen Bezirk mit einem Fluch belegt. Der Magistrat sagt, ihr solltet am besten weggehen, Seth, bevor die Leute die Sache in die eigenen Hände nehmen.«

Seth stand neben Marisa. »Ich gehe nicht weg«, sagte er, »und Caleb und Tom auch nicht. Du brauchst uns hier, Marisa.«

Sie schüttelte den Kopf. »Seth, ihr müsst gehen. Ihr seid hier nicht mehr sicher. Es hört sich so an, als hätte Sir Henry euch warnen wollen. Es wäre unverantwortlich von mir, wenn ich euch länger hier behielte.«

Seth legte die Hände auf ihre Schultern und schaute in ihre besorgten blauen Augen. »Marisa, du bist es, die in Gefahr ist – nicht ich. Das habe ich dir sofort gesagt. Erinnerst du dich an die Gewehrschüsse, an den Reitunfall, von dem du mir erzählt hast? Du bist in Gefahr, deshalb kann ich dich nicht allein lassen.«

Es entstand ein langes Schweigen, sann sagte Marisa mit zitternder Stimme: »Ihr seid entlassen. Alle drei.«

Er ließ die Hände sinken. »Was?«

»Du hast mich verstanden«, sagte Marisa und sah trotzig in sein entsetztes Gesicht. »Bei Sonnenuntergang will ich euch nicht mehr auf meinem Besitz haben, Seth. Ich werde euch gut für eure Arbeit bezahlen, die ihr geleistet habt.«

Er sah sie wütend an. »Ich will dein verdammtes Geld nicht.«

»Und ich will nicht, dass ihr bleibt«, rief sie zurück. »Das nächste Mal werden sie dich vielleicht umbringen. Glaubst du, ich will noch einmal erleben, wie du zusammengeschlagen und ausgepeitscht wirst?«

Er schwieg, aber seine Augen funkelten. Marisa schüttelte den Kopf, und ihre Lippen zitterten. »Seth, du musst gehen, bitte. Ich kann auf mich selbst aufpassen. Ich habe ja noch John, der mich beschützen kann.«

Er zuckte hilflos die Achseln. »Also gut. Du hast das Sagen. Aber glaube mir, Marisa, wir werden da sein, wenn du uns brauchst.«

Er ging zu den anderen, dann packten sie ihre Sachen und verschwanden. Der Himmel hatte sich unnatürlich dunkel gefärbt. In der Ferne grollte der Donner, und plötzlich fühlte sie sich allein und verängstigt. Und doch wusste sie, dass sie die einzig richtige Entscheidung getroffen hatte. Seth hatte natürlich Recht; er hatte die gemeine Erniedrigung des Nachmittags wegen ihr erleiden müssen.

Die Karten hatten ihr schon gesagt, dass es einen geheimen Feind gab, deshalb konnte sie Seth nicht weiteren Gefahren aussetzen. Wer war dieser Feind? Wer hasste sie so sehr, dass er Seth so entwürdigend bestrafen ließ?

In der Nacht fand sie kaum Schlaf. Am Morgen wachte sie auf, nervös und mit schweren Lidern und vermisste jetzt schon die beruhigende Anwesenheit der Zigeuner.

Als Sir Julian sie besuchte, war sie still und reserviert. Er brachte ihr gute Nachrichten, sagte er, denn die Investition hätte sich schon gelohnt, aber es fiel Marisa schwer, sich auf ihre Geschäfte zu konzentrieren. Nachdem sie die Papiere überflogen hatte, die er ihr unter die Nase hielt, war sie noch mehr verunsichert, weil sie den Sinn der Texte nicht verstand. Trotzdem erklärte sie sich einverstanden, ihm noch mehr Kapital in die Hände zu geben. Sie war froh, dass er endlich ging.

Die Zeit verrann langsam, als ob sie auf etwas oder auf jemanden wartete. Ruhelos wanderte sie durchs leere Haus und überlegte, ob sie zurück nach London fahren sollte, wenn auch nur für eine Weile. Sie vermisste ihre Freunde von der Maiden Lane, die Gäste des Blue Bell und ihre gebildeten Freunde von David Valsino. Sie nahm sich vor, bald in die City zurückzukehren. Warum nicht jetzt? Sofort? Sie erschauerte. Zögerte sie, weil sie auf Delsingham wartete? Wenn, dann würde sie noch eine lange Zeit warten müssen.

Rowena hatte erfahren, dass Seth und die anderen Melbray Manor verlassen hatten, und eilte gleich am ersten Abend aus Ormonds Haus zum Lager der Zigeuner. Tatsächlich lagerten ihre Freunde wieder am alten Platz.

Seth schien merkwürdig zurückhaltend zu sein, obwohl Rowena alles unternahm, um seine ungeteilte Aufmerksamkeit zu erlangen. Sie bot sogar an, die ganze Nacht bei ihm zu bleiben.

»Das ist nicht nötig«, lehnte er ab. »Du musst zurück zu deinem feinen Herrn gehen, sonst verlierst du vielleicht deine Stellung.«

»Er wird gar nicht bemerken, dass ich die Nacht über nicht im Haus bin«, beharrte sie. »Außerdem will ich dich, Seth, nicht den feinen Pinkel. Ich habe dich wirklich vermisst.«

Sie beugte sich über ihn und streichelte ihn, zog den schlafenden Penis aus seiner Hose und leckte ihn, bis er sich mit Leben füllte. Erst jetzt reagierte er, nahm ihren Kopf in beide Hände und stieß ruckartig in sie hinein, während Rowena alle ihre Tricks anwandte, um den pochenden Schaft zu reizen und zu erregen. Er war einfach wunderbar, ihr Seth. Sein Penis war so männlich und lang, und die Hoden fühlten sich wie von Samt überzogen an und waren dick und schwer.

Sie bemühte sich um Seth, und Caleb trat hinter sie und drang ohne lange Vorbereitung in sie ein. Dieser optische Reiz bewirkte, dass Seth' Penis noch stärker anschwoll, und nach wenigen weiteren Stößen ergoss er sich in ihr, während Caleb noch eine Weile rackerte. Sie rieb ihre Brüste in Seth' Gesicht, und er nahm abwechselnd den einen und dann den anderen Nippel in den Mund und saugte kräftig. Caleb kam mit einem lang gezogenen Grunzen ans Ziel, und Rowena keuchte ihre Lust in Seth' Ohr.

Caleb ging wieder, und Rowena blieb bei Seth. Sie wollte sich in seine Arme kuscheln und bei ihm einschlafen, aber er schien ihr gegenüber immer noch kühl zu sein.

»Du bist doch nicht noch immer in die blonde Schlampe von Melbray Manor verknallt, Seth?«, murmelte sie schläfrig im Schatten ihres Wohnwagens. »Denkst du noch an sie? Sie wird jetzt schon einen neuen Liebhaber gefunden haben. Sie war heiß auf Sex, das konnte man ihr ansehen. Irgendein feiner Lord wird es ihr genau in diesem Moment besorgen, und wahrscheinlich muss er ihr viel Geld dafür geben. Deshalb hat sie dich fortgeschickt, Seth. Da sie jetzt eine feine Lady ist, glaubt sie, dass du nicht mehr gut genug für sie bist.«

Seth drehte sich plötzlich herum und packte ihre Handgelenke so hart, dass es schmerzte. »Halt deinen Mund, Rowena«, sagte er. »Du weißt nichts über Marisa Brooke. Sie ist tapfer und ehrenwert, und ich würde jederzeit wieder zu ihr gehen. Also reize mich nicht zu sehr. Ich habe dich gern um mich, und du verstehst es, einen Mann zu verwöhnen, aber davon verstehen viele Frauen was. Also halte deinen Mund geschlossen, sonst werfe ich dich aus dem Lager. Für immer.«

Rowena schwieg, aber ihre grünen Augen funkelten vor Hass auf Marisa. Seth war also immer noch besessen von der Hexe. Sie musste etwas gegen sie unternehmen. Rachegedanken brannten in ihrem Innern. Sie entschied, die Nacht über doch nicht bei Seth zu bleiben.

Es war John, der wie immer seine letzte Runde kurz vor Mitternacht drehte, bevor er die Türen abschloss und verriegelte. In einem der Ställe sah er das Flackern einiger kleiner Flammen, und dann roch er auch schon den Rauch. Er schrie alarmiert auf und stürzte zur Pumpe auf dem Hof, und Marisa und Lucy, die im Salon bei einer Flasche Wein gesessen hatten, rannten hinaus und halfen ihm. Sie schleppten Eimer auf Eimer zum Stall und löschten die Flammen, währen die Pferde ängstlich stampften und wieherten.

Schwarz vom Rauch und völlig durchnässt gingen die drei zu den Pferden und redeten beruhigend auf sie ein.

»Du warst genau rechtzeitig da, John«, sagte Marisa leise. »Ein paar Minuten später hätten wir nichts mehr retten können – alle Ställe wären mit den Tieren ein Raub der Flammen geworden.«

John rieb eine Hand durch seine verrußten Haare, das Gesicht immer noch angespannt und verwirrt. »Ich verstehe das nicht, Mylady. Ich nehme nie ein Licht in die Nähe der Ställe, auch keine Laterne. Jemand muss das Feuer absichtlich gelegt haben.«

Lucy stieß einen Laut des Entsetzens aus, und Marisa, die auch schon zu dieser hässlichen Vermutung gelangt war, spürte die kalten Schauer, die ihr über den Rücken liefen. Sie überzeugten sich noch einmal davon, dass die Pferde zur Ruhe gefunden hatten, dann wollten sie wieder ins Haus gehen. Aber Marisa sah etwas Merkwürdiges auf dem Boden liegen. Sie bückte sich und sah ein kleines Bündel von Zweigen, die mit einer Ranke zusammengebunden waren.

Lucy sah, was Marisa in der Hand hielt, und riss es mit einem leisen Aufschrei an sich. »Das ist Holunder, Marisa! Die Zigeuner sagen, wenn man die Zweige in Brand steckt, bringt es den Teufel ins Haus. Es ist, als läge das Haus unter einem Fluch.«

Marisa schüttelte den Kopf. »Unsinn, Lucy, das ist nichts als Aberglaube.«

Aber Lucy zitterte noch, nachdem Marisa das Bündel weit in die Dunkelheit geworfen hatte. Marisa erinnerte sich an Seth' Worte: Ich bin es nicht, den sie hassen, du bist es. Wer hasste sie? Wer war ihr geheimer Feind?

Es war lange nach Mitternacht, als Rowena zurück in Greenfallow Park war. Da die Kutsche nicht draußen stand, wusste sie, dass Ormond noch nicht zurückgekehrt war. Er blieb abends oft lange weg, trank oder zockte mit seinen Freunden irgendwo in der Umgebung.

Sie ging auf Zehenspitzen die Treppe hinauf und sah erleichtert, dass alles im Dunkeln lag. Müde ließ sie sich auf ihr kleines Bett fallen, nachdem sie sich davon überzeugt hatte, dass Matty im tiefen Schlaf lag.

Es war einige Stunden später, dass sie erschrocken aufwachte, weil die Tür ihres Zimmers geöffnet wurde. Ein Schluchzer der Angst entwich ihrer Kehle, als sie jemanden eintreten hörte. Im nächsten Moment war sie erleichtert, denn sie erkannte Ormond. Teufel, war er spät dran. Er sah aus, als hätte er eine Menge getrunken. Und er sah auch so aus, als wollte er noch etwas von ihr. Sie erhob sich rasch, wünschte, sie hätte sich vorher noch die Hände gewaschen, und versuchte ein kokettes Lächeln.

»Was kann ich für Sie tun, Mylord?«, wisperte sie verführerisch. Sie sprach leise, um Matty nicht zu wecken.

Er hatte es eilig. Sein Gesicht war angespannt vor Gier. Er öffnete seine Breeches und drückte ihr Gesicht gegen seinen Schoß. Rowena hatte nichts dagegen, sie wusste, dass sie gut darin war, einen Mann auf diese Weise zu befriedigen, und es gab ihr eine gewisse Macht über den Mann.

Plötzlich zog er sich aus ihrem Mund zurück, nahm ihre Handgelenke, drehte die Hände herum und inspizierte sie. Besonders die Fingerspitzen waren schmutzig, ein wenig geschwärzt von hartnäckig anhaftender Asche.

Ormond fuhr mit einem Finger über den schwarzen Fleck auf ihrer Wange und zischte: »Wo bist du gewesen, du Zigeunerschlampe?«

»N ... nirgendwo«, stammelte sie. »Ich ... ich habe das Anmachholz schon für morgen herausgelegt, und dann war ich so müde, dass ich vergessen habe, mich ordentlich zu waschen, Mylord.«

»Lügnerin«, sagte er scharf und hielt ihre Handgelenke gepackt. »Heute Abend hat es auf Melbray Manor ein Feuer gegeben. Du hast das Feuer gelegt, nicht wahr?«

Rowena begann zu wimmern. »Zeigen Sie mich nicht an, Mylord, ich flehe Sie an. Wenn Sie mich dem Magistrat melden, werden sie mich hängen.«

Er fuhr mit einer Hand unter ihr Nachthemd und nahm einen braunen Nippel zwischen Zeigefinger und Daumen. Er drückte ihn, und Rowena stöhnte erregt auf. Ihre Augen blickten gierig auf den immer noch erigierten Penis.

»Ich werde dich nicht beim Magistrat anzeigen, Rowena. Aber du hast einen schweren Fehler begangen.«

Sie starrte ihn sprachlos an und wusste nicht, wovon er sprach.

»Ja«, fuhr er fort. »Es ist Marisa Brooke, die wir vernichten müssen, und nicht Melbray Manor. Verstehst du?«

Nein, sie verstand kein Wort. Aber er hatte gesagt, dass er sie nicht beim Magistrat anzeigen würde, und er verhielt sich so, als wäre er beinahe zufrieden mit ihr.

Sie beobachtete sein Gesicht, halb entsetzt und halb fasziniert, als er seinen schlanken Schaft zwischen ihren vollen Brüsten rieb. »Melbray Manor ist etwas ganz Besonderes, Rowena«, sagte er leise. »Es gehört mir. Und ich will die Hexe daraus vertreiben.«

Sein Penis fühlte sich heiß gegen ihre kühle Haut an. Im nächsten Augenblick packte er sie, drehte sie um und zwang sie, sich auf das Bett zu knien.

Ihr Körper heizte sich durch das dunkle Pochen ihrer Erregung auf, als sie den steifen Schaft zwischen ihren Schenkeln fühlte. Er hielt nur ein paar Stöße durch, dann zog er sich aus ihr zurück und versprühte sich mit einem verzweifelten Stöhnen auf ihren Pobacken.

Rowena zupfte an den langen braunen Nippeln und rieb sie an der harten Wolle des Betttuchs. Mit einer Hand langte sie zwischen ihre Schenkel und rieb über die gereizte Klitoris. Sofort spürte sie, wie sich die Lust in ihrem Schoß aufbaute, und als Ormond die letzten Zuckungen von sich gab, erlebte Rowena einen intensiven, stillen Orgasmus.

Marisa Brooke hatte also noch einen Feind, sogar einen viel gefährlicheren.

Neuntes Kapitel

Nach dem Feuer gewöhnte sich Marisa an, John auf der letzten Runde am späten Abend zu begleiten. Sie kreisten um Haus und Ställe, gingen dann hinein und achteten darauf, dass alle Fenster und Türen gesichert waren Sie wusste, dass sie mehr Dienstboten brauchte, aber sie wusste nicht mehr, wem sie trauen konnte. Obwohl sie sich selbst als dummes Weib beschimpfte, konnte sie sich des Gefühls nicht erwehren, in letzter Zeit fast ständig beobachtet zu werden.

Ihr fiel ein, dass es im hinteren Teil des Hauses ein Waffenzimmer gab. Sie ging über eine schmale Treppe, die von der Empore im ersten Stock nach oben führte. Maria war erst einmal in dem Raum gewesen, gleich nach ihrer Ankunft, als sie ihre wertvollen Florette abgelegt hatte. Jetzt wollte sie sich das Zimmer und den Inhalt der Schränke genauer ansehen.

Sie fand die Schlüssel zu den verstaubten Glasschränken und staunte über die vielen Waffen. Meist waren es Sportwaffen, die schwer und umständlich beim Nachladen waren. Aber es gab auch zwei Steinschlosspistolen, die sie sorgfältig säuberte und ölte. Sie zeigte John und Lucy, wie man die Pistolen handhabte – nur für den Notfall.

Marisa selbst besaß noch die Pistole ihres Vaters, die sie jetzt nachts auf dem kleinen Tisch neben dem Bett aufbewahrte. Jemand wollte sie von ihrem Erbe vertreiben, und sie war wild entschlossen, dem Unbekannten einen Strich durch die Rechnung zu machen. Ihre Pläne, sich für eine Weile nach London zu begeben, verwarf sie wieder.

An einem Nachmittag, als John und Lucy nach Crayhampton gefahren waren, um dort Vorräte für den Haushalt einzukaufen, spürte sie den Drang, ihre Florette herauszuholen. Es war ihr wichtig, den vertrauten Griff in der Hand zu spüren. Es war später August, und obwohl die Hitze des Sommers noch anhielt, zogen dunkle Wolken auf, die Regen versprachen.

Sie zündete eine Kerze gegen die ungewohnte Dunkelheit des Nachmittags an und ging damit hoch in ihr Schlafzimmer. Sie zog ihr Kleid aus und ersetzte es durch die enge Wildlederhose und ein weites Männerhemd, das sich kühl auf den heißen Brüsten anfühlte. Sie band die langen Locken mit einem schwarzen Samtband zusammen, dann stieg sie mit den seidenbestrumpften Beinen in ihre hohen Lederstiefel, die in der Bedford Row eigens für sie angefertigt worden waren.

In der bequemen Männerkleidung fühlte sie sich sofort sicherer und selbstbewusster. Sie nahm die Pistole ihres Vaters vom Schreibtisch, griff die Kerze mit der anderen Hand und ging die schmale Treppe hoch zum Waffenzimmer.

Es war ein fast leerer, sehr maskuliner Raum mit der hohen Decke und den hohen Fenstern. Der Boden bestand aus blankem Holz, und die weiß getünchten Wände waren nackt, mal abgesehen von metallenen Haken, die dazu dienten, altmodische Waffen und Rüstungen aufzuhängen. Außer den Gewehrschränken gab es nur wenig Mobiliar; ein schwerer Eichentisch in der Mitte und eine Sitzbank mit hoher Lehne unter einem Fenster. In der Luft waberten die Aromen von Schießpulver und Öl.

Vorsichtig stellte sie die Kerze auf den Eichentisch, dankbar für das Licht, weil der Himmel jetzt fast schwarz war. Die Regentropfen klatschten gegen die Fensterscheiben.

Sie schloss den Schrank auf, in dem sie ihre kostbaren Florette abgelegt hatte, überprüfte sie kritisch und balancierte sie in der Hand. Sie versuchte ein paar Grundstellungen einzunehmen und freute sich, dass sie so schnell wieder ein Gefühl für die Klinge entwickelte, sie war wieder ein Teil von ihr. Marisa schwebte über den Boden, schlug Finten, ritt Attacken und stellte sich vor, dass David Valsino sie beobachtete und anfeuerte. »Geschwindigkeit und Genauigkeit, Miss Brooke.«

»Es gibt keinen Ersatz zu Geschwindigkeit und Genauigkeit«, lachte sie laut, verlagerte ihr Gewicht auf den linken Fuß und griff an. »*En garde.*«

Mitten in der Bewegung drang außer dem klatschenden Regen noch etwas an ihre Ohren – eine Tür wurde geöffnet und schloss sich wieder. Marisa spürte, wie kalte Finger der Angst nach ihr griffen. Jetzt hörte sie leise Schritte auf der Treppe. Selbstsichere Schritte.

Marisa stand wie angewurzelt da und spürte, wie sich ihre Nackenhaare aufrichteten. Jemand kam herauf zu ihr. Der Unbekannte kam näher, dann wurde die schwere Eichentür aufgestoßen. Marisa schluchzte aufgeregt, sie ging in Position und streckte den Arm mit dem Florett aus.

Die Tür war weit geöffnet, und dann stand Lord James Delsingham da, die Brauen gehoben, als er sie in der Angriffsstellung sah. »He, Ganymed, es überrascht mich, wie sehr Sie sich auf unser Wiedersehen freuen. Empfangen Sie alle Gäste auf diese Weise?«

Marisa atmete erleichtert aus. Sie bemerkte, dass ihr ausgestreckter Arm zu zittern begann. »Gäste sind eingeladen«, sagte sie mit tiefer Stimme. »Wer hat Sie eingelassen?«

»Niemand. Es war niemand da, deshalb habe ich mich selbst eingelassen. Sie sollten vorsichtiger sein, Ganymed.« Er trat an den Eichentisch und nahm das andere Florett in die Hand. »Ein bisschen lang, nicht wahr? Üben Sie mit diesen Dingern, oder sind das Ihre Spielzeuge?«

Nach dem ersten Schock spürte Marisa die aufsteigende Wut über seine arrogante Gelassenheit. »Sie können ja mal versuchen, ob ich sie als Spielzeug einsetze.«

Er trug ein figurbetontes graues Jackett über dem weißen Rüschenhemd, und die engen Breeches steckten in schwarzen hohen Lederstiefeln. Seine kurz geschorenen Haare waren dunkel vom Regen.

Marisa ärgerte sich, dass ihre Knie fast einknickten, so sehr beeindruckte sie dieser Mann. Es war, als hätte sie vergessen, wie gut er aussah. Sechs Fuß harte Muskeln, daneben nahm sie sich winzig aus. Er reagierte auf ihre überstürzte Herausforderung und sagte: »Ist das Ihr Ernst? Ich muss Sie warnen – ich bin ein guter Fechter.«

»Nein, ich muss Sie warnen, Mylord«, gab sie zurück, die Zähne aufeinander gepresst. »Ich bin auch nicht schlecht.«

Er strich mit dem Daumen über die Klinge. »Nun, da Sie die Waffe nicht freiwillig ablegen, muss ich die Herausforderung wohl annehmen.« Er zog das Jackett aus, und sie konnte seinen muskulösen Oberkörper unter der Seide des Hemds sehen. Marisa hasste ihn und fragte sich, ob er sich absichtlich ausgezogen hatte, um sie abzulenken, aber dann begriff sie, dass er keine Hintergedanken dabei gehabt hatte, denn er zeigte nicht einmal die übliche männliche Arroganz. Sie sah ihn an und bemerkte den Spott in seinen Augen.

Sie rollte die Ärmel hoch, dann rief sie giftig: »Bereiten Sie sich für *en garde* vor, Mylord!« Die Florette begegneten sich in einer kurzen feindseligen Berührung.

Delsingham war gut, das wurde ihr schnell klar. Sie hatte gehofft, dass sein Körpergewicht ein Nachteil für ihn sein würde, aber er war sehr beweglich und anmutig für einen so großen Mann. Doch auch sie war gut, war bestens ausgebildet und wahnsinnig flink, sodass sie seiner Klinge leicht ausweichen konnte. Trotzdem war ihr nach den ersten Minuten bewusst, dass sie ihren Meister gefunden hatte. Das Ärgerliche war, dass er sich nicht einmal anzustrengen schien. Sie preschte vor, das Gewicht auf dem rechten Fuß, und hoffte, dass er den Hieb nicht parieren konnte, aber er reagierte gut und startete sofort den Gegenangriff, den sie abwehren konnte.

»Ein guter Versuch, Ganymed. Aber der Trick ist schon zu bekannt. Sie müssen sich was Neues einfallen lassen, um mich zu überlisten. Und Sie müssen aus dem Handgelenk zustoßen, nicht mit den Schultern.«

Marisa knirschte mit den Zähnen. Ihr Atem kam schnell und hart. Sie sah die gespannten Sehnen von Delsinghams Arm, ahnte seine Riposte und wich rechtzeitig aus. Jetzt wollte sie ihn unbedingt besiegen, ihn erniedrigen, aber noch während sie überlegte, griff er so überraschend an, dass ihr die Klinge aus der Hand fiel und klirrend auf den blanken Holzdielen landete.

Marisa stieß einen Fluch aus und bückte sich nach dem Florett. Delsingham lehnte sich gelassen an den Eichentisch, betrachtete den Griff seiner Waffe und sagte: »Ganz ruhig jetzt, meine Liebe. Die Ausfallstellung war vorbildlich, aber dann haben Sie zu lange gezögert. Sie sind eine fähige Gegnerin – für eine Frau, meine ich.«

Marisa hob drohend das Florett. Ihre Haare hatten sich aus dem Samtband gelockert, und sie spürte die verschwitzten Handflächen. »Verdammt, Delsingham, hören Sie auf, mich so gönnerhaft zu behandeln.«

»Ich soll Sie gönnerhaft behandeln? Das würde mir nie einfallen. Spielen wir weiter, meine Liebe?«

Marisa stieß wieder einen Fluch aus und griff erneut an, viel zu tollpatschig. Ihr Griff war feucht vom Schweiß, und

Delsingham nutzte die Schwäche sofort aus und holte zum Angriff aus. Sie sah keine Chance zur Abwehr, und als sich die Klingen kreuzten, bemerke sie, dass der Knopf an ihrer Spitze abgebrochen war. Delsingham bemerkte es auch, er drückte ihre Klinge mit seiner nach unten und trat einen Schritt zurück.

»Nehmen Sie Ihre Klinge zurück, Marisa. Ihre Spitze ist unbedeckt.«

Marisa war wild vor Zorn und Demütigung. »Was macht das schon? Ich habe sowieso keine Chance, Ihnen nahe zu kommen.« Sie griff ihn mit der ungeschützten Spitze an und trieb ihn rückwärts zur Tür. Innerlich jubelte sie, weil sie ihn endlich vor der Klinge hatte. Sie setzte Finten und stieß den Arm vor, griff aus dem Handgelenk an, und er hatte alle Mühe, sie abzuwehren. In seinem konzentrierten Gesicht erkannte Marisa ernste Sorge, er war jetzt nur noch auf Verteidigung aus, um der tödlichen Spitze zu entkommen. Ein leichter Schweißfilm glänzte auf seiner Stirn und ums rasierte Kinn, und ein ums andere Mal kreuzten sich ihre Klingen.

»Kommen Sie endlich zu Verstand, Marisa«, zischte er, als ihre Spitze sein Hemd dicht unterhalb der Achselhöhle erwischte, und unter dem Riss im Stoff sah sie das Spiel seiner Muskeln.

Marisa blieb stehen, atmete schwer, insgeheim entsetzt über ihre gefährliche Torheit, auf die sie sich eingelassen hatte. Ein Zentimeter weiter, und es wäre Blut geflossen. Und sie hatte sich selbst natürlich auch in Gefahr gebracht, denn jetzt focht er nicht mehr mit seiner lässigen Leichtigkeit. Sein Gesicht drückte Kälte, Wut und Entschlossenheit aus.

Plötzlich kreuzte er ihre Klinge mit seiner Spitze, und nun flog auch sein Knopf von der Spitze weg, und seine Klinge war nun ebenso tödlich wie ihre. Zwischen zusammengebissenen Zähnen murmelte er: »So, wir wollen das Spiel also auf diese Weise fortsetzen, ja?«

Er tat einen unerwarteten Ausfallschritt, Stahl stieß kreischend gegen Stahl, seine Klinge setzte sich durch, und die Spitze ratschte ihr Hemd und riss es von der Schulter bis zur Taille auf. Ihre linke Brust war völlig entblößt.

»Treffer«, sagte er.

Marisa glaubte für einen Moment, ihr Herz würde stillstehen, dann spürte sie, wie die kühle Luft den rosigen Nippel küsste. »Sie ... Sie hätten mich umbringen können«, keuchte sie.

Delsingham lächelte ein gefährliches, wölfisches Lächeln. »Oh, nein«, sagte er sanft. »Wenn ich Sie hätte umbringen wollen, wären Sie jetzt tot, das können Sie mir glauben. Sind Sie jetzt bereit, die Klinge aus der Hand zu legen?«

»Nein, verdammt!«

»Also gut. Wenn Sie weiter fechten wollen, dann fechten wir.«

Ihre Klingen kreuzten sich wieder. Seine Spitze glitzerte im schwachen Schein der einen Kerze, als er ihren Angriff abwehrte. Marisa löste ihre Klinge und wich zur Seite, aber sie war einen Lidschlag zu spät dran, seine Spitze stach in ihren Hemdsärmel und trennt ihn fast ganz ab.

Ihr Unterarm war nackt. Sie knirschte mit den Zähnen und griff an, den rechten Fuß vorne. Er parierte mit Mühe, die Klingen gerieten aneinander, aber sie stieß erneut zu, die Spitze auf das Ziel gerichtet, nämlich das Hemd dicht über der Hose. Die scharfe Klinge riss das Hemd zwei Handbreit weit auf, und sie konnte seine harten Bauchmuskeln sehen.

Er fluchte leise, während sie in die Ausgangsposition zurückgingen. Er hielt die Klinge noch nach unten, und während er Marisa nicht aus den Augen ließ, riss er sich den Rest seines Hemds vom Leib.

Marisa schaute ihm gespannt zu. Sie hielt den Atem an und spürte, wie das Herz gegen ihre Rippen pochte, und nicht nur wegen der Anstrengung. Er war atemberaubend, dieses schöne, halb nackte Tier, das in dem fast dunklen Raum vor ihr stand. Ihre ganze Welt schien sich auf diesen Anblick der breiten, muskulösen Schultern bis zu den schlanken Hüften reduziert zu haben. Unvermeidlich ging der Blick weiter nach unten und registrierte die allzu offenkundige Schwellung zwischen den männlichen Lenden.

Inzwischen hing auch ihr eigenes Hemd in Fetzen; ihr Oberkörper war beinahe so nackt wie seiner. Sie spürte seine Blicke auf ihren Brüsten, die sich stolz und provozierend reckten. Marisa fühlte, wie sich die rosigen Nippel unter seinen Blicken versteiften, aber der Anblick brachte ihn nicht aus dem Konzept, während sie durch seine nackte Haut abgelenkt war.

Ihre Beinahe-Nacktheit schien ihn kaum zu interessieren; er ging wieder in die Ausfallstellung, und dann kreuzten sie noch einmal die Klingen. Delsingham wurde aggressiver, aber Marisa gab nicht klein bei, ihre Aktionen wurden wilder, unberechenbarer. Ihr schlankes Handgelenk fühlte sich taub an von der Fülle der abgewehrten Attacken, und sie spürte verzweifelt die zunehmende Erschöpfung, die auch zu Fehlern führte. Außerdem erwischte sie sich dabei, dass sie zu häufig auf das Spiel seiner Bauchmuskeln achtete.

Sie wich zurück, ihre Blicke auf seine blitzende Klinge gerichtet. Noch ein paar Schritte rückwärts, dann würde sie gegen die Wand stoßen, wusste sie. Sie konnte den moschusartigen Schweiß ihrs Gegners riechen, der erbarmungslos vorstürmte und ihr keinen Ausweg ließ. Das Ende musste ganz nah sein, dachte sie voller Enttäuschung.

Er schlug eine Finte, und auf den Angriff parierte sie einen Sekundenbruchteil zu spät. Auf eine solche Situation hatte er gewartet, und die Spitze seiner Klinge setzte unter ihrer Abwehr an. Sie versuchte noch zu kontern, aber er hielt ihr Florett hoch, und sie konnte den Hieb nicht anbringen. Er drückte ihre Klinge immer noch höher, bis sie glaubte, ihr Handgelenk würde zerspringen, und dann konnte sie das Florett nicht mehr halten, es polterte mit einem Knall auf den Boden.

Sie lehnte sich mit dem Rücken gegen die Wand, um sich festzuhalten. Ihre Beine zitterten. Sie hatte die zierlichen Hände zu Fäusten geballt, und rasselnd stieß sie den Atem aus. Delsingham kam langsam auf sie zu, die Klinge ausgestreckt. Er überragte Marisa wie ein Turm.

»Entwaffnet, Miss Brooke. Geben Sie zu, dass ich Sie besiegt habe?«, fragte er leise.

Ihre blauen Augen blitzten ihn an. »Nein. Sie haben unfair gespielt.«

»Wieso denn das?«, fragte er stirnrunzelnd und warf sein Florett auf den Boden. Es lag nur ein paar Zentimeter von ihren Stiefeln entfernt. Ihre Augen waren auf einer Höhe mit seinem blanken Brustkorb, und als sie hilflos auf die verlockenden Bewegungen seiner Muskeln sah, spürte sie das wilde Verlangen, das in ihrem Schoß zuckte.

»Weil ... weil Sie mich abgelenkt haben«, gab sie mit schwacher Stimme zurück.

Er lachte. Er beugte sich leicht vor und stützte seine Hände links und rechts neben ihrem Kopf an der Wand ab. Sein Blick richtete sich auf die kleinen festen Brüste, die sich bei jedem hastigen Atemzug hoben und senkten. »Heißt das, Sie betrachten sich selbst nicht als Ablenkung für mich, Miss Brooke?«, fragte er.

Sie fühlte sich schwach vor Sehnsucht nach ihm, sie konnte sich kaum auf den Beinen halten, aber trotzdem warf sie den Kopf in den Nacken. »Ganz offensichtlich nicht«, fauchte sie, »denn Sie haben sich ja wochenlang nicht mehr sehen lassen.«

Beim Grinsen zeigte er seine schönen weißen Zähne. »Sie haben mich also vermisst, meine süße Marisa?«

»Natürlich nicht.«

Schweigen. Dann: »Ich habe Sie aber vermisst.«

»Was?«

»Ich habe Sie vermisst«, wiederholte er. Er schaute auf sie hinab, und sie konnte die goldenen Punkte sehen, die in seinen grauen Augen tanzten. »Oh, meine Liebe, wie köstlich Sie aussehen, wenn Sie wütend sind.«

Bevor sie flüchten konnte, nahm er ihr Gesicht in beide Hände, beugte den Kopf und küsste sie. Sein Mund war fest und warm und kräftig, und mit Leichtigkeit gelang es ihm, ihre zitternden Lippen zu öffnen. Seine Zunge strich über ihre Lippen und drang dann in ihren Mund ein und nahm Besitz von ihr. Er fasste ihre Schultern an und presste sie fester an sich. Ihre Brüste drückten gegen seinen nackten Brustkorb. Sie spürte die Härte seines Schoßes, und unbewusst schmiegte sie sich an ihn.

Als ob er ihre Kapitulation ahnte, ließ er einen tiefen Seufzer des Triumphs hören, und Marisa versteifte sich. Wie konnte er es wagen? Wie konnte er es wagen, sie über Wochen lang im Ungewissen zu lassen und zu einer Frau zu gehen, die er heiraten wollte, um jetzt einfach zurückzukehren und sie flachzulegen? Als wäre sie nichts als eine Schlampe, mit der er umspringen konnte, wie er wollte. Ignorieren, bis ihn wieder die Lust überfiel. Nein, so sprang man nicht mit Marisa Brooke um – niemand durfte das ungestraft wagen.

Ihr blieb nicht viel Zeit, ihren Standpunkt durchzusetzen. Delsinghams Atem wurde schwer, während er die Küsse auf ihr ganzes Gesicht und den Hals ausdehnte. Eine

Hand spielte mit ihren Brüsten und schickte Lustsignale zu ihrem Schoß.

Marisa widersetzte sich der eigenen Lust und langte hinter sich auf den Eichentisch, auf dem die Pistole ihres Vaters lag. Ihre Hand tastete zunächst ins Leere, aber schließlich fanden die Finger den Knauf, und sie spürte den vertrauten Griff. Sie drückte den Lauf gegen seinen nackten Rücken.

Er hob den Kopf von ihrem Hals und starrte sie überrascht an, als er das kalte Metall im Rücken spürte. »Marisa?«

»Lass mich los.«

Er drehte sich herum, und als er die Pistole sah, lachte er auf. »Süße Marisa, was ist denn jetzt schon wieder? Sollen wir uns nun mit Pistolen duellieren?«

»Nein«, sagte sie, zog die Hände an ihren Körper und richtete die Mündung auf seinen Bauch. »Ich will Sie daran erinnern, dass dies mein Haus ist, Delsingham, und ich bin kein billiges Flittchen, das Sie eben mal besuchen können, wenn Ihnen sonst niemand einfällt, bei dem Sie Ihre Lust abreagieren können.«

Sie trat von ihm zurück. »Sie können gehen«, sagte sie leise.

»Warum, Marisa?«

»Da fragen Sie noch?«

»Warum hassen Sie mich, wo ich doch glaubte, dass wir Freunde sind?«

Sie lachte zornig auf. »Freunde? Ich dachte, Sie hätten mich eher als Ihre billige Hure gesehen. Aber die bin ich nicht. Gehen Sie zurück zu der Frau, die Sie heiraten wollen.«

»Die Frau, die ich heiraten will?«, wiederholte er. »Vom wem sprechen Sie?«

»Ja, gut, streiten Sie es auch noch ab. Das passt ins Bild. Ich spreche von Lady Henrietta natürlich, die zur Zeit eine Kur in Bath nimmt.«

Delsingham ignorierte ihre Pistole, trat auf sie zu und legte die Hände auf ihre Schultern. Seine Finger brannten in ihr Fleisch.

»Wer hat Ihnen das gesagt?«, fragte er mit gefährlich klingender leiser Stimme. »Wer hat Ihnen gesagt, dass ich Lady Henrietta heiraten werde?«

Marisa versuchte sich seinem Griff zu entwinden, aber das gelang ihr nicht. »Was spielt es schon für eine Rolle, wer es mir gesagt hat?«

Seine Finger verkrampften sich schmerzvoll in ihre zierlichen Schultern. Seine dunklen Augen brannten auf ihrer Haut. »Es spielt eine große Rolle«, sagte er, »weil es eine Lüge ist. Es hat einmal Gespräche über eine Allianz unserer Familien gegeben, aber daraus ist nie etwas geworden, weil ich es nicht weiter verfolgt habe. Ich bin mit niemandem verlobt, Marisa.«

Sie starrte ihn verdutzt an. »Und wo sind Sie die ganze Zeit gewesen?«

»Ich habe mich um meine Angelegenheiten kümmern müssen«, sagte er knapp, »aber jetzt sehe ich, dass ich mich um Ihre Angelegenheiten hätte kümmern sollen. Ich habe von den Zigeunern gehört, von den Gewehrkugeln, die auf Sie abgefeuert worden sind und vom Feuer in den Ställen. Was hat es damit auf sich?«

»Woher wissen Sie das alles?«

»Ich habe meine Methoden«, sagte er grinsend.

»Ich sehe nicht, was das alles mit Ihnen zu tun hat, Lord Delsingham«, sagte sie trotzig.

Er schüttelte sie. »Es hat etwas mit mir zu tun, Marisa, verdammt! So verrückt und unberechenbar Sie auch sind, ich finde Sie sehr unwiderstehlich, wovon Sie sich selbst überzeugen können.«

Ihr Blick fiel wieder auf seinen Schoß, wo sich die Beule noch vergrößert hatte, wenn das überhaupt möglich war.

Ihr Herz hämmerte laut, aber sie versuchte, sich unbeeindruckt zu zeigen. »Ich sehe, Mylord, dass Sie Ihre Erregungsfähigkeit nicht verloren haben, aber das ist auch bei allen Hengsten so. Wollen Sie mir damit imponieren?«

»Nein«, antwortete er, die Augen zu schmalen Schlitzen verzogen, »aber Sie könnten mich küssen.«

»Und Sie«, gab sie wütend zurück, »können mich erst einmal fragen.«

Er atmete kurz und hastig. Sie konnte die heiße Gier in seinen dunklen Blicken sehen. Seine Hände fassten an ihre Brüste, drückten sie und zwickten die pochenden Nippel. »Wann«, ächzte er mit lechzenden Augen, »hast du schon mal Zeit gehabt für Männer, die zuerst gefragt haben, Marisa?«

Die Erregung ließ ihren Körper glühen. »Noch nie«, sagte sie und musste lachen. »Nein, nie.«

Er bedeckte Gesicht, Hals und Brüste wieder mit brennenden Küssen. »Treffer?«, fragte er leise.

»Oh, ja«, murmelte sie. »Volltreffer, Mylord.« Sie seufzte entzückt, als seine Zunge die harten Nippel einspeichelte, die er dann kräftig in den Mund saugte.

Er legte sie behutsam auf den großen Eichentisch. Er nahm Kissen von der Bank und legte sie unter ihre Hüften und Schultern. Marisa, die sich wieder nach seinen Berührungen sehnte, half ihm, ihre Wildlederhose über die Hüften zu ziehen, er streifte sie dann ganz ab, damit er ihre Schenkel weit spreizen konnte, die über dem Tischrand hingen. Sie wusste, dass ihr zuckender Schoß längst im eigenen Saft ertrank.

Er fuhr mit den Fingern durch die blassen Daunen ihres Schambergs, dann teilte sein Daumenballen ihre geschwollenen Labien, die sich wie Blütenblätter öffneten. Ihre Lust entlud sich in einem lauten Aufschrei, und dann wurde ihr Körper von heftigen Zuckungen geschüttelt.

Rasend vor Gier langte sie nach seinem schönen dicken Penis und führte ihn zu ihrem pochenden Schoß.

»Geduld, Kleines«, sagte er lachend, aber Marisa hatte vergessen, was Geduld bedeutete.

Er schob den prallen Kopf des dunklen Schafts in ihre honigsüße Passage. Sie schlang die Arme um seinen Nacken, und er beugte sich über ihre Brüste und drückte seinen warmen feuchten Mund auf die festen Halbkugeln. Er schob die Hände unter die Backen ihres Pos, und Marisa schrie erneut auf, als er mit kräftigen, gemessenen Stößen seiner wunderbaren Erektion begann.

Sie wälzte sich unter ihm herum, und er langte mit einer Hand hinunter und strich über ihre rot glänzende Klitoris, die sich hungrig aus den Falten erhob, während er weiter den Schaft rhythmisch ein und aus fuhr und ihr so überwältigende Lust verschaffte, dass ihre Schenkel zuckten und zitterten.

Sie klammerte sich verzweifelt an ihn, spürte seine phantastische Länge, immer und immer wieder, bis nichts anderes mehr existierte als die süße harte Wonne seines Penis. Sie rief seinen Namen und wurde umschlungen von der weißglühenden Explosion, die sich in rasenden Wellen in ihr ausbreitete.

Er trieb weiter mächtig in sie hinein, und an seinem hechelnden Atem und an den unkontrollierten Bewegungen erkannte sie, dass auch er dicht vor seinem Höhepunkt stand, und als er wuchtig in sie hineinpumpte, löste das bei ihr einen neuen Orgasmus aus.

Schwer atmend legte er den Kopf auf ihre Brust. Sie spürte die letzten Zuckungen seines Schafts und küsste ihn mit ihren inneren Muskeln. Sie verharrten noch eine Weile in dieser Position, dann half er ihr vom Tisch und hielt sie fest, weil er sah, dass sie noch ganz benommen war.

Sie blickte auf die abgelegten Florette. »Diesen Gang«,

sagte sie, »haben Sie eindeutig gewonnen, Lord Delsingham.«

Sie aßen allein im großen Esszimmer. Im Kamin knisterten die Holzscheite, die John aufgestapelt hatte, bevor er sich mit Lucy zurückgezogen hatte. Die Kerzen warfen flackernde Schatten, und ihr Schein brach sich auf den Silbertabletts und in den Kristallgläsern. Wie kleine Kinder waren sie über die Vorräte in der Kammer hergefallen, hatten Schinken und Salm und Lucys Kalbspasteten auf ihre Teller gehäuft, labten sich an Pfirsichen und Brombeeren und am köstlichen Claret.

Es war eine phantastische, zärtliche Atmosphäre – bis Delsingham sich zurücklehnte und sagte: »Und jetzt, Marisa, ist der Moment da, dass du mir genau erzählst, was alles in der Zeit geschehen ist, in der ich weg war.«

Zögernd erzählte sie von ihrem Gefühl, häufiger beobachtet zu werden, von den Gewehrschüssen, die sie verpasst hatten, und vom Feuer, aber sie redete nicht gern darüber. Sie wollte die unerfreulichen Dinge lieber vergessen. Er hörte schweigend zu, nippte nachdenklich am Wein und zeigte keine Reaktion, bis sie vom Zwischenfall mit Seth berichtete. Sie sagte ihm nicht alles von Seth, erwähnte aber, dass die vier Kerle behauptet hatten, sie hätten den Auftrag erhalten, Seth eine Lektion zu erteilen, deshalb hätten sie ihn ausgepeitscht.

»Und du hast keine Ahnung, wer der große Unbekannte ist?«, fragte Delsingham.

Sie hob die Schultern und gab vor, unbekümmert zu sein, obwohl sie jetzt noch erschauerte, wenn sie sich die einzelnen Vorfälle in Erinnerung rief. »Zuerst habe ich gedacht, es ist jemand, der nicht will, dass ich jetzt das Melbray Manor bewohne. Aber dann fiel mir ein, dass auch in London etwas geschehen war, bevor ich überhaupt etwas von meiner Erbschaft wusste.«

Er füllte die Gläser nach. »Erzähle.«

Sie berichtete von dem Überfall auf ihre Wohnung über dem Blue Bell und wie zunächst alle geglaubt hatten, der Magistrat wäre dafür verantwortlich, weil er zu einem Schlag gegen die Spielhöllen der Gegend ausholen wollte. Inzwischen wusste sie aber, dass der Magistrat nichts mit der Zerstörung zu tun hatte, denn ihr Anwalt, Mr Giles, hatte auf ihre Bitte hin diskrete Nachforschungen angestellt.

Delsingham runzelte die Stirn. »Es war also eine private Vendetta«, murmelte er.

»Ja, das denke ich auch, denn sie haben bei dem Überfall fast alles zerstört, was es in meiner Wohnung zu zerstören gab. Aber viel war das nicht«, fügte sie grinsend hinzu.

»Kann schon sein, dass es sich um die Person handelt, die dich auch hier schikaniert. Aber es ist genauso möglich, dass du mehr als einen Feind hast. Passt du auch wirklich gut auf dich auf, Marisa? Du reitest nicht allein aus? Du achtest darauf, dass abends alles verriegelt ist?«

Sie nickte. »Ich habe die Pistole in Reichweite neben dem Bett liegen. Und John und Lucy passen auch auf mich auf. Eigentlich bin ich Gefahren nie aus dem Weg gegangen. Aber« – ihre Augen schimmerten dunkel – »diesmal habe ich wirklich Angst, denn jemand muss mich sehr hassen.«

»Was? Du hast Angst?« Er strich ihr zärtlich über die Wange. »Du, das Mädchen, dem ich das erste Mal in London begegnet bin, als es sich mit dem Kutscher anlegte und der ganzen Welt trotzte?«

Sie lächelte, aber die Augen lächelten nicht mit. »Hier ist es anders, James«, sagte sie ernst. »In London kannte ich meine Feinde.«

Er streichelte mit seiner Hand über ihre. »Ich schätze, du brauchst meine Hilfe.«

Rasch zog sie ihre Hand zurück. »Ich schaffe das schon, James. In der Vergangenheit habe ich immer gut auf mich aufpassen können.«

»Ich weiß, Marisa. Aber dieses Mal solltest du Hilfe annehmen. Ich kann eine Weile bei dir bleiben. Gemeinsam können wir deinen Feind vielleicht stellen.«

Sie zögerte. Der Gedanke war verlockend. Sie stellte sich vor, wie sie in seinen Armen einschlief und morgens aufwachte. Sie würde sich sicher und geschützt fühlen. Aber es gehörte zu ihren Prinzipien, allein zu schlafen.

Als hätte er ihre Gedanken gelesen, sagte er: »Ich erwarte keine verpflichtende Beziehung, Marisa. Keiner von uns will seine Unabhängigkeit verlieren, das wissen wir beide. Ich möchte trotzdem eine Weile bei dir bleiben, weil ich glaube, wir können uns gegenseitig eine Menge Lust bescheren.«

Sie blickte argwöhnisch zu ihm hoch, aber sie wusste schon, dass ihr Widerstand gebrochen war. »Lust? Schon wieder?«

»Ja, natürlich«, grinste er. »Warum willst du es nicht mal mit mir versuchen?«

Sie lachte und fühlte sich glücklich.

Zehntes Kapitel

Das satte, grelle Grün des frühen Sommers ging allmählich in die Reife der letzten Augusthälfte über. Unter enzianblauem Himmel verfärbte sich das Getreide golden, und die Vögel schwiegen in der staubigen Hitze. Marisa fühlte sich träge und sinnlich, als ob auch sie in der prallen Sonne reifte.

Lord James Delsingham verbrachte die meisten Nächte in Melbray Manor. Marisa brachte die herrlich duftenden Rosen vom Garten ins Haus und kleidete sich in luftige Musselins und setzte kleine Strohhüte mit pastellfarbenen Bändern und Schleifen auf. Wenn er nicht da war, denn er hatte schließlich einen größeren Besitz als sie und auch einige verpachtete Bauernhöfe, um die er sich kümmern musste, saß sie träumend in der Sonne oder wanderte ziellos unter den Schatten spendenden Sträuchern und Bäumen umher und dachte an ihn. Er hatte einige seiner Leute geschickt, die den Garten pflegten und auch ein Auge auf sie haben sollten. Das Gefühl, geschätzt und beschützt zu sein, war neu für Marisa, und sie sonnte sich darin.

Nachts liebten sie sich leidenschaftlich, und nachher lag Marisa auf den weißen Leinentüchern und schaute ihn an, wie er schlief. Oft wurde er wach darüber, wandte sich ihr lächelnd zu und zog sie in seine Arme, und dann fingen sie wieder von vorn an. Es war ein Traum von einem Sommer, und Marisa scheuchte die Zukunft aus ihren Gedanken.

Während der langen schwülen Nachmittage hatte Delsingham ihr beigebracht, seinen hohen Phaeton zu fahren. Dieser leichte Wagen mit vier Rädern ging ab wie die Post.

Sie lachten viel, als sie das Kutschieren lernte, und sie war eine gelehrige Schülerin. Bald schon konnte sie das schnelle Fahrzeug ohne seine Hilfe lenken, und oft fuhr sie nachmittags über die schattigen Alleen der Nachbarschaft. Sie trug ihren neuen dunkelblauen Reitdress, den sie sich hatte schneidern lassen, dazu eine weiße Bluse mit vielen Rüschen und einen kleinen Samthut mit wehenden Federn. Delsingham war Mitglied im Four Horse Club und als gewiefter Wagenlenker bekannt, deshalb erfüllte es sie mit besonderem Stolz, als er sie wegen ihres Geschicks pries.

Ab und an trafen sie sich auf Partys, zu denen sie unabhängig voneinander eingeladen worden waren. Sie begrüßten sich dann mit kühler Höflichkeit und genossen es, die wahre Natur ihrer Beziehung vor den anderen zu verbergen. Später, wenn sie unter sich waren, lachten sie über ihr Versteckspiel, und Delsingham warf ihr scherzhaft vor, alle Männerköpfe verdreht zu haben.

»Die Frauen hassen mich«, sagte Marisa lachend. Es war wieder ein heißer, schwüler Abend. Sie lagen zusammen auf ihrem breiten Himmelbett, die Seidentücher zurückgezogen, damit die eine oder andere Brise zu ihnen dringen konnte.

Marisa trug ein durchsichtiges cremefarbenes Seidenhemdchen und helle Strümpfe, während Delsingham nur noch seine Breeches anhatte. Er richtete sich auf und schenkte ihnen gekühlten Champagner ein. Er hatte das kleine Eishaus im Garten mit einem Vorrat seiner Eisstangen gefüllt.

Er reichte ihr ein Glas und wartete, bis sie sich am ersten Schluck gelabt hatte, bevor er sagte: »Ihre Frauen hassen dich, weil du schön und klug bist.«

Marisa schüttelte den Kopf. »Sie hassen mich auch, weil ich dich habe.«

Der Champagner prickelte an ihrem Gaumen. Langsam

beugte sie sich über Delsinghams Schoß und ließ die langen Haare über seinen nackten Bauch wischen. Sie öffnete seine Breeches und nahm den Penis in die Hand, der sich schon streckte. Sie fuhr mit der Zunge über seinen Hodensack, drückte die beiden Kugeln sanft und saugte sie einzeln in den Mund.

Er stöhnte laut, und sie fuhr mit der Zunge an seinem Schaft entlang. Sie genoss das Gefühl des sich straffenden Penis, wie er steif und hart wurde. Wohlige Schauer liefen ihm über den Rücken, er lehnte sich in die Kissen zurück, die Hände hinter dem Kopf, die Augen fest geschlossen, um Marisas Mund intensiver genießen zu können.

Marisa erhob sich, nahm wieder einen Schluck Champagner und nahm ihn sofort wieder in den Mund. Die kühle Flüssigkeit brannte auf der empfindlichen Haut, und er ächzte vor Lust. Marisa wiederholte die Prozedur und spürte, wie der Schaft immer dicker wurde. Schließlich griff Delsingham in ihre Haare, hielt ihren Kopf fest und stieß von unten mit den gespannten Hüften zu. Sie saugte stärker und spürte, wie sein Körper geschüttelt wurde, ehe er ganz starr wurde und sich tief in ihrem Mund ergoss. Sie schluckte und labte sich an seinem Nektar, während sie seine Ekstase genoss, denn sein Körper zuckte immer noch.

Wenige Augenblicke später legte er sie sanft auf das knisternde Betttuch und revanchierte sich mit seiner Zunge, die tief in sie eindrang und dann langsam über das sämig nasse Gewebe strich, während die Nase gegen ihre geschwollene Klitoris rieb. Sie juchzte und schrie, rief seinen Namen und bäumte sich, als sie vom Orgasmus durchgeschüttelt wurde.

Als sie sich erholt hatte, schenkte er wieder Champagner ein, und Marisa ruhte zufrieden auf seiner Brust. »Du bist das Ass im Spiel, James«, murmelte sie schläfrig. »Habe ich dir das schon mal gesagt? Das einzige Ass, dem ich bisher begegnet bin.«

Er lachte. »Zählt das Ass eins oder elf?«

»Elf natürlich. Deshalb wollte ich auch unbedingt die Einladung haben. Weil ich das Pik Ass gesehen hatte. Es hat mich neugierig gemacht.«

»Und ich habe dich nicht enttäuscht?«

»Oh, nein.« Sie kuschelte sich an ihn und schlang die schlanken Beine um seine muskulösen Schenkel. »Überhaupt nicht.«

Er drückte den Arm fester um sie. »Marisa, ich muss dir etwas sagen.«

Seine Stimme klang plötzlich ernst. Ihr war, als würde eine kalte Faust ihr Herz quetschen, und mit einem Mal war sie wieder nüchtern. Er würde ihr sagen, dass es vorbei war. Spaß, aber keine Verpflichtung, das war ihre Devise, auf die sie sich beide eingelassen hatten. Ihre Sommeridylle konnte nicht von Dauer sein.

Sie hatte es immer gewusst. Vom ersten Treffen an war ihr bewusst gewesen, dass er außerhalb ihrer Reichweite war. Trotz ihrer Erbschaft war sie Marisa Brooke, Tochter eines rastlosen Deserteurs, und so eine konnte nie zu seiner Welt gehören. Sie kämpfte gegen das Gefühl der Übelkeit an. »Keiner von uns will seine Unabhängigkeit verlieren«, hatte er sie gewarnt. Sie hätte es nicht zulassen dürfen, so viele Gefühle für irgendjemanden zu empfinden.

Sie wandte sich ihm mit lachenden Augen zu und sagte fröhlich: »Lieber James, du klingst so ernst. Dies ist eine wunderschöne Sommerepisode. Wir wissen beide, dass sie bald vorüber sein wird.«

Er runzelte die Stirn. »Marisa, ich muss für ein paar Tage nach Winchester. Da gibt es ein paar Dinge, die wir vorher besprechen sollten.«

Sie legte einen Finger über seinen Mund. »Wirf keinen

Schatten auf das Ende, indem du eine ernsthafte Diskussion beginnst. Rede nicht, sondern küss mich.«

Er zögerte noch, aber dann küsste er sie.

Delsingham hatte gesagt, dass er in ein paar Tagen aus Winchester zurück sein würde. Marisa redete sich ein, dass seine Abwesenheit ihr nichts bedeutete, und als wollte sie seinen Warnungen trotzen, ritt sie allein aus. Die Tage wurden schon merklich kürzer, und morgens lag Tau auf den Wiesen. Die Kastanien lugten rötlichbraun aus den stacheligen grünen Schalen, die sie schon gesprengt hatten.

Sie ritt bis zum Buchenwald und wollte mit der Stute umkehren, als sie unter den Bäumen eine rasche Bewegung wahrnahm. Ihr Pferd scheute, und sie hatte Mühe, es unter Kontrolle zu halten. Ihr Herz schlug ihr im Hals, als ein Mann aus dem Wald rannte, direkt auf sie zu.

»Seth! Du bist es!« Sie seufzte vor Erleichterung, als sie den Zigeuner erkannte.

»Marisa, entschuldige, dass ich dich erschreckt habe.«

Sie ritt zu ihm, und Seth strich den Hals der aufgeregten Stute. Er hatte eine Zauberhand im Umgang mit Pferden.

»Wie schön, dich zu sehen, Seth«, sagte Marisa. »Wie geht es dir?«

»Ganz gut.« Sein Gesicht war seltsam verschlossen. »Aber ich muss dir was sagen. Es geht um Lord Delsingham.«

Marisa hielt die Luft an. An der Art, wie er den Namen aussprach, hörte sie, dass Seth nicht viel von Delsingham hielt.

»Was ist mit ihm?«

Er sah zu ihr hoch. »Ich weiß, wie es um euch steht, Marisa. Ich schätze, jeder in der Umgebung weiß das. Aber ich glaube, du solltest wissen, dass man ihn vor ein paar

Tagen gesehen hat, wie er mit dem Kerl mit den roten Haaren gesprochen hat. Varley. Erinnerst du dich an ihn, Marisa?«

Marisas Finger verkrampften sich um die Zügel. Ihr war schlecht, wenn sie an die Szene denken musste. Wie sollte sie das je vergessen? »Du willst mir sagen, dass Lord Delsingham mit dem Mann gesprochen hat, der dich angegriffen und ausgepeitscht hat?«

Er hielt ihrem Blick stand. »Ja, richtig. Sie sind vor zwei Tagen auf dem Jahrmarkt in Richtung Winchester gesehen worden.«

Marisa schüttelte verwirrt den Kopf. »Vielleicht war das nur ein Zufall, Seth.«

»Lord Delsingham hat ihm Geld gegeben, Marisa. Die beiden haben sich ein paar Minuten lang flüsternd unterhalten, dann hat Delsingham ihm Geld gegeben. Es ist die Wahrheit. Wir Zigeuner erfahren viele Dinge, und ich dachte, du solltest das wissen.« Er nickte ihr zu, dann drehte er sich um und ging in den Wald zurück.

Marisa ritt ihm hinterher. »Warte, Seth! Was willst du mir damit sagen?«

Er blieb stehen und wandte sich ihr wieder zu. »Nichts, Marisa. Ich sage dir nur, was ich weiß. Ich schätze, du kannst deine Schlüsse daraus ziehen, genau wie ich. Es gibt im Adel eine Menge Leute, die es nicht hinnehmen, dass ein Zigeuner was mit einer Frau hat, auf die sie selbst ein Auge geworfen haben.«

Im nächsten Moment war er wieder im Wald verschwunden.

Normalerweise hätte sich Marisa während Delsinghams Abwesenheit in ihrem schönen Haus beschäftigt und sich das köstliche Wiedersehen ausgemalt. Aber jetzt war sie mit nichts als ihren Sorgen beschäftigt und den dunklen Ängsten, die ihr keine Ruhe gaben.

Sie mochte nicht glauben, dass Lord Delsingham etwas mit dem Überfall auf sie und Seth zu tun hatte. Aber warum hatte er sich mit diesem widerlichen Kerl unterhalten? Ihr fiel ein, wie wenig Delsingham gesagt hatte, als sie ihm von dem Überfall berichtet hatte. Und sie erinnerte sich auch daran, dass er an jenem Nachmittag, als sie erstmals wieder das Florett in die Hand genommen hatte, ganz heimlich ins Haus geschlichen war. Hatte er geglaubt, es wäre niemand da? Wenn ja – was plante er?

Argwohn war Marisas zweite Natur. Sie hatte schon früh erfahren, dass man damit besser fuhr, als den Menschen zu trauen. Plötzlich sah sie auch die Männer, die Delsingham geschickt hatte, um ihr zu helfen, mit anderen Augen. Sie waren ruhig und ordentlich, und Marisa gewahrte sie kaum, denn sie schliefen in den Unterkünften bei den Ställen.

Einmal kam Marisa von ihrem Morgenausritt zurück, als sie einen von ihnen aus ihrem Arbeitszimmer treten sah, wo sie alle Dokumente und Papiere aufbewahrte. Er wurde verlegen und sagte, er hätte Lucy gesucht, aber Marisa wusste, dass er log. Plötzlich fühlte sie sich durch Delsinghams Männer nicht mehr beschützt, sondern ausgespäht.

An einem Nachmittag kam Sir Julian Ormond vorbei und sagte, er würde für eine Weile verreisen. Er bat sie, einige Papiere zu unterschreiben, die im Zusammenhang mit dem neuen Investment stünden. Marisa, wie immer verlegen und beschämt, wenn sie die langen Worte nicht lesen oder nicht verstehen konnte, unterschrieb hastig. Ormond nahm die Papiere an sich, und nach einem kurzen Zögern fragte er: »Ist Lord Delsingham da, Marisa?«

»Nein«, sagte sie schroff. »Ich glaube, er hat geschäftlich in Winchester zu tun.«

Ormond schien mit sich zu ringen. Er ging im Salon einige Male auf und ab. Die Sonne schien durch die hohen Fenster und funkelte auf der makellosen Spitze um Kragen und Manschetten seines Hemds. Plötzlich wandte er sich Marisa zu.

»Ich hasse es, Sie unglücklich zu sehen, Marisa, aber Delsingham ist ziemlich berüchtigt, was Frauen angeht.«

»Das letzte Mal haben Sie mir erzählt, er wäre verlobt, aber das stimmte nicht.«

Ormond wollte auf sie zugehen, blieb aber nach dem ersten Schritt schon stehen und legte seine Hand auf den Stuhlrücken. »Weil Delsingham die Verlobung kurz vorher gelöst hat. Lady Henriettas Familie ist entsetzt. Ganz London klatscht noch über den Skandal. Viele Frauen finden Delsingham attraktiv. Sie sollten auf der Hut sein, Marisa.«

Sie erwiderte kalt: »Haben Sie sonst noch etwas, oder wollen Sie mich weiter mit dem Tratsch unterhalten?«

Sein Gesicht verschloss sich. »Ich wollte Ihnen nur nahe legen, vorsichtig zu sein, Marisa. Ihnen ist doch klar, dass Delsingham nichts gewinnt, wenn er Sie heiratet? Er selbst ist wohlhabend genug, und wenn er heiratet, dann nur, um sich mit einer der höchsten Familien des Landes zu verbinden.«

Marisa ging ans Fenster, drehte sich dann wieder Ormond zu und sagte mit einem kalten Lächeln: »Ich muss Sie davon in Kenntnis setzen, Sir, dass ich nicht die Absicht habe, irgendjemanden zu heiraten. Ich schätze Ihre Hilfe in finanziellen Dingen, aber ich benötige keinen Rat, was mein Privatleben betrifft. Wenn Sie nichts dagegen haben, werde ich dem Stallburschen auftragen, Ihr Pferd zu bringen. Danke für Ihre Mühe, aber meine

Freundschaft mit Delsingham hat absolut nichts mit Ihnen zu tun.«

Ormond senkte den Kopf, und in seinem Kinn zuckte ein Muskel. »Natürlich. Aber da ist noch eine Sache. Ich sage es nicht gern, aber Sie sollten wissen, dass Lord Delsingham Anstalten trifft, Ihre finanzielle Grundlage zu untersuchen.«

Marisa trat einen Schritt vor. Mit schmalen Lippen fragte sie: »Er tut was?«

»Es stimmt, fürchte ich. Ich habe einen stillen Hinweis von Newmans erhalten, das ist der Londoner Bankier, dem ich einen Teil Ihres Geldes anvertraut habe. Delsingham versucht herauszufinden, wie Sie Ihr Geld angelegt haben. Das ist schon merkwürdig, es sei denn, Sie haben ihn damit beauftragt.«

Marisa fühlte sich benommen und erinnerte sich, wie sie einen von Delsinghams Männern aus ihrem Arbeitszimmer hatte kommen sehen. »Nein, nein, das habe ich nicht«, murmelte sie und wandte sich wieder zum Fenster.

Als sie sich einigermaßen gefasst hatte, drehte sie sich zu ihm um. »Danke für Ihren Besuch, Sir Julian. Ich will Sie nicht länger aufhalten. Nur noch eins, bevor Sie gehen: Ich brauche dringend etwas Bargeld. Können Sie in die Wege leiten, dass ein Teil der Investitionen verkauft werden? Ich brauche etwa zweitausend Pfund.«

Er schien zu zögern, dann sagte er lächelnd: »Aber natürlich, Marisa. Es kann eine Woche dauern oder zwei. Ich kümmere mich darum.«

Endlich ging er, und Marisa blieb ruhelos und unglücklich zurück. Später an diesem Morgen schickte sie die Männer, die Lord Delsingham ihr zur Verfügung gestellt hatte, von ihrem Besitz.

Am Abend des nächsten Tages war Lord Delsingham wieder da. Marisa, die mit Lucy im Salon saß, hörte das Hufgetrappel im Hof und spürte, wie ihr Herz zu rasen begann.

Lucy lief zum Fenster und zog die Vorhänge zurück. »Es ist Lord Delsingham«, rief sie glücklich. »Er ist allein. John kümmert sich um sein Pferd.«

Marisa erhob sich. »Öffne du ihm die Tür, Lucy. Ich werde ihn hier empfangen.«

Ein paar Momente später schritt Lord James Delsingham in den Salon, den hohen Hut in der Hand.

»Marisa«, rief er, »geht es dir gut? Ich habe meine Männer hier erwartet, aber John hat mir gesagt, dass sie weg sind. Warum? Was ist passiert?«

Marisa stand reglos vor dem Kamin. Sie trug ein Kleid aus lindgrünem Tüll, und die blonden Locken waren locker in einem grünen Satinband zusammengefasst.

»Ich habe sie weggeschickt«, sagte sie.

Seine Augenbrauen hoben sich. »Warum? Sie sollten dich beschützen, Marisa, und auch die nötigen Arbeiten für dich erledigen. Warum hast du sie weggeschickt?«

Sie hob den Kopf und begegnete seinem brennenden Blick. »Ich muss unabhängig sein, James. Ich muss wissen, was um mich herum geschieht. Ich mag es nicht, von den Spionen eines anderen umgeben zu sein.«

Er trat einen wütenden Schritt vor. »Spione?«

»Ja, Spione! Ich kann niemandem mehr trauen, begreifst du das nicht?«

Er fragte mit tiefer Stimme: »Traust du mir auch nicht, Marisa?«

Sie schüttelte den Kopf. »Dir am allerwenigsten. Und ich glaube, du weißt auch warum.«

Er ging entschlossen auf sie zu und packte ihre Schultern. Die Finger griffen in den dünnen Stoff ihres Kleids. Seine

Stimme überschlug sich fast, als er rief: »Nein, ich weiß nicht warum. Sage es mir endlich!«

Sie hielt sich starr in seinem Griff. »Du hast dich in meine finanziellen Angelegenheiten eingemischt.«

Er zuckte leicht, dann fragte er: »Woher weißt du das?«

Marisa empfand jetzt erst richtig das Ausmaß ihrer Enttäuschung, denn er leugnete nicht, dass er sich mit ihrer Bank in Verbindung gesetzt und ihr Spione ins Haus geschickt hatte. »Spielt das eine Rolle?«, fragte sie leise.

Schulterzuckend sagte er: »Nein, wahrscheinlich nicht. Wenn du mir so wenig traust, dass du nicht einmal darüber sprechen willst, dann ist alles gesagt. Und wenn du diesem Betrüger Ormond dein Geld anvertraust, dann hast du alles verdient, was dir noch blühen wird.«

Ihre Augen brannten von den ungeweinten Tränen. Sie hatte ihn noch nie so wütend gesehen. »Warum sollte ich dir trauen?«, flüsterte sie. »Du warst auf einem Jahrmarkt und hast mit dem Widerling geredet, der Seth so übel zusammengeschlagen hat. Gibt es dafür eine Erklärung?«

Er atmete tief ein und sagte zähneknirschend: »Seit du mir davon erzählt hast, bemühe ich mich, diese Kerle zu finden, weil ich herausfinden will, wer ihnen den Auftrag gegeben hat. Du befindest dich immer noch in Gefahr, Marisa, begreifst du das denn nicht?«

Sie schüttelte den Kopf, das Gesicht blass vor Gram. »Wir kann ich dir glauben? Du bist gesehen worden, wie du dem Widerling Geld gegeben hast. Woher soll ich wissen, dass du nicht der Mann warst, der ihm diesen Auftrag gegeben hat? Ich habe schon vor langer Zeit gelernt, dass ich niemandem trauen kann.«

Langsam ließ er die Arme fallen. Sein Gesicht war schroff und farblos. Nach einer langen Zeit sagte er: »Marisa, wenn du niemandem auf der Welt trauen kannst, mir kannst du vertrauen. Vergiss das nicht. Aber ich will mich nicht anpreisen. Ich habe verstanden, dass du deine verdammte Unabhängigkeit mehr schätzt als unsere Freundschaft. Du weißt, wo du mich finden kannst, wenn du deine Ansichten änderst.«

Er drehte sich um und ging hinaus, und sie hörte, wie hinter ihm die Haustür ins Schloss fiel. Als der Klang der Pferdehufe immer leiser wurde, verharrte Marisa auf ihrem Platz, die Augen blieben trocken. Sie würde nicht weinen, schwor sie sich.

Rowena war wieder bei den Zigeunern, und sie war froh darüber. Ormond hatte gesagt, er müsste für eine Weile nach London reisen, deshalb benötigte er ihre und Mattys Hilfe nicht mehr. Rowena glaubte, dass Ormonds Reise etwas mit seinem Rachefeldzug gegen Marisa Brooke zu tun hatte, was sie freute. Er hatte ihr zwei Goldstücke gegeben, und sie hatte ihm vorgetäuscht, traurig über die Trennung zu sein, dabei war es wunderbar, wieder bei den Freunden zu sein, mit ihnen in dieser warmen Nacht am Lagerfeuer zu sitzen, die blinkenden Sterne zu beobachten und das Plaudern der anderen Roma zu hören.

Seth war viel unterwegs, er kaufte Pferde und verkaufte sie wieder. Seine Abwesenheit enttäuschte sie, aber Caleb war ja da. Sie saß neben ihm, sie labten sich am Wein, und sie erzählte von Ormonds gefühlloser Art und von seiner Schwäche, gedemütigt zu werden.

Caleb knurrte, nahm ihre Hand und drückte sie gegen seinen Schritt. »Du brauchst einen richtigen Mann, Mädchen, was?«

»Oh, ja, Caleb, das stimmt.« Sie kuschelte sich an ihn. »Ich will deinen Dicken endlich wieder in mir spüren.«

Er beugte sich über sie und küsste sie grob, aber genau in diesem Augenblick begann einer der mageren Köter zu bellen, die das Zigeunerlager umkreisten. Caleb richtete sich verärgert auf. »Was hat denn der Kläffer, verdammt?« Er ging dem Hund entgegen und kam nach ein paar Minuten grinsend zurück.

»Da ist ein prächtig schöner Herr für dich, er wartet drüben unter den Bäumen und sagt, er hätte Appetit auf ein heißes Zigeunermädchen.« Caleb öffnete seine Hand und zeigte ihr die Goldmünze. »Er sagt, er hätte noch mehr davon.«

Rowena kam hastig auf die Füße, glättete ihre weiten roten Röcke und schwenkte die Hüften. »Hört, hört«, sagte sie. »Und was hat der feine Herr gesagt, soll ich für ihn tun?«

»Du sollst ihm die Zukunft vorhersagen, was denn sonst?«, sagte Caleb glucksend, gab ihr einen Klaps und sah ihr nach, wie sie in der Dunkelheit verschwand. In einer Hand trug sie eine fast noch volle Flasche Wein.

Ein feiner Herr. Rowena fragte sich, ob Ormond schon aus London zurück sein konnte. Nein, denn Caleb hätte ihn erkannt.

Sie hielt den Atem an, als sie den Mann im Schatten der Birken stehen sah. Tatsächlich ein feiner Herr, und ein gut aussehender noch dazu. Die langen Beine steckten in engen Breeches und Stiefeln, und über dem weißen Rüschenhemd trug er eine cremefarbene Weste.

Rowena betrachtete seine breiten Schultern und leckte sich erwartungsvoll die Lippen. Sie ging näher und erkannte ihn: Lord Delsingham, Besitzer von Fairfields, mit Abstand der größte Besitz weit und breit. Es hieß, dass die Ladys verrückt nach ihm waren, besonders Miss Marisa Brooke.

Sieh an, sieh an. Er wollte sie also haben. Nun, sie würde es ihm so gut besorgen, dass sich der Lord noch lange an sie erinnern würde. Sie schob die Schultern vor, damit die

Bluse ein bisschen rutschte und im Mondlicht mehr vom Ansatz ihrer Brüste zu sehen war. Unter dem dünnen Blusenstoff zeichneten sich die Nippel wie dunkle Beeren ab.

»Sie wollten mich sehen, Mylord?«

Er betrachtete sie, und sein Mund verzog sich zu einem Schmunzeln. »Ja, wenn du mir gefällst.«

Sie trat dicht vor ihn und zog einen Schmollmund. Mit einem Finger fuhr sie neckend über seine Wange, dann zog sie an ihrer Bluse, bis sie so tief gerutscht war, dass ihre Brüste bloßlagen. Die dunklen Nippel waren hart und erregt. Sie rieb sie gegen seine Seidenweste und spürte seinen flachen, harten Bauch. Während sie die Weinflasche in der einen Hand hielt, zog sie mit der anderen Hand seinen Kopf nach unten und küsste ihn auf den Mund. Ihre Zunge spielte mit seiner und drang dann tiefer in seine feuchte Höhle ein.

Sie stieß einen Laut der Zufriedenheit aus, als sie spürte, dass er reagierte. Seine Zunge stieß gegen ihre und fuhr in ihren Mund, fuhr ein und aus, als wollte er den Geschlechtsakt nachahmen, während er eine Hand auf ihren Po legte und sie gegen sich presste.

Rowena keuchte, als sie die Schwellung in seiner Hose spürte. Durch die eng sitzenden Breeches zeichnete sich die Erektion deutlich ab. Sie nahm den Oberkörper ein wenig zurück und sah ihn mit ihren sprühenden grünen Augen bewundernd an. »Wir sollten ein bisschen weiter gehen, Mylord«, sagte sie. »Ich kenne da eine kleine Lichtung, wo wir ungestört sein werden.«

Er nickte, und sie führte ihn in eine mondbeschienene Mulde im Wald, wo das dicke Moos von leuchtenden gelben Butterblumen durchbrochen wurde. Sie ließ sich auf den Boden sinken und zog ihn mit sich. Sie nahm einen Schluck aus der Weinflasche und spürte, wie der Alkohol in ihr Blut schoss. Danach reichte sie ihm die Flasche und sah zu, wie sich seine Halsmuskeln bewegten, als er schluckte. Ein schöner Mann, befand sie, als sie ihn im Profil ansah. Er war der schönste Mann, den sie je getroffen hatte. Kein Wunder, dass es hieß, die Frauen wären verrückt nach ihm. Sie musste an Marisa Brooke denken, und ihre Augen blickten eiskalt.

Nun, dachte sie triumphierend, er musste schon genug von Miss Marisa Brooke haben. Und sie, Rowena, würde ihm etwas geben, wovon er noch lange zehren würde. Sie langte nach seiner Hand und presste sie gegen ihre heiße, geschwollene Brust. Er streichelte sie sanft und zog genüsslich an ihren Nippeln.

Sie keuchte, als die dunkelbraunen Spitzen zu prickeln begannen, und beinahe wie von selbst fielen ihre Schenkel auseinander, und sie spürte die frische Brise an den feuchten Falten ihrer Vulva. In ihr zuckte es voller Lust, so groß war die Vorfreude auf seinen schönen starken Penis.

Er beobachtete sie, während er an ihren pochenden Brustwarzen zupfte. »Nun, Mister«, fragte sie stöhnend, »wollen wir jetzt zur Sache kommen oder was?«

Er lachte. »Du bist ein heißes Zigeunermädchen.«

Sie fluchte still vor sich hin und streckte die Hand aus, um damit über die Innenseiten seiner kräftigen Schenkel zu streicheln. Sie mühte sich mit den Knöpfen seiner Breeches ab. Endlich sprang der Schaft heraus, dick und steif, und sie leckte sich die Lippen und strich mit zitternden Fingern stöhnend über die harte Länge.

»Bitte, Mister«, flüsterte sie, »nehmen Sie mich jetzt. Stecken Sie mir Ihr herrliches Ding rein. Sie brauchen mich auch nicht zu bezahlen. Ich will Sie nur in mir spüren.«

Er beugte sich über sie, und sie rieb weiter seinen Schaft, während sie mit der anderen Hand ihre Röcke hob und mit einem Finger über die feuchten Labien strich. Ihr kleiner Lustknopf war steif und erregt und lechzte danach, gekost zu werden. Laut stöhnte sie auf, als sie die pralle Eichel zwischen den Labien spürte. Sie umklammerte seine Schultern und wollte ihn tiefer in sich haben, aber er schob ihre Hände zurück und kniete sich zwischen ihre gespreizten Schenkel.

Die lange Stange pochte einen Fingerbreit vor ihren Lippen auf und ab. Rowena schrie sehnsüchtig auf und hob die Hüften an, um ihn zu verschlingen, aber er drückte sie mit leichter Hand wieder auf den Boden zurück.

»Bitte, Mister«, bettelte sie, »lassen Sie mich nicht warten. Bitte, stecken Sie ihn rein.«

»Du wirst ihn bald haben, Zigeunermädchen. Aber zuerst möchte ich ein paar Dinge von dir erfahren.«

Rowena blinzelte verwirrt. Sie spürte sein Gewicht auf sich und fühlte sich wie in einer Falle. Das hatte fast schon was Unmenschliches an sich. Was für ein Mann war er, dass er in einem solchen Moment reden wollte? Ein wenig verängstigt sagte sie: »Kommt darauf an, worüber Sie reden wollen.«

Er bewegte sein Becken, und dann spürte sie für einen kurzen Moment den knochenharten Schaft, der zwischen die Labien drang und gegen die Klitoris stieß. Sie stöhnte voller Entzücken auf und wusste, dass dieser Mann ihr Lust bringen konnte, aber dann wich das Entzücken einer tiefen Enttäuschung, als er sich langsam wieder zurückzog. Er beobachtete ihre Reaktionen und sagte leise: »Erzähle mir ein wenig von Sir Julian Ormond.«

Rowenas Augen blitzen abweisend. »Da gibt es nicht viel zu erzählen«, sagte sie trotzig. »Oh.« Sie keuchte auf, als sich der mächtige Phallus wieder zwischen die seidigen Schamlippen schob.

»Mich interessieren keine intimen Details über euch«, sagte er. »Ich möchte aber wissen, welches Interesse er mit Marisa Brooke verfolgt.«

»Woher soll ich das wissen?«

Seine Hände lagen auf ihren Handgelenken. »Ich glaube, du weißt eine ganze Menge.«

»Nun, er lässt sie beobachten. Seine Männer spionieren ihr nach. Aber das ist doch nicht verboten, oder?«

»Warum?«, fragte er.

Rowena hatte plötzlich Angst vor ihm. Sie ahnte, dass er ohnehin schon alles wusste. Warum fragte er also noch? Rasch fuhr sie fort: »Er hasst sie, weil er glaubt, dass er das Haus und das Geld hätte erben sollen, es stand ihm zu. Aber er ist zuversichtlich, dass er sie bald aus dem Haus vertrieben haben wird.«

Delsinghams Hände drückten etwas fester auf ihre Gelenke. »Wieso? Wie will er das anstellen?«

»Weil sie kein Geld mehr hat, glaube ich.« Sie hörte Delsingham leise fluchen. Rowena fragte schmollend: »Tun Sie's nun mit mir oder nicht? Ich kann nicht die halbe Nacht auf Sie warten.«

Er mahlte den Penis langsam in sie hinein und senkte den Kopf zu ihren Brüsten. Die Zunge leckte über die harten Nippel, und sie spürte die Auswirkung in ihrem pochenden Schoß. Er neckte die steilen Erhebungen mit den Zähnen, biss leicht zu und leckte sie dann wieder. Gleichzeitig bohrte er sich ganz in sie hinein und füllte ihre schmerzende Leere.

Sie schüttelte sich. »Oh, ja, ja! Das ist viel, viel besser. Und jetzt härter, bitte, ich bin bald da ...«

Er zog sich aus ihr zurück, und sie stieß einen Schrei der Enttäuschung aus. Frustriert ließ sie die Hüften kreisen.

»Und das Feuer?«, fragte er. »Das Feuer, das in den Ställen von Melbray Manor gelegt wurde?«

»Er hat gesagt, wenn ich etwas verrate, würde er mich umbringen.«

Delsingham bewegte sich wieder in sie hinein, teilte nur

die geschwollenen Labien und stieß langsam tiefer. Rowena rutschte ihm entgegen, aber dann verharrte er regungslos in ihr und zog sich schließlich wieder ganz aus ihr zurück. Sie hob den Kopf und sah seinen zuckenden Penis über ihren Schamhaaren liegen, rot und feucht glänzend, dick und lang. Ah, wenn er doch nur in ihr abziehen würde, es hatte sich so köstlich angefühlt. Es würde auch nicht mehr lange dauern.

»Sage es mir«, flüsterte er.

»Na ja, es war einer von Ormonds Leuten«, log sie. »Das Feuer sollte die Frau abschrecken und vielleicht ganz vertreiben. So war es auch mit der Sattelschnalle und mit den Typen, die er auf Seth angesetzt hat.«

»Hast du gewusst, dass er sie auf Seth angesetzt hat?«

»Nein. Ich habe dem Bastard Ormond nur gesagt, dass Seth bei Marisa ist, denn ich hasse sie, aber ich wollte doch nicht, dass er Seth etwas antut. Bitte, Mister, machen Sie mich jetzt fertig, ich will ihn wieder spüren ...«

»Warum hasst du Marisa Brooke?«

»Weil sie eine Dirne ist, eine schmutzige kleine Hure, die sich als feine Lady gibt. In Vauxhall hat sie um Sex mit uns gewürfelt. Damals schon hat sie Seth verhext. Sie hat uns alle reingelegt. Sie ist eine Schlampe.«

Rowena gelang es, eine Hand seinem Griff zu entziehen, und sie packte damit seine Hüfte. Die Erinnerung an den Abend in den Vauxhall Gardens, als Caleb sie von hinten genommen hatte, brachte sie fast an den Rand ihres Höhepunkts.

»Bestrafen Sie mich, Mister?«, fragte sie scheu. »Seien Sie nicht böse, bitte. Ich möchte nur den schönen Schwanz wieder in mir spüren.«

»Ich habe meine eigene Art, Leute zu bestrafen«, sagte Delsingham, dann richtete er sich auf, was Rowena unglaublich fand. Sie lag da und starrte auf den immer noch steifen Penis, den er jetzt behutsam zurück in die Hose schob.

»Was ist denn mit Ihnen los?«, rief sie wütend. »Sie haben mir Geld versprochen.«

Er warf ihr lässig einen goldenen Souvereign zu, der dicht neben ihrem Kopf landete. »Da hast du dein Geld. Ich finde, es ist leicht verdientes Geld.« Er drehte sich um und ging.

»Verdammt!«, rief sie ihm hinterher. »Sie sind genauso pervers wie Ormond.«

Er lachte. »Himmel, das hoffe ich nicht.«

Einige Schritte entfernt wartete Caleb auf sie und rieb hungrig an seinem geschwollenen Penis, während er dem Sexspiel zuschaute. Jetzt war er über die Entwicklung des Geschehens völlig verdutzt, weil der feine Lord seine Absichten offenbar geändert hatte und auf ihn zu kam, als hätte er die ganze Zeit gewusst, dass Caleb dort in den Schatten wartete.

»Hat es dir gefallen?«, fragte Delsingham. »Ich hoffe es, denn du wirst da unten dringend gebraucht.« Er nickte zur Mulde hin, in der Rowena noch lag, dann schritt er weiter, ohne sich noch einmal umzudrehen.

Caleb lief in die Mulde. »Das ging aber verdammt schnell«, sagte er zu Rowena. »Hat er dich bezahlt?«

Rowena zische: »Ja, hat er, aber das war auch schon alles. Schnell, Caleb.« Noch während er sich zwischen ihre Schenkel kniete, hatte sie schon eine Hand in seinen Breeches, holte den kräftigen Schaft heraus und pumpte auf und ab. Er stieß in sie hinein, und schon nach wenigen Bewegungen kam es ihr. Sie ließ erregt die Hüften kreisen und geriet in den nächsten Orgasmus, als Caleb tief in ihr seinen Höhepunkt versprühte.

»Das war besser als mit deinem feinen Herrn, was?«, grunzte er befriedigt, während sein Schaft die letzten

Zuckungen von sich gab. »Du hast einen richtigen Mann gebraucht, was, meine Schöne?«

Rowena sagte verbittert: »Du bist ein tollpatschiger Narr, Caleb.« Sie schob ihn von sich und wusch sich schnell im nahen Bach.

Ein paar Tage später stand Marisa in der kühlen Halle und atmete den längst vertrauten Geruch der alten Gobelins, der geschnitzten Balken und der vom Rauch dunkel gewordenen Ölgemälde aus längst vergangener Zeit ein. Durch die offene Haustür drangen die vermischten Düfte von Bienenwachs und Wald, von Sommerrosen und Lavendel, und schwach hörte sie Lucys Gesang. Sie stand in der Küche und polierte das Kupfer von Pfannen und Töpfen.

Marisa legte eine Hand auf die kunstvoll geschnitzte Balustrade und erinnerte sich, wie Delsingham sie in der ersten Nacht, die sie gemeinsam verbrachten, die breite Eichentreppe hinaufgetragen und ihr Sträuben und ihre Proteste mit heißen Küssen erstickt hatte.

Nun, diese Tage waren vorüber. Sie musste zu ihrer Bank nach Crayhampton. Einige Rechnungen mussten bezahlt werden, und Ormond, ihr Berater, war nicht zu Hause und hatte offenbar vergessen, dass sie Bargeld brauchte. John lenkte die Kutsche und wartete, während sie zu Smith & Tavitt ging, ihrer Bank in der High Street. Sie fragte, ob sie Zugriff auf die investierten Gelder hätte, die Sir Julian für sie angelegt hatte. Sie war schrecklich nervös, denn solche Gespräche offenbarten ihre Unzulänglichkeiten.

Der Bankier blätterte die Dokumente durch, die sie mitgebracht hatte, und als er damit fertig war, zeigte er ein ernstes Gesicht. »Sie sind schlecht beraten worden, fürchte ich, Miss Brooke. Diese Aktien sind zusammengebrochen. Der Handel hat sich nach dem Krieg zurückentwickelt, weil die ausländische Konkurrenz jetzt wieder zugelassen ist und billiger anbieten kann.«

Marisas Finger verkrampften sich um ihre Handtasche, und sie verstand nicht genau, was sie hörte. »Und meine Investments in der Schiffsindustrie?«, fragte sie schüchtern. »Kann ich darauf zurückgreifen, Mr Tavitt?«

Er hob ruckartig den grauen Kopf und blätterte wieder die Papiere durch. »Darüber habe ich keine Unterlagen. Sie haben Geld in die Schiffsindustrie investiert? Liebe Miss Brooke, ich fürchte, Ihre Investitionen haben eine katastrophale Entwicklung genommen. Haben Sie noch sonstiges Kapital, Miss Brooke?«

Sonstiges Kapital? Draußen auf der Straße bellte ein Hund und durchbrach die unheimliche Stille. »Ja, sicher«, log Marisa. Sie wusste genau, dass sie nichts mehr hatte. Ihre eigene Stimme hörte sich fremd in ihren Ohren an, das Zimmer schien sich zu drehen. Ihr ganzes Geld war weg.

»Das freut mich«, sagte Mr Tavitt.

»Außerdem«, fuhr Marisa fort, »habe ich ja noch den Besitz. Ich könnte ihn beleihen, nicht wahr?«

Edward Tavitt lehnte sich vor, das freundliche Gesicht voller Sorge. »Aber meine liebe Miss Brooke, Haus und Hof sind schon bis unters Dach belastet.« Er schob ihr ein Dokument zu. »Das ist Ihnen doch sicherlich klar? Sie haben die Dokumente erst kürzlich unterschrieben. Sir Julian Ormond hat sie vorgelegt und gesagt, dass Sie dringend Geld benötigten und Sie hätten ihn gebeten, sich darum zu kümmern. Ich war überrascht, aber ich nahm natürlich an, dass Sie wissen, was Sie tun.«

Marisa rang um Fassung, während die Zahlen und Buchstaben auf den Dokumenten vor ihren Augen tanzten. »Sie haben Ormond also Vollmacht über mein Geld gegeben?«

»Natürlich. Schließlich haben Sie die Papiere unterzeichnet, dass er der Bevollmächtigte über Ihre Konten ist. Sie sehen blass aus, meine Liebe. Kann ich etwas für Sie tun? Vielleicht einen Likör oder einen Tee?«

Sie war aufgestanden und beherrschte sich mit größter Mühe, obwohl sie spürte, dass alle Farbe aus ihrem Gesicht gewichen war. Ein Brandy hätte vielleicht geholfen. »Nein, danke, Mr Tavitt. Es geht mir gut. Es tut mir Leid, dass ich Sie gestört habe. Ich versichere Ihnen, es ist alles in Ordnung. Ich wünsche Ihnen einen guten Tag.«

Benommen ging sie die schmale Treppe hinunter und stand einen Moment später auf dem bevölkerten Gehweg. Kalter Schweiß brach auf ihrem ganzen Körper aus, obwohl die Sonne schien. Alles, absolut alles war falsch gelaufen. Sie hatte zugelassen, dass Ormond sie an der Nase herumführte, sie hatte ihm trotz Delsinghams Bedenken vertraut – sie hatte ihm sogar vertraut, um Delsingham zu ärgern. Sie war zu stolz gewesen, um irgendjemanden um Rat zu fragen, als Ormond sie aufgefordert hatte, die ersten Dokumente zu unterschreiben, zu stolz, um jemandem anzuvertrauen, dass sie die Hälfte der Begriffe überhaupt nicht verstand.

Völlig verstört kehrte sie zu John und Lucy zurück, die in der Kutsche warteten. »Fahre uns nach Hause«, sagte sie zu John. Es war nicht einfach, die Kutsche durch Crayhampton zu lenken, denn es war Markttag, und viele Menschen waren zu Fuß oder mit allen möglichen Karren und Wagen unterwegs. Marisa blickte schweigend aus dem Fenster, aber die Gestalten und Gesichter nahm sie nur als Schemen wahr.

Plötzlich zuckte sie zusammen, als sie zwei junge Frauen entdeckte, die sie keck anschauten. Die bunte Kleidung verriet sie als Zigeunerinnen, die eine schlank und dunkel, die andere mit fließenden roten Haaren. Marisa sah ihnen in die Augen und bemerkte, wie sich der breite Mund der Rothaarigen verächtlich verzog.

Sie spürte Lucys Hand auf ihrer Schulter. »Schau, Marisa, das sind die beiden Zigeunermädchen, die bei Sir Julian Ormond im Haushalt gedient haben. Er hat sie entlassen, weil er sie nicht mehr brauchen kann.« Sie gluckste. »Ich glaube, sie waren ihm zu anstrengend.«

Die Kutsche fuhr weiter, aber Marisa schaute zurück und hielt den verächtlichen Blicken der jungen Frauen stand. Sie erinnerte sich an die beiden Mädchen in den Vauxhall Gardens. Die Rothaarige gehörte Seth. Kein Wunder, dass sie Marisa jetzt hasserfüllt ansah.

Plötzlich fielen ihr die Holunderzweige im Stall ein, die sie nach dem Feuer gefunden hatte. Bei den Zigeunern ein Fluch, hatte Lucy ihr gesagt. Nun, das Feuer hatte nicht die Zerstörung angerichtet, die Rowena offenbar beabsichtigt hatte. Ormond hatte sie wahrscheinlich dazu angestiftet. Ormond, ihr geheimer Feind, der sie ruiniert hatte. Ihm war die Rache gelungen. Er hatte zwar nicht geerbt, aber bald schon würde ihm alles gehören. Sie konnte ihn nicht einmal des Betrugs bezichtigen, denn sie hatte alle Dokumente unterschrieben.

Als sie Melbray Manor erreichten, ging Marisa in ihr Schlafzimmer und packte die Sachen zusammen, mit denen sie aus London gekommen war. Sie wollte weg, so schnell wie möglich weg. Zurück dahin, wohin sie gehörte, wo sich nicht jeder über sie lustig machen konnte.

Dann würde sie Himmel und Hölle in Bewegung setzen, nach Melbray Manor zurückzukehren, denn sie fand, dass es ihr und nur ihr allein gehörte.

Elftes Kapitel

Im Mansardenzimmer seines Hauses in Park Place fand David Valsino, dass Lady Georgina Morency an diesem Abend fordernder war als sonst. Aber das störte ihn nicht. Obwohl sie schon Ende dreißig und ein wenig füllig war, hatte Lady Georgina eine phantastische Figur. Sie war eine Schönheit und – noch bedeutender – außergewöhnlich reich.

Ihr deutlich älterer Ehemann, ein Finanzier, war berauscht von ihr und zahlte große Summen für die sporadischen Launen seiner Gattin – und Fechten gehörte dazu. Heute hatten sie nicht einmal die Waffen in die Hand genommen, als Lady Georgina ihren Lehrer schon angefallen hatte. Sie hatte mit fliegenden Fingern die Knöpfe seiner seidenen Breeches geöffnet und das stattliche Glied herausgeholt, auf dem sie dann fröhlich geritten war und fast sofort einen Orgasmus erreicht hatte.

Jetzt schien sie zu einer Neuauflage bereit zu sein, aber David lag auf dem Sofa ausgebreitet, nahm ihre feuchten Küsse hin und lachte hilflos. »Wir haben doch noch Zeit, Lady Georgina.«

»Nein, nein«, antwortete sie hektisch und rieb seine neu erwachende Erektion. »Eine Stunde mit Ihnen ist nie genug.« Sie betete den gut aussehenden italienischen Fechtmeister an; jede Nacht träumte sie von seinem geschmeidigen Körper, von der glatten gebräunten Haut und den weichen Härchen auf der Brust, von seinen muskulösen Schenkeln und dem dichten Haarbusch, aus dem sich jetzt wieder das liebliche Instrument der Lust schwellend erhob. Nachts, wenn ihr alter Ehemann im tiefen Schlaf lag, erschöpft vom guten Essen und von zu viel Portwein, stellte sie sich vor, dass David bei ihr lag. Sie rieb sich dann mit den Fingern und träumte von seinem feinen Schaft, während sie von einem einsamen Orgasmus geschüttelt wurde.

Sie hatte sich die ganze Woche auf diese Stunde gefreut, und sie wollte sie bis zur letzten Sekunde auskosten. Sie schnürte ihr Mieder auf, und die vollen, immer noch festen Brüste fielen heraus. Gurrend strich sie über die Länge von Davids dunklem Schaft. Sie bewunderte die samtenen Kugeln seiner Hoden. »Jetzt müssen Sie mir etwas geben, woran ich mich die ganze Woche erinnern kann, Signor Valsino.«

Die Tür zum Mansardenzimmer wurde leise geöffnet, und der plötzliche Durchzug blies alle Kerzen aus. Georgina schrie erschrocken auf. Es wäre entsetzlich, wenn jemand sie beobachtete. Ihr Mann war wahnsinnig eifersüchtig. Wenn er von diesen Begegnungen erfuhr, würde er sie aufs Land verbannen.

David sprang auf, und dabei drang ein wütendes Zischen aus seiner Kehle, während Georgina mit klopfendem Herzen zur Tür schaute, als ein schöner blonder Jüngling ins Zimmer trat.

Ohne Kerze war es zwar dunkel im Zimmer, aber durch den Schein der Straßenlaterne konnte sie sehen, dass der Eindringling einen langen weiten Mantel trug. Das blonde Haar steckte unter einem breitrandigen Hut, dessen Schatten auf das helle, glatte Gesicht fiel. Georgina sah auch die Pistole in der Hand des Jünglings. Die Mündung war auf sie und David gerichtet.

»Lasst euch von mir nicht stören«, sagte der Eindringling mit einer tiefen, rauchigen Stimme. »Macht weiter.«

»Das kann nicht Ihr Ernst sein«, rief Valsino.

Die Pistole hob sich leicht und zeigte auf seine Brust. »Oh, nein, in solchen Dingen kenne ich keine Scherze. Macht weiter. Ich hasse es, bei wichtigen Dingen zu stören. Beide auf den Boden, da kann ich besser sehen, was ihr treibt.«

Georgina war außer sich vor Scham und Erregung. David schaute grimmig und berührte ihren Arm. Es war fast ein Wunder, dass seine Erektion hielt. Er raunte ihr zu: »Besser, wir tun, was er verlangt. Knien Sie sich auf den Boden, Georgina. Überlassen Sie es mir, mich im geeigneten Augenblick um ihn zu kümmern.«

Georgina fragte keuchend: »Er soll uns zuschauen?«

»Nun, sonst müssen Sie mit seiner Pistole diskutieren. Kommen Sie schon, knien Sie sich hin.«

Plötzlich war Georgina richtig aufgeregt. Sie kauerte sich auf den Boden und schauderte vor Scham, als David die Röcke hob, denn es war ihr bewusst, dass der Jüngling ihre vollen Backen sehen würde und auch die schweren Brüste, die sanft über den Boden strichen. Ihre Erregung stieg noch an, als sie Davids pressenden Penis zwischen den Schenkeln spürte, bevor er in die seidige Öffnung eindrang.

»Spielen Sie mit meinen Brüsten und bedienen Sie mich wie ein Hengst«, ächzte Georgina. »Ja, schneller, tiefer ...«

»Was soll er sonst noch tun?«, fragte der Fremde mit sanfter Stimme.

»Ich ... ich will, dass Sie meine Brustwarzen zwicken, David, und vergessen Sie nicht, zügig zuzustoßen. Oh, ja, das tut so gut ... Ganz weit zurück und dann wieder mit Karacho hinein. Ja, ja, genau so. Ich kann jeden Zentimeter Ihrer wunderbaren Stange fühlen.«

Ihre Stimme brach ab und endete in einem ekstatischen Stöhnen. Sie sah, dass der junge Zuschauer an der Tür lehnte. David pumpte fest in sie hinein, und Georgina schloss die Augen. So erregt war sie noch nie gewesen. David hielt ihre Hüften gepackt und stieß unermüdlich zu.

Die beiden trieben sich in eine Ekstase, um die der Zuschauer sie beneidete. Als das Paar auf dem Fußboden auseinander fiel, murmelte der Jüngling: »Das war doch gut so. Ohne mich hättet ihr niemals so einen Spaß gehabt.«

Georgina wandte den Kopf und sah die Gestalt an, dann wandte sie sich an ihren Fechtlehrer. »David, wer ist das?«

David Valsino grinste, als er sah, wie der Jüngling den Hut abnahm und die blonden Locken schüttelte. »Lady Georgina«, sagte er, »ich möchte Ihnen Miss Marisa Brooke vorstellen.«

»Eine Frau!«, stieß Georgina hervor. »Unglaublich! Sie raffte sich auf, richtete ihre Kleider und verabschiedete sich mit einem Kuss von David, während sie zu Marisa sagte: »Das war doch besser, als ich gedacht hätte.«

Später lehnte sich Marisa auf dem Sofa zurück. Sie nippte am Wein, den David serviert hatte. Lady Georgina hatte ihr das Versprechen abgerungen, zu niemandem ein Wort zu sagen, und als Marisa ihr das versichert hatte, schwor sie ihr ewige Freundschaft und lud sie ein, sie in ihrem Haus am Hanover Square zu besuchen.

»Schön, dass Sie wieder da sind, Marisa«, sagte David Valsino.

Sie nickte zufrieden. »Ich muss gestehen, dass ich mich wieder zu Hause fühle.« Nach einem weiteren Schluck Wein fuhr sie fort: »Sagen Sie, David, wohin würde ein Gentleman gehen, wenn er um hohe Einsätze spielen will?«

David lehnte sich vor, um ihr Glas wieder zu füllen. Er freute sich wirklich, dass sie wieder da war. Das Leben ohne sie war langweiliger gewesen. Er ahnte, dass sie in Schwierigkeiten steckte, aber er kannte sie zu gut, um nach Einzelheiten zu fragen. »Ich nehme an, Sie reden nicht von den üblen Spelunken an der Pall Mall?«

»Natürlich nicht«, erwiderte sie verächtlich. »Und auch nicht von den Buden in Houndsditch, wo Fleischergesellen und die mittellosen Schreiberlinge der Stadt um eine halbe Krone spielen. Nein, es muss um hohe Einsätze gehen.«

Er zögerte. »Diese Adressen ändern sich. Nach einem Skandal werden solche Clubs geschlossen und woanders wieder eröffnet. Aber im Sommer habe ich gehört, dass ein berüchtigter Club in Albion Place eröffnet hat. Viele Aristokraten, darunter viele junge Leute, die es sich leisten können, in einer Nacht viel Geld zu verbrennen und die eine Schwäche für Gefahr und Nervenkitzel haben, verkehren dort. Man erzählt sich, dass der dritte Sohn des Earls of Caterfield an einem Abend hunderttausend Pfund gewonnen und am nächsten Abend wieder verloren hat.«

Marisa nickte. Albion Place. Sie hatte schon davon gehört. Im Labyrinth der Straßen zwischen Whitcomb Street und Leicester Fields. »Wissen Sie auch, wie der Club heißt?«

»Ich glaube, er heißt nur Albion. Sicher bin ich nicht, denn alle Gäste halten sich sehr bedeckt. Natürlich haben nur Mitglieder Zugang zu den Räumlichkeiten, und Frauen sind ausgeschlossen. Deshalb haben Sie keine Chance, meine Liebe. Außerdem«, fügte er nachdenklich hinzu, »habe ich einige wilde Geschichten über den Club gehört. Ich glaube nicht, dass Sie mit solchen Typen was zu tun haben wollen, Marisa. Wenn Sie ein bisschen Geld verdienen wollen, gehen Sie zurück zu Ihren Freunden ins Blue Bell. Entweder da oder noch ein bisschen niedriger im Niveau – zum Beispiel die Bedford Arms im Covent Garden.«

Oh, nein. Das hatte sie hinter sich gelassen. Marisa lachte und hob ihr Glas. Während sie trank, schaute sie über den Glasrand hinweg zu David. »Natürlich ist mir bewusst, dass Clubs wie Albion außerhalb meiner Reichweite liegen. Ich bin nur interessiert, das ist alles. Ich will etwas über die neuesten Skandale hören.«

»Ist das Leben auf dem Land so langweilig, wie man es sich vorstellt?«

»Nein, ist es nicht«, antwortete Marisa, und ihre blauen Augen glänzten. »Eines Tages werde ich Ihnen darüber berichten. Lieber David, Sie sind mir immer ein guter Freund gewesen. Ich wäre Ihnen dankbar, wenn ich bei Ihnen ein Bad nehmen und etwas essen könnte.«

David nickte, während er sie entspannt auf dem Sofa sitzen sah. Ihre blonden Haare hatte sie kürzer schneiden lassen, wodurch ihr herzförmiges Gesicht stärker betont wurde. Der schlanke Körper sah trotz Hemd und Breeches und Stiefel sehr feminin aus. Obwohl er erst vor einer halben Stunde Sex gehabt hatte, spürte er die beginnende Erektion. Es gab keine Frau, die Marisa Brooke das Wasser reichen konnte.

»Wollen Sie später noch einmal zurückkommen?«, fragte er voller Hoffnung.

Sie beugte sich vor und legte eine Hand auf seinen Schenkel. »Mal sehen, wie sich der Abend entwickelt.«

Damit musste er sich zufrieden geben.

Zwei Stunden später war Marisa wieder in ihrem Element. Es war kurz nach zehn an diesem Abend, und in der engen Zockerbude in einer schmalen Gasse, die zur Drury Lane führte, hörte man außer dem gelegentlichen Klirren von Münzen kein Geräusch. Eine kleine Gruppe von Kiebitzen hatte sich um einen bestimmten Tisch in der Ecke eingefunden, wo die letzte Runde eines Piquetspiels begonnen hatte. Talgkerzen in den Wandhaltern spendeten spärliches Licht.

Marisa saß mit am Tisch. Nach dem guten Essen in Davids Haus fühlte sie sich entspannt und in guter Form. Sie schob ihren Dreieckshut nach hinten und fuhr sich mit gespreizten Fingern durch die kurzen Haare.

»Ich habe einen Vierer«, sagte sie und hielt den Blick auf ihre Karten gerichtet. Sie hatte viele Runden gewonnen, und ihr Gegner, ein Veteran des Halbinselkriegs, schaute nicht sehr glücklich aus.

»Dann hast du eine Menge, mein Junge«, knurrte er barsch.

Marisa legte die Karten auf den mit Weinflecken übersäten Tisch. »Jetzt habe ich dich, Captain«, sagte sie fröhlich.

Der Soldat fluchte derb, als Marisa den kleinen Berg von Goldmünzen an sich nahm und aufstehen wollte. »Verdammt, Junge, du könntest mir wenigstens eine Chance geben, mein Geld zurückzugewinnen.«

»Nein, das geht leider nicht«, erwiderte sie, verstaute das Geld in ihre Taschen und fuhr fort: »Das ist jetzt mein Geld, und nun will ich in einen Club, wo es um höhere Einsätze geht.« Sie schob sich langsam auf die Tür zu und tat so, als bemerkte sie nicht, dass alle aufgestanden waren. Sie spürte ihre Blicke auf dem Rücken, selbst als sie schon die Treppe zur Straße hinunterging.

Sie sah, dass einige Gestalten aus einer anderen Tür des schmalen Hauses traten, die ihr offenbar den Weg verstellen wollten. Wahrscheinlich hatten sie sich vorgenommen, ihr in jedem Fall aufzulauern, ob sie gewann oder nicht. Sie blieb auf der Treppe stehen und überlegte sich einen Ausweg. Zurück ins Haus?

Aber den Gedanken hatte sie noch nicht zu Ende gebracht, als der Soldat und drei andere Kerle hinter ihr die Treppe herunterkamen. Sie sprang von der Treppe und versteckte sich in einem Hauseingang.

»Wo ist der Bursche, verflucht?«, knurrte der Soldat. »Ich will mein Geld zurück, und dann will ich ihn für seine Unverschämtheit grün und blau schlagen.«

»Da!«, rief jemand von der Straße, »er versteckt sich da im Hauseingang.«

Marisa zog die Pistole aus ihrer Tasche und richtete sie mit tödlicher Gelassenheit auf die Kerle, die ihr den Weg versperren wollten. »Wer mich aufhalten will, bekommt eine Kugel in den Kopf«, sagte sie. »Das ist mein Ernst, Gentlemen. Ich bin erfahren im Umgang mit dieser Knarre.«

Sie zögerten, sahen sich unsicher an, und keiner wollte ihre Entschlossenheit auf die Probe stellen. Marisa ging die ersten fünfzig Schritte rückwärts, damit sie die Kerle auf der Straße und auch den Captain mit seinen Freunden im Auge behalten konnte, dann rannte sie in das Labyrinth von Hartley Court, wo sie in der Menge der Nachtschwärmer unterging, die die Bordelle und Weinspelunken rund um Drury Lane frequentierten.

Bisher war ihre Verkleidung nicht aufgefallen. David hatte sie in widerwilliger Bewunderung angesehen, als sie ein paar Stunden vorher sein Haus verlassen hatte. »Passen Sie gut auf sich auf«, hatte er sie ermahnt. »Sie sind so hübsch, dass die Knabenfreunde rund um die Vere Street hinter Ihnen her sein werden.«

»Alle? Nun, wenn ich ihnen dabei ihr Geld abknöpfen kann, soll es mir egal sein«, antwortete sie lachend. »Danke, David, danke für alles. Wir sehen uns bald.« Sie hatte ihn flüchtig auf die Wange geküsst und war in den Londoner Abend untergetaucht, entschlossen, ihr Vermögen zurückzugewinnen.

Jetzt stieg ihr die Londoner Stadtluft unangenehm in die

Nase, schließlich hatte sie sich an die frische aromatische Luft von Hampshire gewöhnt. Ihr Geruchsinn wurde von dem durchdringenden Gestank von Gin und Bier und Tabakqualm angegriffen, von dem überreifen und faulenden Obst, das die Straßenhändler einfach in die Gosse gekippt hatten, und von den billigen Düften der Prostituierten, die sich in den Hauseingängen drückten und Freier anlockten.

Die vertraute Kakophonie der Londoner Straßen schien ihre Lebensgeister wieder zu wecken. Sie musste über die Schreie der Karrenjungen schmunzeln, und das Lärmen der Karrenräder auf den unebenen Straßen war wie Musik in ihren Ohren. In bester Stimmung bog sie auf die Drury Lane ein, und ab und zu griff ihre Hand an die Tasche, in der ihre Münzen verstaut waren. Sie hatte genug gewonnen, um sich auf ein Spiel mit höheren Einsätzen einzulassen.

Sie sah in eine dunkle Einfahrt und gewahrte einen jungen Seemann, der ein kicherndes Mädchen beglückte, das er gegen die Hauswand drückte. Die neugierigen Blicke der Passanten störten ihn nicht. Das Mädchen juchzte und schlang die Arme um seinen Nacken, während er ihre Röcke hob und mit einem satten Ruck in sie hineinstieß. Der Anblick faszinierte Marisa und belebte ihren eigenen sexuellen Appetit, der schon durch Lady Georgina und David Valsinos Anstrengungen angeregt war.

Plötzlich musste sie an Lord Delsingham denken, aber sie schob die Gedanken an ihn in die hinterste Schublade ihrer Erinnerung. Er gehörte zu einem anderen Leben, in eine andere Welt. Jetzt war sie wieder Marisa Brooke, ein Kind der Londoner Straße. Sie trug Männerkleidung und genoss das sinnliche Gefühl der engen Breeches auf ihren schlanken Schenkeln und die sich um die Waden schmiegenden Lederstiefel.

Sie nahm eine Kutsche zum nördlichen Ende der Whitcomb Street, aber dann entschied sie, das letzte Stück des Weges zu laufen, denn sie kannte die Gegend nicht sehr gut, und hier hatte sie keine Freunde, auf die sie im Notfall zurückgreifen konnte. Es war besser, wenn sie sich in der Nachbarschaft zunächst etwas umsah. Sie bezahlte den Kutscher, schlenderte die Straße entlang und überlegte, wie sie sich Zugang zum Privatclub Albion verschaffen konnte. Noch hatte sie keine Ahnung, wie es ihr gelingen könnte, aber ihre alte Selbstsicherheit, durch Ormonds hässlichen Betrug so sehr erschüttert, kehrte zurück, als würde sie sie zusammen mit der Londoner Luft einatmen.

Die Straßen in dieser Gegend waren voll von Menschen, Karren und Kutschen. Marisa wartete in den Schatten und sah sich um. Sie wartete auf ihre Chance.

Eine elegante Kutsche hielt neben ihr. Sie sah das Wappen auf der Tür, und ihre Haut prickelte vor Erregung. Ein Mann lehnte sich aus dem Fenster und winkte sie heran.

Sie schlenderte hinüber zur Kutsche, die Hände tief in den Hosentaschen, die Finger um die Pistole. Der Mann war jung und sah gut aus, aber er zeigte ein mattes, müdes Gesicht, und die Augen waren blutunterlaufen vom üppigen Weingenuss. Man sah ihm an, dass er wohlhabend war. Marisa nahm in den wenigen Sekunden des Betrachtens wahr, dass seine Krawattennadel mit einem dicken Diamanten verziert war. Sie schaute in seine Augen und wartete.

»Nun, Junge«, sagte der Mann mit hochnäsiger Stimme, gefärbt vom Alkohol, »du hast ein schönes Gesicht. Hab dich noch nie in dieser Gegend gesehen. Willst du mir ein paar Minuten Gesellschaft leisten? Ich werde dich gut bezahlen.«

Marisa warf einen hastigen Blick auf den Kutscher und sah, dass er stur geradeaus schaute, als ginge ihn das alles gar nichts an. Sie war bereit, die Münzen in ihrer Tasche zu verwetten, dass sie von diesem Mann keine Störung zu befürchten hatte. Sie atmete tief ein und blickte wieder verstohlen auf die Krawattennadel. Oh, ja, das war ein Kinderspiel.

»Was zahlt der Herr?«

Der Mann hob die Schultern, als wäre es ihm egal. »Keine Ahnung, einen Guinea, schätze ich. Mehr, wenn du wirklich gut bist.«

Marisa zog die Tür auf und kletterte in die Kutsche, während der stumme Fahrer seine Pferde zu einem stillen Platz lenkte, offenbar an die Schrullen seines Herrn gewöhnt. Marisa setzte sich dem feinen Gentleman gegenüber und sah, wie er sie lüstern musterte, während die weiche, perfekt manikürte Hand schon mit der trägen Intensität eines Betrunkenen über seinen Schritt fuhr.

»So ein schöner Jüngling«, murmelte er. »Komm näher und nimm meinen langen Schwanz in die Hand. Saugst du ihn? Und wenn du dann ...«

Er konnte nichts mehr sagen, denn Marisa hatte den Hut abgenommen und kniete zwischen seinen Beinen. Sie öffnete die Knöpfe seiner Breeches und zog seinen Penis heraus.

»Oh, Junge, du hast so zarte Finger. Geh mit deinem Kopf drauf zu, ja, so ist es gut, mein Junge.«

Marisa rieb seinen Schaft, und als sie sah, dass er den Kopf zurückgelegt und die Augen geschlossen hatte, griff sie rasch an die Krawattennadel, zog sie ab und drückte gleichzeitig seinen pochenden Penis. Als sein Samen herausschoss, drückte sie die Tür auf und sprang hinaus, während die Kutsche weiter fuhr.

Marisa ging auf dem Gehweg in die entgegengesetzte Richtung, pfiff fröhlich vor sich hin und riskierte einen Blick auf die Krawattennadel in ihrer Hand.

Dann begann ihr Puls zu rasen, denn die Kutsche hatte auf der Straße gewendet, und sie hörte Schritte hinter sich. Eine tiefe Stimme rief: »Haltet ihn! Haltet den Kerl, der meinen Herrn gerade ausgeraubt hat!«

Hölle und Verdammnis. Sie hatte gedacht, alle Zeit der Welt zu haben, deshalb hatte sie sich auch nicht beeilt. Jetzt rannte sie und warf einen Blick über die Schultern. Der bullige Kutscher hatte mehr Ausdauer, als sie ihm zugetraut hatte; er hastete schreiend hinter ihr her. Ein paar Leute schlossen sich ihm an, so eine Jagd bot willkommene Abwechslung.

Ihre Pistole half ihr diesmal nicht weiter, denn wenn sie einen Schuss abgab, würden noch weitere Menschen auf die Jagd aufmerksam. Sie bog unversehens in einen dunklen Eingang, duckte sich und hoffte, dass die Verfolger nicht wussten, wo sie abgebogen war. Vielleicht gaben sie ja auf, wenn sie nicht mehr zu sehen war. Aber dann zerstob diese Hoffnung, denn die Schritte kamen bedrohlich näher. Gleichzeitig bemerkte sie, dass ihr Fluchtweg durch eine hohe Mauer blockiert war.

Sie sah sich schwer atmend um. In der Dunkelheit war nicht viel zu erkennen, und die Schritte und Stimmen waren schon ganz nahe. Wenn man sie hier entdeckte, saß sie in der Falle. Ihre Augen gewöhnten sich langsam an das Dunkel und machten eine unbeleuchtete Treppe aus, die offenbar in einen Keller führte, denn es waren nur ein paar Stufen, die nach unten gingen.

Sie huschte geduckt zur Treppe, stolperte sie fast hinunter, weil sie glitschig vor Nässe war, und fand sich dann vor einer schweren Tür wieder. Marisa drückte auf die Klinke, und zu ihrer Überraschung schwenkte die Tür auf. Sie schlüpfte hinein, drückte sie leise wieder ins Schloss und lehnte sich dagegen, bis sich ihr Atem normalisiert hatte.

Sie glaubte, die Stimmen ihrer Verfolger hören zu können, die den dunklen Hof absuchten und fluchten, weil sie nicht fündig wurden. Sie musste schnell verschwinden, denn es war ja durchaus möglich, dass auch ihre Gegner die kleine Treppe entdeckten. Entschlossen zog sie den Hut tief über den Kopf und schlug den Kragen ihrer Reitjacke hoch, dann trat sie in den schmalen dunklen Flur. Nach ein paar Schritten schon stand sie wieder vor einer Tür. Sie drückte sie einen Spalt weit auf und hielt vor Erstaunen den Atem an.

Das Gebäude war nicht verlassen, wie sie zunächst gedacht hatte, weil man von außen keinen Lichtschein hatte sehen können. Hinter dieser Tür lag ein breiter, langer Korridor, mit Eichenpaneelen ausgelegt und üppigen Perserteppichen auf dem polierten Parkett. Rechts und links gingen Türen ab, durch die man das Gemurmel männlicher Stimmen und das Klingen von Weingläsern hören konnte.

Was für ein Abenteuer. Sie war mitten in einer aufregenden und exklusiven Party gelandet. Ihre Haut glühte vor Aufregung. Sie bewegte sich leise in den Flur hinein, schloss vorsichtig die Tür hinter sich und folgte den Männerstimmen und dem schwachen Glühen von Kerzen. Rechts sah sie eine offene Tür, dahinter befand sich ein leeres Kartenzimmer. Die Kartenspiele lagen in versiegelten Packen auf dem grünen Tuch, und Marisas Herz schlug höher. Aber offenbar waren die potenziellen Spieler noch mit anderen Dingen beschäftigt.

Marisa schlich sich langsam weiter, und nach einigen Schritten erfuhr sie, womit die Männer beschäftigt waren.

In einem schwach beleuchteten Zimmer, das sich vor ihr öffnete, war etwa ein Dutzend Männer versammelt. Die meisten saßen, aber einige standen und lehnten sich mit dem Rücken an die Wand, die Arme über der Brust verschränkt. Stumme Betrachter, gelangweilt und ermattet, und doch erzitterte die Luft in dem Zimmer von der intensiven Konzentration der Zuschauer. Marisa folgte ihren starren Blicken und begriff.

Der Fokus der Aufmerksamkeit richtete sich auf ein kleines Podest am anderen Ende des Zimmers, diskret beleuchtet von mit Bedacht platzierten Wachskerzen. Auf dem Podest stand ein geschwungenes Sofa, über dem eine Frau in einem sittsamen schwarzen Seidenkleid lehnte, aber die Szene war alles andere als sittsam.

Die Röcke der Frau waren bis zur Taille hoch geschoben, und die in schwarzen Strümpfen steckenden Beine waren weit gespreizt, so dass ihre Scham völlig entblößt war. Hinter der Frau stand ein großer dunkelhäutiger Mann in der seidenen Livree und der grau gepuderten Perücke eines Dieners.

Marisa schaute in benommener Faszination zu, während der Mann in absoluter Gelassenheit die junge Frau vor den Zuschauern bediente. Marisa spürte plötzlich eine Trockenheit in der Kehle, als sie sah, wie der dunkle Penis zwischen den Schenkeln der Frau ein und aus fuhr. Der Mann verrichtete seine Arbeit mit einem gleichmütigen Gesichtsausdruck, aber die Frau war weniger beherrscht. Sie zog an ihren rosigen Nippeln, obwohl die vollen Brüste noch vom einengenden Mieder gehalten wurden, sie stöhnte und ächzte und stieß ihren Po seinem zustoßenden Schaft ungeduldig entgegen.

Marisa spürte das Zucken in den Lenden und schloss die Augen. Als sie sie wieder öffnete, schrak sie zusammen, denn zwei stämmige Diener, gekleidet wie der Mann auf dem Podest, bauten sich vor ihr auf und starrten sie feindselig an.

Einer von ihnen packte sie fest am Arm. »He, Junge«,

sagte er mit knirschenden Zähnen, »das gefällt dir wohl, was?«

Marisa war froh über die schattige Dunkelheit im Korridor und versuchte, sich aus dem Griff zu befreien. »Nimm deine Hand von mir weg«, zischte sie wütend, aber dann packte der zweite Kerl auch noch den anderen Arm, sodass jede Gegenwehr unsinnig wurde.

Inzwischen waren auch andere auf die Störung aufmerksam geworden und wandten sich dem Geschehen an der Tür zu. Leben kehrte in die gelangweilten Gesichter zurück.

Einer der Männer kam langsam auf Marisa zu. Er hatte pechschwarze Haare und einen schmalen Mund, dazu eine lange aristokratische Nase. »Sieh an, sieh an«, knurrte er. »Wer hat dich denn aus den Gassen hereingelassen, Junge?«

Jemand folgte ihm, ein fülliger, affektierter Mann, der Marisa durch seinen Kneifer ausgiebig musterte. »Ich habe dir gesagt, wir sollten auch die Hintertür abschließen, Sebastian. Ich wette, da ist er reingekommen.«

Der Mann namens Sebastian sah ihn eisig an. »Manchmal müssen wir überstürzt das Weite suchen, das weißt du so gut wie ich. Ich habe keine Lust, verhaftet zu werden, auch wenn dir das egal ist, du Narr.« Er wandte sich an Marisa und sagte mit leiser und bedrohlicher Stimme: »Ich habe dir eine Frage gestellt. Was willst du hier?«

Marisa nahm einen tiefen Atemzug und hob trotzig ihr Gesicht. Es gab keinen Ausweg, sie musste sich aus dieser Situation herausbluffen. Sie hatte sich schon aus ganz anderen Situationen gemogelt. Ihr fiel das leere Kartenzimmer ein, an dem sie vorbeigekommen war. »Was ich hier will?«, fragte sie keck. »Ich habe gehört, hier wird mit hohen Einsätzen gespielt. Deshalb bin ich hier.«

Der Mann lachte auf. »Es kann nicht jeder Dahergelaufene Mitglied im Albion Club werden. Aber du hast Recht, Junge, wir spielen hier um hohe Einsätze.«

Marisas Herz klopfte. Sie hatte es geschafft, ohne es zu wissen! Reiner Zufall, dass sie im Albion Club gelandet war. Alles in ihr kribbelte. Sie hob den Kopf und sagte: »Hohe Einsätze sind meine Spezialität.«

Der Mann nahm eine Prise Schnupftabak und schnaufte verächtlich, während er den jungen blonden Mann in dem langen weiten Mantel kritisch musterte. »Ich kann mir nicht vorstellen, dass du zu uns passt, Junge. An welchen Einsatz denkst du?«

Marisa sah ihn herausfordernd an. »Wenn Sie diesen Gorillas sagen, dass sie mich loslassen sollen, kann ich Ihnen zeigen, wie hoch ich setzen kann.«

Der Mann namens Sebastian winkte den beiden Dienern kurz zu. Nur widerwillig entließen sie Marisa aus ihrem Griff. Marisa tauchte tief in ihre Tasche und zeigte die Goldmünzen sowie die Krawattennadel mit dem dicken Diamanten. Gierige Blicke richteten sich auf ihre Hand. »Das ist mein Einsatz, meine Herren. Reicht das für den Anfang?«

Natürlich hätte man sie auch ausrauben können, aber unter den Zockern gab es einen Ehrenkodex, der das verbot. Sie konnte nur hoffen, dass diese Leute von dem Kodex gehört hatten und ihn befolgten. Nach einer Weile nickte Sebastian, und die kleine Gruppe begab sich schweigend eine schmale Treppe hinauf, und durch einen Rundbogen traten sie in ein kleines Zimmer, dessen Wände mit Teppichen behangen waren.

Ein Halter mit mehreren Kerzen stand auf dem Tisch in der Mitte des Zimmers, und Marisa spürte, wie sich ihre Sinne schärften. Es gab also ein Würfelspiel, keine Karten. Die Männer setzten sich um den großen Tisch. Einige schoben altmodische Lederschirme über ihre Stirn, um die

Augen vor dem flackernden Kerzenlicht zu bewahren. Marisa gab vor, sich auch behindert zu fühlen, und zog den Hut tiefer in die Stirn, damit ihr Gesicht im Schatten lag.

Stumme Diener folgten ihnen und boten Getränke an, und einige Frauen in schwarzen Seidenkleidern hielten sich in den Schatten des Zimmers auf und erinnerten Marisa daran, dass Glücksspiel nicht die einzige Unterhaltung war, die in diesem Club geboten wurde. Ein Haus der geheimen Freuden, dachte sie, Freuden für die Reichen und Perversen. Und ein Haus, in dem sie vielleicht ihr Vermögen zurückgewinnen konnte. Ihr Puls raste.

Alle waren bereit, Risiko zu spielen. Gelassen nahm sie am Tisch Platz und sah sich forschend um, während sie unbemerkt eine Hand in eine tiefe Tasche ihres Mantels steckte, wo sie die eigenen Würfel wusste. Das Spiel konnte beginnen.

Als sie an der Reihe war, die Bank zu übernehmen, rief sie selbstsicher ihre Zahl auf, dann senkte sie den Blick und verlor ihren Einsatz. Jemand kicherte, aber sie spielte und verlor weiter. Die Einsätze erhöhten sich, und das Spiel wurde intensiver. Zeit, ihre eigenen Würfel einzusetzen. Bald wuchs der Stapel der Münzen an ihrer Seite. Die Männer tranken viel, was ein fataler Fehler war, weil mit dem gestiegenen Alkoholpegel auch der Leichtsinn wuchs. Die Mitspieler setzten immer verwegener, und Marisa wurde kühler und vorsichtiger. Sie bemerkte, dass Sebastian sie beobachtete, als sie ihre Zahl in die Runde rief.

»Du scheinst verdammt viel Glück zu haben, Junge«, raunte er leise.

Marisa hob die Schultern und hörte die Drohung in Sebastians Stimme. Hatte er etwas bemerkt? Es lief ihr kalt über den Rücken. Pech, dass er so nah neben ihr saß.

»Das ist Anfängerglück, Sir«, sagte sie und würfelte wieder. Sie achtete darauf, dass sie einige Male verlor, aber dann gewann sie wieder.

Die Einsätze wurden immer höher. Das murmelnde Geflüster von eintausend Guineas drehte sich in Marisas Kopf. Von solchen Gewinnen hatte sie immer schon geträumt. Gespannt warteten die anderen auf ihren Einsatz. Sie legte die goldene Krawattennadel mit dem Diamanten auf den Tisch. »Können Sie mithalten, Gentlemen?«

Man hörte Tuscheln und Zischen, während die Spieler, die mitziehen wollten, ihr Geld auf den Tisch legten.

»Elf«, sagte Marisa leise, als wollte sie die Würfel verzaubern. Sie schwenkte den Becher und ließ die Würfel auf den Tisch rollen. Sechs und Fünf, die schönsten Zahlen, die sie kannte. Die Zuschauer zischten noch lauter, aber Marisa ignorierte sie und zog das Geld und ihre wertvolle Krawattennadel an sich. Beim flüchtigen Zählen schätzte sie die Summe auf über zehntausend Guineas. Das würde schon reichen, um Melbray Manor wieder zu besitzen.

Dann öffnete sich leise die Tür, und ein kühler Luftstrom fegte durchs Zimmer. Mit ihm trat Sir Julian Ormond ein.

Er bemerkte sie nicht. Er setzte sich auf einen Stuhl an der Wand, schlug die Beine lässig übereinander und nahm ein Glas Wein, das ihm von einem der unterwürfigen Diener gereicht wurde. Er beobachtete die Spieler mit seinen blassen Augen, und Marisa, den Kopf tief gebeugt, den Blick starr auf die Würfel gerichtet, schlug das Herz in der Kehle.

Hölle und Verdammnis. Er würde sie nicht erkennen, oder? Aber das Risiko war da, und sie wusste, dass sie so schnell wie möglich verschwinden musste. Im Spiel gab es eine Unterbrechung, weil zwei Mitspieler sich stritten. Marisa erhob sich so unauffällig wie möglich. Sie sah die offene Tür, und dahinter würden die Schatten sie beschützen.

Sie spürte eine Hand auf ihrem Arm. »Wir sind zum Weiterspielen bereit«, sagte Sebastian ruhig und reichte Marisa die Würfel. »Du bist dran, glaube ich.«

Verdammt. Leise sagte sie zu ihm: »Ich muss mich nur mal kurz erleichtern, dann bin ich wieder da. Fangt schon mal ohne mich an, wenn ihr wollt.«

Sebastian lachte. »Warum willst du hier was verpassen, junger Mann? Drüben in der Ecke steht ein Eimer, in den kannst du pissen.« Er sprach laut, und alle drehten sich um und sahen sein höhnisches Grinsen.

Marisa setzte sich wieder und nahm den Würfelbecher an sich. Sie verfluchte Sebastian, der nüchtern geblieben war, während die anderen Mitspieler nach ihrem Weingenuss fast unterm Tisch lagen. »Nun ja, vielleicht nach diesem Spiel«, murmelte sie.

»He, ich glaube beinahe, unser tapferer junger Mann ist ein bisschen schüchtern«, rief Sebastian, und alle Männer brachen in grölendes Gelächter aus.

Marisa ersetzte die Würfel durch ihre eigenen, aber das erste Mal verhedderte sie sich dabei.

Sebastian, der sie wieder genau beobachtet hatte, streckte eine Hand aus und presste seine kalten Finger auf ihre. »Seht her«, sagte er mit schneidender Stimme. »Ich glaube doch tatsächlich, dass unser unerwarteter Gast betrügt.«

Im Zimmer wurde es mucksmäuschenstill. Seine Finger drückten ihre Hand über den verräterischen Würfeln platt, und Marisa nahm aus den Augenwinkeln wahr, dass Ormond sie mit großen Augen anstarrte.

»Natürlich betrüge ich nicht«, sagte sie trotzig. »Wie sollte ich das denn anstellen?«

Der verhasste Sebastian ließ ein wissendes Grinsen sehen, zog die Würfel unter ihr Hand weg und warf sie auf den Tisch. Sie rollten aus und blieben mit der Sechs und der Fünf oben liegen. Alle hatten sich eng um den Tisch geschart, weil sich niemand die Entlarvung des Betrügers entgehen lassen wollte, sogar die Frauen und die Lakaien waren da. Sebastian warf die Würfel ein weiteres Mal, und wieder warf er Sechs und Fünf. Dann nahm er die Würfel an sich und ließ sie in seiner Handfläche rollen.

»Wie ich schon sagte«, resümierte er leise, »du bist ein kleiner Betrüger, was?«

Marisa schluckte schwer, sie saß still an ihrem Platz und überlegte, wie sie dem Raum entkommen konnte. Sie konnte immer noch bluffen und einfach abhauen, bevor die anderen sich von dem Schreck erholt hatten.

Aber dann stand Ormond hinter ihr und legte eine Hand auf ihre Schulter. »Ja, sie ist eine Betrügerin. Ihr ganzes Leben hat sie nichts anderes getan. Hat niemand von euch ihre Verkleidung durchschaut?«

Jemand stieß einen lauten Fluch aus, und alle sahen Marisa mit neuen Augen an.

»Sie sind der Betrüger«, rief sie Ormond giftig zu, aber niemand kümmerte sich darum, denn Sebastian hatte ihr Seidenhemd aufgerissen, und in der Runde war ein erregtes Raunen zu hören, als ihre kleinen, aber festen Brüste entblößt waren, nackt vor einem Dutzend Augenpaaren.

»Seht ihr?«, sagte Ormond mit zorniger Stimme, obwohl auch er auf Marisas schöne Brüste starrte. »Euer Jüngling ist eine Frau, ihr Narren. Zieht sie ganz aus, dann könnt ihr euch noch mehr davon überzeugen.«

Marisa versuchte zu fliehen, sie trat um sich wie ein wildes Tier, sie stieß Flüche aus und konnte doch nichts dagegen ausrichten, dass sie von starken Armen gehalten wurde, während die Frauen ihr lachend die Kleider auszogen, bis Marisa nackt im Zimmer stand. Hungrige Blicke tasteten die sanften Kurven ihres perfekten Körpers ab und saugten sich an den weichen goldblonden Haaren zwischen den Schenkeln fest.

Man hielt sie in einem so festen Griff, dass sie sich nicht mehr wehren konnte. Ihre Gedanken überschlugen sich nach einem Ausweg, aber diesmal, glaubte sie, hatte sie den Bogen überspannt.

Sie hörte Sebastian sagen: »Also, Gentlemen, es sieht so aus, als hätten wir heute Abend noch eine ganz andere Unterhaltung zu erwarten.«

Zwölftes Kapitel

David Valsino wurde gegen Mitternacht durch ein lautes Klopfen an seine Haustür gestört. Die Tochter einer Schülerin beugte sich gerade über seinen gebräunten italienischen Körper und versuchte ihm neues Leben einzuhauchen, als ihm bewusst wurde, dass der ungeduldige Gast draußen vor der Tür keine Ruhe geben würde.

Er fluchte laut und schob das Mädchen mit sanftem Druck von sich. Normalerweise hätte er das ungebührliche Klopfen ignoriert, aber es könnte Marisa sein, die Einlass begehrte, und dieser Gedanke gab ihm die Kraft, sich von den saugenden Lippen zu lösen.

»Ich bin sofort wieder da«, versprach er und schlüpfte in seinen Mantel. Mit einer Kerze in der Hand hastete er die Treppe hinunter und zog die Haustür auf.

Lord James Delsingham stand da. Der Adlige wirkte groß und mächtig im Schein der Straßenlaterne. Er trug einen staubigen Reisemantel, und er sah so aus, als hätte er eine lange Fahrt hinter sich. David sah den Phaeton dicht am Gehweg stehen, und der livrierte Kutscher hatte Mühe, die Pferde zu halten.

»Ist sie hier?«, fragte Delsingham kurz.

»Wer?« David schlang den Mantel enger um sich.

»Marisa Brooke, Sie Narr. Ich weiß, dass sie am späten Nachmittag hier war. Wo ist sie jetzt?«

David hob die Schultern. »Ich habe keine Ahnung. Sie hat viele Freunde in London, wie Sie zweifellos wissen. Sie könnte bei einem von ihnen sein.«

Delsingham trat näher an David heran. Plötzlich presste

der Lord seine Hände auf die Schultern des Fechtmeisters, drückte ihn gegen die Wand und sagte mit gefährlich leiser Stimme: »Halten Sie mich nicht zum Narren, Valsino. Ich muss sie finden, und zwar schnell. Sie könnte in Gefahr sein. Ich wette, sie wird irgendwo an einem Spieltisch sitzen. Haben Sie eine Ahnung, an welchem?«

David schluckte. »Ja, ja … Wir haben uns über einen Club am Albion Place unterhalten.«

Delsinghams Mund wurde zu einem schmalen Strich. »Albion? Haben Sie ihr den Namen dieses Clubs genannt?«

»Ja«, gab David zu. »Sie wollte wissen, wo mit hohen Einsätzen gespielt wird, und ich hatte zufällig von diesem Club gehört und habe ihr den Namen gesagt.«

Delsingham schob ihn von sich und zischte: »Das werden Sie noch bereuen.« Damit drehte er sich um und ging zu seiner Kutsche zurück.

David schleppte sich langsam die Treppe hoch. Er zitterte am ganzen Körper. Delsingham war ein gefährlicher Mann, den man nicht zum Feind haben sollte. Er hoffte, dass Marisa nichts zugestoßen war. Dann hob er die Schultern. Marisa würde jede Situation überleben, nicht wahr?

Trotzdem war er besorgt um sie, aber nur bis das Mädchen ihn auf andere Gedanken gebracht hatte.

Marisa lag hellwach auf dem Sofa und wusste, wie wichtig es wahr, die fünf Sinne beisammen zu halten. Man hatte sie mit seidenen Kordeln auf das Sofa gebunden, auf dem sie das Mädchen mit dem dunkelhäutigen Diener bei der Arbeit gesehen hatte. Sie schloss die Augen, um die geilen Männerblicke um sie herum nicht sehen zu müssen. Innerlich spürte sie Angst, aber das würde sie niemals erkennen lassen; diese Genugtuung würde sie den Kerlen nicht geben. Man hatte ihr die Hände über dem Kopf zusammengebunden, sodass ihre kleinen Brüste provozierend nach vorn gewölbt waren.

Dann hörte sie, wie Ormond zu Sebastian sagte: »Ich kenne diese kleine Schlampe. Sie ist wie eine läufige Hündin, das kannst du mir glauben. Stört euch nicht an ihren Protesten. Sie gibt vor, eine honigblonde Unschuld zu sein, aber wenn sie heiß ist, treibt sie es mit jedem. In den letzten paar Wochen hatte sie ein paar Zigeuner für ihre persönliche Betreuung angeheuert.«

Marisa starrte Ormond mit wütender Verachtung an. »Ich dachte, Sie wären es, der es gern heimlich treibt. Soll ich Ihren Freunden von den zwei Zigeunermädchen erzählen? Und dass Ihr kleines Ding nur dann wächst, wenn Sie vorher eine Tracht Prügel beziehen?«

Marisas Mund verzog sich zu einem zufriedenen Grinsen, als sie sah, wie Ormond die Fäuste ballte. Sein Gesicht wurde weiß vor Wut. Er befahl einer Frau, ein Seidentuch um Marisas Mund zu binden, damit sie nicht mehr sprechen konnte.

Ormond sah sich im Zimmer um. »Ich schätze, die Herren stimmen mir zu, dass wir dieser Schlampe eine Lektion erteilen müssen. Daran soll sie denken, wenn sie noch einmal auf den Gedanken kommt, euch um euer Geld zu betrügen.«

Die Männer im Zimmer nickten aufgeregt, und einer der Zuschauer rief: »Wie machen wir es denn, Sebastian? Sollen wir alle nacheinander …?«

Sebastians eisige Stimme war wieder zu hören. »Nein, ich habe eine bessere Idee. Wir spielen um sie. Der Gewinner kann sie haben.«

Marisa lag schlaff auf dem Sofa. Das Zimmer drehte sich vor ihren Augen. Zum ersten Mal hatte sie das Gefühl, keine Chance mehr zu haben.

Ein Tisch wurde ausgezogen, jemand holte die Karten, und dann begann das Spiel, sie hatten sich auf Einundzwanzig geeinigt. Marisa verrenkte den Hals und versuchte, in die Hand des Spielers zu sehen, der ihr am nächsten saß. Es gelang ihr nicht, und sie schaute wieder zur Decke. Wenn ihr nicht etwas einfiel, würde sie bald zur Unterhaltung der geifernden Kerle von einem missbraucht werden. Sie zerrte an den Fesseln. Lieber Gott, es musste doch einen Ausweg geben.

Dann öffnete sich langsam die Tür. Sie wandte den Kopf, und auch alle anderen schauten neugierig hinüber. Ihr Herz setzte einen Schlag oder zwei aus, als sie die große imposante Gestalt in den Schatten sah. Die ausdrucksstarken dunklen Augen flackerten kurz, als sie Einzelheiten im trübe beleuchteten Zimmer aufnahmen, und dann verharrte der Blick auf ihrem ausgestreckten, gefesselten und fast nackten Körper.

Delsingham. Lord James Delsingham. Marisas Augen blitzten vor Zorn, als sie begriff, dass er auch zu diesem dekadenten, verrotteten Club gehörte. Irgendwie hatte sie gedacht, er wäre anders als die meisten, aber hatte sie ihn nicht schon immer falsch eingeschätzt?

Einen Moment lang trafen sich ihre Blicke, aber dann sah sich Delsingham fast gelangweilt im Zimmer um. Er trat näher zu den Spielern, und Marisa sah, wie es in Ormonds Gesicht zuckte. In seine Augen trat ein Ausdruck des Hasses, den er aber rasch verbarg.

»Tut mir Leid, Gents«, sagte Delsingham mit schleppender Stimme, »dass ich mich verspätet habe. Wie ich sehe, habt ihr euch bisher gut unterhalten. Gibt es noch eine Chance, bei euch einzusteigen?«

Sebastian wies auf den leeren Stuhl neben sich. »Setzen Sie sich, Delsingham. Wir haben gerade erst begonnen.«

Delsingham legte seinen schweren, langen Mantel ab

und ließ sich auf dem angebotenen Platz nieder. Der Kerzenschein tanzte auf seinen glänzenden schwarzen Haaren, während eine Hälfte des Gesichts im Schatten lag. Marisa bemerkte, dass die Frauen, die sich in die Schatten gedrückt hatten, begehrlich auf den beeindruckenden Mann schauten.

»Was ist der Einsatz, Gentlemen?«

Sebastian lächelte dünn. »Wir spielen heute Abend nur mit Spielgeld.«

Als Delsingahm die Augenbrauen fragend hochzog, fuhr Sebastian fort: »Nun, es geht auch um einen ungewöhnlichen Preis. Der Gewinner darf sich mit unserem köstlichen weiblichen Eindringling amüsieren. Wie haben sie dabei erwischt, wie sie uns ausspionieren wollte.«

Delsingham blickte wieder kurz hinüber zum Podest und sah, wie Marisa an ihren Fesseln zerrte. Sie schnitten ihr ins Fleisch. Sie hasste es, dass er sie derart entblößt sah, vor allem, als er mit leiser, vergnüglicher Stimme sagte: »Nun, dann bin ich aber froh, dass ich gerade noch rechtzeitig eingetroffen bin.«

Er wollte also auch um sie spielen, dachte Marisa wütend. Sie hasste ihn, hasste ihn. Er war genauso schlecht wie die anderen, nur noch schlimmer, weil er vorgab, anders zu sein.

Die Karten wurden verteilt. Marisa konnte Delsingham genau sehen. Er studierte seine Karten, schien zu zögern, legte ab und verfolgte das Spiel mit zusammengekniffenen Augen. Er zählte die Karten der anderen mit, das sah Marisa an seinen Blicken, denn sie selbst spielte auch so.

Aber dann bemerkte sie noch etwas anderes, und das ließ sie ihre missliche Lage beinahe vergessen. Ihr Herz begann schneller zu schlagen, sie spürte es schmerzlich gegen die Rippen pochen. Er trug ihren Ring, ihren schönen goldenen Ring, am kleinen Finger der linken Hand.

Und er setzte ihn auch ein. Niemand außer ihr würde das bemerken, aber von ihrem Beobachtungsplatz sah sie die winzige, kaum wahrnehmbare Bewegung, wenn er die Nadel zum unauffälligen Markieren der einzelnen Karten benutzte, die er in der Hand hielt.

Er wollte sicher sein, dass er gewann. Die anderen beobachteten ihn auch und waren verärgert, dass er so leicht gewann, aber niemand konnte ihn irgendeines Mogelns überführen. Delsingham fiel es auch nicht ein, ab und zu mal ein Spiel zu verlieren, um die Gemüter zu beruhigen, dachte Marisa verwirrt, als er ein Ass und eine Zehn auf den Tisch legte.

Knurrige Laute der Mitspieler gaben ihrer Enttäuschung Ausdruck, sie warfen ihre Karten wütend auf den Tisch. Er hatte gewonnen. Und sie, Marisa, war der Hauptgewinn. Sie verhielt sich sehr still und traute sich kaum zu atmen.

»Sie gehört Ihnen, verdammt, Delsingham«, knurrte Sebastian und lehnte sich auf dem Stuhl zurück. Ormond sagte nichts, aber er beobachtete seinen Feind mit brennenden Augen.

Delsingham fragte: »Hier? Jetzt?«

»Das waren die Bedingungen des Spiels. Wenn Sie nicht wollen, wird ein anderer Sie gern vertreten.«

»Oh, ich will«, sagte Lord James Delsingham. Er schob den Stuhl zurück und schritt lässig aufs Podest. Seine Stiefelsohlen klackten dumpf auf den Holzdielen. Dann stand er über ihr, die Hände in die Hüften gestemmt, das Gesicht ausdruckslos.

»Nun machen Sie schon, Delsingham«, knurrte jemand vom Tisch, die Stimme belegt vor Gier. »Besorgen Sie es der Schlampe endlich. Entweder das, oder ein anderer besorgt es ihr.«

Delsingham bückte sich und nahm ihr das Tuch ab, das sie am Sprechen hinderte. Mit den Fingern strich er ihr zart über die geschwollenen Lippen. Er stand mit dem Rücken zum Kartentisch, und Marisa begriff, dass er ihr Gesicht vor den anderen abschirmte. »Kannst du es ertragen«, fragte er leise, »wenn wir es jetzt und hier tun?«

Marisa blickte mit feuchten Augen zu ihm auf. »Vor diesen Tieren? Ich hatte keine Ahnung, dass Sie Geschmack an diesen Perversitäten finden, Lord Delsingham.«

Seine Lippen wurden schmal. »Ich finde keinen Geschmack daran«, stellte er richtig.

»Dann holen Sie mich hier raus, verdammt.«

Er atmete tief ein und sagte: »Mein Ganymed, das ist nicht möglich, ohne die Bedingungen des Spiels zu erfüllen. Unsere Freunde würden sich betrogen fühlen, und das lassen sie nicht ungestraft zu.«

»Es sind Ihre Freunde, nicht meine. Sie werden schon mit ihnen fertig.«

»Es sind auch nicht meine Freunde. Normalerweise setze ich keinen Fuß in einen so verdorbenen Club.«

Marisa starrte ihn an. »Und wieso ...?«

»Ich bin hier, weil ich dich finden wollte, um dich aus irgendwelchen Schwierigkeiten herauszuholen, in denen ich dich vermutete«, unterbrach er sie kurz. »Und glaube mir, ich bereue es von Minute zu Minute mehr.«

Die Meute umringte sie. Die Männer verloren die Geduld, ihre Mienen wurden bedrohlicher.

»Verdammt, Mann«, protestierte einer der Kartenspieler. »warum wollten Sie unbedingt bei unserem Spiel mitmachen, wenn Sie die kleine Schlampe nicht vögeln wollen?«

Ein anderer Mann starrte lüstern auf Marisas Brüste. »Vielleicht kriegt Delsingham keinen hoch. Er sollte mich mal ranlassen, ich zeige ihm, wie es geht.«

Delsingham fuhr herum, packte den Mann, der gerade gesprochen hatte, am hohen Hemdkragen und hob den Mann mit einer Hand vom Boden. Der Kopf lief rot an, er bekam keine Luft mehr. Delsingham warf ihn zur Seite, und ein paar Meter entfernt knallte er mit einem dumpfen Gepolter auf den Boden. Er blieb benommen liegen und sagte nichts mehr.

Delsingham wandte sich wieder an Marisa. »Wir sollten es hinter uns bringen, meinst du nicht auch, Ganymed? Wer weiß, vielleicht haben wir noch unseren Spaß dabei.«

Sie sah ihn aus verengten Augen an. »Wieder die alte Selbstüberschätzung«, zischte sie.

Er lachte. »Natürlich.« Dann beugte er sich tief hinunter und küsste sie. »Bist du nicht froh, dass ich gewonnen habe?« Mit einer Hand strich er über ihre Brüste, dann nahm er abwechselnd ihre Nippel in den Mund. Er leckte mit der Zunge darüber und biss sanft mit den Zähnen zu. Er spürte, wie die kleinen Schwellungen hart wurden.

»Was glaubst du?«, flüsterte sie, und ihre Augen leuchteten plötzlich. Sie hob sich ihm entgegen und vergaß fast die seidenen Fesseln, die in ihr Fleisch schnitten. Sie schmolz bei seiner vertrauten maskulinen Berührung dahin, bei seinem Geruch und dann erst recht, als sein harter, geschmeidiger Körper sich auf ihren drückte.

Sie schlossen ihre Umgebung aus, schotteten sich gegen die Zuschauer ab. Seine Hände setzten die köstliche Arbeit auf ihren Brüsten fort. Er schob ein paar Seidenkissen unter ihre Hüften, und sie spürte, wie sie nass wurde und wie die Schenkel sich wie von selbst weiter öffneten. Nur vage nahm sie wahr, wie er seine Kleider ablegte, und dann sah sie seinen herrlichen Penis, dunkel und steif.

»Bist du bereit?«, raunte er.

»Ja«, murmelte sie und sah in sein Gesicht. »Ich bin bereit. Nimm mich, verdammt.«

Er hockte gekrümmt über ihr und schützte sie vor den geilen Blicken der Zuschauer. »Das habe ich auch vor, meine süße Marisa«, murmelte er, und ihr Atem stockte, als sie die wunderbare Sensation spürte, wie sein dicker Schaft in sie eindrang. Sie fühlte sich phantastisch gefüllt nach dieser willkommenen Invasion ihres Fleisches.

Delsingham wiegte sie sanft hin und her, während er sein prächtiges Glied mit großartigem Geschick in ihr bewegte, und gleichzeitig zog er mit den Fingern an ihren steifen Nippeln. Er drückte sie zwischen Daumen und Zeigefinger, und Marisa keuchte vor Lust.

Er schob seine Hände jetzt unter ihre Pobacken, damit er noch tiefer in sie eindringen konnte. Um ihre Schreie zu ersticken, drückte er die Lippen auf ihren Mund, und gleichzeitig stieß er weiter rhythmisch zu, bis sie sich stöhnend unter ihm aufbäumte und in eine heftige Ekstase geriet. Er verzauberte sie mit seinem einmaligen Stab, stieß schneller und härter zu, der Penis eine mächtige Lustrute, die sie erzittern ließ und den ganzen Körper erschütterte.

Seine Stöße wurden wilder und unbeherrschter, seine Zunge zupfte an den langen Nippeln, und Marisa spürte, wie der Phallus in ihr vibrierte und mit seinem Erguss das lodernde Feuer in ihr löschte. Es war so schön, dass er sich wenigstens die letzten Sekunden nicht mehr beherrschen konnte.

Sie wurden in die Gegenwart zurückgeholt, als einige Zuschauer klatschten. Langsam erhob sich Delsingham, und als er sich aus ihr zurückzog, begann Marisa zu zittern, obwohl es fast unerträglich schwül im engen Zimmer war. Sie hörte Sebastians verhasste Stimme.

»Sehr gut, Delsingham. Diese Hure war richtig heiß auf Sie. Sie haben es ihr gut besorgt.«

Dann vernahm sie Ormonds Stimme, kalt wie Schlangenhaut. »Natürlich war sie heiß auf ihn. Die beiden kennen sich gut. Habt ihr das nicht gewusst?«

Delsingham ignorierte ihn. Er war damit beschäftigt,

Marisas Fesseln zu lösen. Er beugte sich tief zu ihr und fragte: »Liegen deine Kleider in Reichweite?«

»Ja, klar.«

»Sehr gut.«

Ormond wandte sich an die anderen und verkündete laut: »Ich sage euch, sie kennen sich. Die ganze Chose ist zwischen ihnen abgesprochen, ist euch das nicht klar geworden? Delsingham trifft ausgerechnet in dem Augenblick ein, in dem wir anfangen, um die Hure zu spielen. Die Frau ist eine überführte Betrügerin, und Delsingham ist ein gewiefter Betrüger. Sie haben uns alle um unser Vergnügen betrogen.«

Delsingham fuhr herum. »Soll ich Ihren Freunden über Ihr Vergnügen erzählen, Ormond? Vor einiger Zeit hatte ich ein aufschlussreiches Gespräch mit einem der Zigeunermädchen, das Sie eine Weile bei sich hatten. Teufel, sie hat mir eine Menge Einzelheiten erzählt.«

Ormond zwang sich zum trotzigen Schulterzucken, aber Marisa sah das plötzliche Flackern der Angst in den blassen Augen. Delsingham wusste also von der seltsamen Allianz zwischen Ormond und den Zigeunermädchen? Beide wollten sie vernichten. Hatte Delsingham die ganze Zeit Bescheid gewusst? Ihre Gedanken rasten, aber sie hatte keine Zeit, denn Delsingham hatte die Fesseln gelöst, und sie setzte sich aufrecht hin. Sie spürte die Feindseligkeit der Männer und war froh, dass Delsingham ihr den Mantel reichte, der neben dem Sofa auf dem Podest lag.

Leise, sodass niemand ihn hören konnte, raunte er: »Zieh den Mantel an, dann Hose und Stiefel. Und im richtigen Augenblick rennst du um dein Leben.«

»Aber wie ...?«

»Wir haben keine Zeit für Argumente, meine Liebe. Du musst tun, was ich sage.«

Marisa nickte. Sie hörte das Knurren der Kerle, die sie umringten. Ormond stand da, schweigend und bleich. Sebastian sagte scharf: »Sie hätten die Hure gefesselt lassen sollen, Delsingham. Ich finde, wir alle haben ein Recht, sie zu benutzen, wie es uns gefällt. So hatten wir es ursprünglich auch geplant.«

Die Kerle drängten sich noch näher zum Sofa. Marisa schlüpfte hastig in die Stiefel, während die Männer sie voller Frust umringten. Marisa spürte das Pochen ihres Herzens. Delsingham richtete sich auf und schlang den weiten Mantel um die Schultern. Er griff in seine Taschen und zückte zwei Pistolen.

»Gentlemen, ich an eurer Stelle würde mich ganz brav zurückziehen. Wirklich, das ist ein gut gemeinter Ratschlag.«

Marisa knöpfte hastig ihren Mantel zu. »Ich bin fertig«, murmelte sie ruhig.

»Dann lauf zur Tür«, schnappte er, und als sie schon auf dem Korridor war, folgte er ihr rückwärts, in jeder Hand eine Pistole. »Bleibt zurück.«

»Wohin jetzt?«, fragte Marisa.

»Die Treppe hoch«, zischte er. Marisa nickte und hastete die dunkle Treppe hinauf. Delsingham wartete noch ein paar Sekunden, aber die Männer bewegten sich noch nicht. Er ging rückwärts die Treppe hoch und sah, wie ein Mann in der Tür auftauchte.

»Es würde mir großen Spaß machen, diese Knarren an dir auszuprobieren«, sagte Delsingham. Der Mann verschwand wieder im Zimmer.

»Lauf zur Tür am Ende des Korridors«, rief Delsingham, als er hörte, dass Marisa den Treppenabsatz erreicht hatte. »Ich glaube, sie bringt uns an die frische Luft – und bete zu Gott, dass die Tür nicht abgeschlossen ist.«

Sie war abgeschlossen. Delsingahm rannte, riss und

zerrte an der Klinke, aber die Tür gab nicht nach. Marisa schaute hinter sich und sah die Meute, angeführt von Sebastian. Sie grölten siegestrunken, gewiss, die Ausreißer gleich gestellt zu haben. Delsingham wirbelte herum, stellte sich ihnen entgegen und raunte Marisa zu: »Ich kann sie vielleicht ein paar Minuten aufhalten. Du musst einen anderen Ausgang suchen. Mach dir keine Sorgen um mich, laufe einfach davon.«

Marisa lachte leise. »Kein Anlass für Heldentaten, Lord Delsingham. Ich habe den Schlüssel.«

Sie griff in ihren Mantel und holte einen schweren Eisenschlüssel heraus, schloss triumphierend die Tür auf und sprang ins Freie, dicht gefolgt von Delsingham. Sie hörten das wütende Toben der Meute, während Marisa die Tür von außen abschloss und den Schlüssel wegwarf. Er landete in einer Pfütze.

Der Regen prasselte auf sie nieder. Delsingham schüttelte den Kopf. »Wie bist du an den Schlüssel geraten?«

»Ich habe ihn einem Diener aus der Tasche gezogen, einem von denen, die mich gleich zu Beginn in den Griff genommen haben. Aber ich bin sicher, dass noch jemand einen Schlüssel hat, deshalb können wir hier nicht lange bleiben.«

»Klaust du immer, was du in den Taschen anderer Leute findest?«

»Ja, klar, das ist eine Angewohnheit von mir. Man weiß nie, wann solche Fundsachen nützlich sein können.«

Delsingham, die Hände in die Hüften gestemmt, lachte laut, während ihm der Regen ins Gesicht prasselte. »Hervorragend, Ganymed. Großartige Reaktion.«

Marisa grinste, sah ihn an und fühlte sich sehr, sehr glücklich.

Ihnen blieb nicht viel Zeit, ihren Erfolg auszukosten. Weiter unten wurde eine andere Tür aufgestoßen, und wüste Schreie schollen ihnen entgegen. »Hierher! Sie können noch nicht weit sein!«

Delsingham und Marisa rannten durch die regennasse Straße. Ihre Stiefel klatschten in Pfützen, und Regenwasser spritzte bei jedem Schritt hoch. Marisa lief voraus, weil Delsingham von hinten absichern wollte, falls die Meute zu nahe kam. Jetzt musste Marisa feststellen, dass sie in eine Sackgasse gerannt war. Zögernd blieb sie stehen. Delsingham packte ihre Hand und zog sie in die warme, nach Heu duftende Dunkelheit eines Stalls, in dem Pferde unruhig stampften.

Er fand eine Holzleiter, die auf einen Speicher führte. Er schob Marisa hinauf und folgte ihr rasch, dann zog er die Leiter hoch. Marisa keuchte vor Erschöpfung und rang nach Luft. Delsingham legte einen Arm um sie.

»Sie sind vorbeigelaufen«, raunte er. »Jetzt sollten wir in Sicherheit sein.«

»Sie rufen vielleicht die Konstabler«, stöhnte Marisa.

»Das glaube ich nicht. Sie werden irgendwann einsehen, dass es dumm wäre, wenn sie das Gesetz auf sich aufmerksam machen. Ihr Club ist verboten, da kann es nicht in ihrem Interesse sein, so einen Zwischenfall an die große Glocke zu hängen.«

Marisa richtete sich auf und wischte sich das Heu aus Haaren und Gesicht. »Du kennst dich aus, was? Woher kennst du den Club?«

Er schüttelte den Kopf. »Ich kenne ihn nicht. Solche Etablissements sind nicht meine Sache.« Er sah sie mit glänzenden Augen an. »Ist alles in Ordnung mit dir, Ganymed? Sie haben dir doch nicht wehgetan?«

Marisa lächelte unsicher, aber die Augen leuchteten schelmisch. »Eine Meute trunkener Narren«, sagte sie. »Aber ich hätte nie gedacht, dass Sir Julian mich so sehr hasst. Glaubst du, er kann mir gefährlich werden?«

»Er sieht sich dem absoluten Bankrott gegenüber«, sagte

Delsingham. »Wenn er klug ist, wird er sich nicht mit dir anlegen.«

»Er muss mich von Anfang an gehasst haben«, murmelte sie und schüttelte sich. »Er ist wahrscheinlich für alles verantwortlich, was mir an bösen Dingen widerfahren ist. Der Überfall in London auf meine Wohnung, der Sturz vom Pferd, der schreckliche Angriff auf Seth, sogar das Feuer ...«

»Ich habe dich vor ihm gewarnt.«

»Glaubst du, ich hätte auf dich hören wollen? Irgendwie hätte ich mich gegen ihn gewehrt. Niemand schlägt mich übers Ohr.«

»Das habe ich gesehen«, murmelte er leise.

»Ha, nichts hast du gesehen.« Sie griff tief in ihre Taschen und holte eine Hand nach der anderen heraus, gefüllt mit Scheinen, Münzen, Schuldscheinen und der schönen Krawattennadel mit dem Diamanten.

Delsingham stockte der Atem. »Du hast deine Gewinne noch einsammeln können? Dann hast du sie aber gewaltig über den Tisch gezogen.«

»Nun, dafür haben sie ja ihren Gegenwert erhalten«, gab sie lachend zurück. Dann fügte sie bedauernd hinzu: »Die Schuldscheine werde ich wohl nicht einlösen können, was? Und der Mann, dem ich die Krawattennadel gestohlen habe, könnte mich suchen lassen.«

Delsingham schüttelte den Kopf. »Ich glaube nicht, dass eines deiner Opfer sich an die Polizei wendet, sonst drohen wir mit der Aussage, unter welchen Umständen du das Geld gewonnen hast. Sie haben mehr zu verlieren als du, denn einige dieser Männer haben eine vorzügliche Reputation. Du würdest staunen, welche hohen Positionen sie im öffentlichen Leben bekleiden. Ich bin sicher, sie werden sich ganz still verhalten. Und die anderen sind so reich, dass ihnen ein paar hundert Guineas nicht wehtun.«

Marisa sah ihn ernst an. »Bei dir klingt das so, als ob das alles gar nichts wäre. Der Diamant allein sichert mir schon den Erhalt von Melbray Manor.«

Er lächelte sie an. Der Regen tropfte noch aus ihren Haaren. »Du willst immer noch die feine Lady spielen?«

Sie runzelte die Stirn. »Ja, warum nicht?«

»Ja, warum nicht?«, wiederholte er. »Ich halte dich für die wunderbarste Lady, die ich in meinem Leben kennen gelernt habe.«

Marisa sah ihn prüfend an, aber sie fand keinen Spott in seinem Gesicht. Sie schaute an sich hinab und bemerkte, dass ihr Mantel auseinander klaffte, und darunter trug sie nichts.

Delsingham sah das auch. Sie fühlte, wie seine Blicke bewundernd auf ihren kleinen cremigen Brüsten ruhten. Eine warme Zunge des Begehrens griff ihre Sinne an; ihre Nippel versteiften sich unter seinem Blick. Sie wollte ihn, verdammt, sie wollte ihn schon wieder, und das beunruhigte sie.

»Ich schätze, nicht viele feine Ladys laufen in diesem Aufzug durch die Gegend, was?«

»Stimmt«, sagte er. »Aber die meisten würden auch höchst albern in so einer Kleidung aussehen, während du, meine Liebe, sehr, sehr köstlich aussiehst.«

Marisa befeuchtete ihre Lippen. Sie ängstigte sich plötzlich vor der Macht, die dieser Mann über sie hatte. Niemand hatte sie nur durch Anschauen zu einem aufgewühlten Bündel des Verlangens reduzieren können. Sie war entschlossen, wieder Kontrolle über sich zu erlangen, und blinzelte über die Kante hinunter in den Stall, in dem die Pferde nervös schnaubten. »Ich kann draußen nichts mehr hören«, sagte sie, scheinbar gefasst. »Ich schätze, sie haben die Verfolgung aufgegeben. Wir sollten gehen.«

»Nein, nein«, erwiderte er ernst und zog sie zurück. »Sie sind noch hinter uns her, da bin ich sehr sicher.«

»Trotzdem«, beharrte sie, »dann sollten wir sehen, dass wir aus ihrer Nähe verschwinden.«

»Es ist besser, wenn wir noch eine Weile bleiben.« Er nahm ihre Hand und drückte sie gegen die warme Beule in seiner Hose. Marisa stockte der Atem, und sie spürte, wie die Schwellung unter ihren Fingern pulsierte. Aber sie wollte noch nicht nachgeben.

»Dann würfeln wir drum«, erklärte sie. »Wenn du gewinnst, bleiben wir, wenn ich gewinne, gehen wir.«

Er lachte. »Nein. Ich soll mit dir würfeln, Miss Brooke? Du wirst die Würfel präpariert haben, ganz egal wie. Übrigens, hat es dir gefallen, wie ich deinen Ring eingesetzt habe?«

»Ja. Du warst fast so gut wie ich. Also, wenn du nicht würfeln willst, dann werfe ich eine Münze. Einverstanden?«

»Einverstanden.«

Marisa nahm eine Silbermünze aus ihrer Tasche. »Wappen«, sagte sie.

Kopf gewann. »Wir bleiben«, sagte Delsingham leise, und Marisa legte sich mit scheinbarem Widerwillen in seine Arme.

Er küsste sie, leckte den Regen von ihrem Gesicht und schob die Zunge tief und leidenschaftlich in ihren Mund. Er unterbrach einen Moment lang, zog seinen Mantel aus und legte Marisa darauf, dann senkte er den Kopf über ihre Brüste und koste sie mit Lippen und Zunge, bis Marisa laut zu stöhnen begann.

Sie sehnte sich schon wieder nach seinem schönen seidigen Penis, der sich lüstern an ihrem flachen Bauch rieb. Sie mühte sich, die Stiefel auszuziehen, und streifte dann die engen Breeches ab, damit sie ihn im Zentrum ihrer Lust empfangen konnte, und als er in sie eindrang, zitterte sie am ganzen Körper und schlang Arme und Beine um ihn, während ihre Muskeln den harten Schaft drückten und quetschten.

Seine Hand strich über ihren Bauch und tiefer hinunter in die blonde Scham, bis sie den kleinen Knopf ihrer Lust gefunden hatte. Mit der Fingerkuppe massierte er sanft die erigierte Klitoris, und Marisa schrie laut auf vor Wonne, jetzt schon am Rand eines wunderbaren Höhepunkts. Ganz leicht übte der Finger den Reiz auf der Knospe aus, während der dicke feste Schaft gleichmäßig ein und aus fuhr.

»Marisa«, sagte er, dann trieb er stärker in sie hinein, während sein Mund sich wieder über ihre Brüste senkte. Sie hob die Hüften an und klemmte die hungrigen inneren Muskeln um seinen eisenharten Schaft, und sein feuchter Mund fühlte sich auf ihren Brüsten wie Samt an.

Sie langte nach unten und koste seine gespannten Hoden. Mit einem dumpfen Geheul zog er sich fast ganz aus ihr zurück, dann richtete er sich auf, sodass sie seine dunkle, feucht glänzende Männerwurzel sehen konnte, atemberaubend prächtig und lang. Marisa stöhnte laut, ließ das Becken kreisen und bettelte wortlos, dass er wieder zustieß, und er lächelte und fuhr langsam ein, dehnte und füllte sie. Mit einem Aufschrei stemmte sie sich ihm entgegen, und ihr Körper spannte sich an und explodierte in wilder, dunkler Verzückung, zeitgleich mit seinem eigenen aufwühlenden Orgasmus.

Sie lag benommen in seinen Armen und spürte die letzten Zuckungen seines Penis. Delsingham küsste sie sanft. Draußen prasselte der Regen auf das Pflaster der Londoner Straßen. In der Ferne hörten sie den gedämpften Ruf des Nachtwächters. »Eins schlägt die Uhr, eine gute Nacht.«

»Marisa«, sagte Delsingham leise, »meine liebe Marisa, es passt so gar nicht zu dir, dass du den Fall der Münze nicht richtig berechnet hast. Ich glaube, du verlierst das Gefühl für solche Dinge.«

Sie lächelte ihn an, die Augen noch verhangen von der Lust, und zeigte ihm die Silbermünze mit zwei Köpfen, die sie immer dabei hatte. »Ich habe gemogelt«, gestand sie und schmiegte sich in seine Arme.

Ende